La veuve de Labelle

Guy Saint-Jean Éditeur
4490, rue Garand
Laval (Québec) Canada H7L 5Z6
450 663-1777
info@saint-jeanediteur.com
saint-jeanediteur.com

Données de catalogage avant publication disponibles à Bibliothèque et Archives nationales du Québec et à Bibliothèque et Archives Canada.

Nous reconnaissons l'aide financière du gouvernement du Canada ainsi que celle de la SODEC pour nos activités d'édition. Nous remercions le Conseil des arts du Canada de l'aide accordée à notre programme de publication.

Financé par le gouvernement du Canada | Canada

SODEC Québec

Conseil des Arts du Canada   Canada Council for the Arts

Gouvernement du Québec – Programme de crédit d'impôt pour l'édition de livres – Gestion SODEC

Correction d'épreuves : Émilie Leclerc
Conception graphique de la page couverture et mise en pages : Olivier Lasser
Montage-photo de la page couverture: depositphotos / olly18 + iStock / DavidMSchrader

Dépôt légal – Bibliothèque et Archives nationales du Québec, Bibliothèque et Archives Canada, 2018
ISBN : 978-2-89758-433-7
ISBN EPUB : 978-2-89758-434-4
ISBN PDF : 978-2-89758-435-1

Imprimé au Canada
1re impression, janvier 2018

ASSOCIATION NATIONALE DES ÉDITEURS DE LIVRES

Guy Saint-Jean Éditeur est membre de
l'Association nationale des éditeurs de livres (ANEL).

LUCY-FRANCE
DUTREMBLE

La veuve de Labelle

Guy Saint-Jean
ÉDITEUR

Rue du Couvent, modeste et tranquille est ta vie
Ombragée par les poussières des mines et de l'ennui
Souvenir cousu de blanche dentelle et trop peu de nuits
Ecume cruelle des flots du lac Vert, ce voleur de mari
Mais, le sentiment épris, plus fort que la mort, ressurgit
Amour vivace suspendu comme jardinière à ta galerie
Y voir la lumière quand chaque jour l'espoir refleurit

CARMEN OSTIGUY

À ma fille Mélissa Tousignant
que j'aime de tout mon cœur.

Chapitre 1

Rose-May

Village de Labelle, mai 1968

Enfin ! Une journée chaude et agréable, où l'astre de feu déployait ses doux rayons pour réchauffer le cœur des Labellois. Le temps était venu d'ensemencer les potagers, de sortir les meubles de jardin et de garnir les parterres de fleurs odorantes.

Il était à peine 10 heures et Rose-May avait déjà retiré sa veste de laine pour retourner la terre de son potager sis devant la vieille clôture de bois aux planches branlantes. Après avoir travaillé durant quelques heures, elle se retourna et fut satisfaite du résultat de son labeur. Tout devait être terminé aujourd'hui, car le lendemain, son amie Flora arriverait de bon matin pour la randonnée que les deux filles projetaient de faire au lac Labelle et elle était très fébrile de la retrouver.

La demeure de Rose-May avait été érigée en septembre 1905 sur la rue du Couvent, car, l'année précédente, une assemblée avait eu lieu entre le conseil scolaire et la communauté des Sœurs de Sainte-Croix pour l'aménagement de ladite rue en vue de l'édification du futur couvent, à proximité.

Coiffé de mansardes et lambrissé de briques, le bâtiment des Sœurs de Sainte-Croix comptait trois étages et un soubassement, où l'on enseignait aux élèves de la 1re à la 9e année.

La femme de 38 ans se souvenait bien de sa neuvième année, passée au couvent en 1946. Elle avait alors 15 ans. À l'époque, ses parents, ses sœurs et son frère demeuraient au village de La Conception.

Rose-May songeait avec nostalgie au couvent de sa jeunesse :

« C'était grand comme bâtiment ! On aurait dit que les plafonds rejoignaient le ciel ! À gauche de l'entrée, il y avait le bureau de la sœur supérieure et sur la droite, le parloir, une pièce froide qui me glaçait le sang. J'aimais bien me retrouver au réfectoire avec mes camarades de classe pour discuter de nos fins de semaine passées chez nos parents. Les soirs, on se réunissait au dortoir pour chuchoter durant des heures. Il était meublé de 50 lits blancs et tables de nuit. Un lundi matin, une nouvelle pensionnaire est arrivée et les sœurs l'ont installée dans un nouveau lit. Elle s'appelait Flora et on est devenues les meilleures amies du monde. Il y avait aussi une salle de musique, qui était rehaussée d'une minitribune, où étaient tenus des représentations de pièces de théâtre, des spectacles de chant ainsi que la journée de la remise des bulletins. Le départ pour les vacances estivales de cette année-là avait constitué mon moment préféré. La semaine précédente, les sœurs nous avaient demandé d'apporter des chaussons de laine. Le dernier jour d'école, on avait sorti les vieux bas de nos pères pour les enfiler pardessus nos souliers et polir les parquets avec de la cire en pâte. Ça sentait le propre ! »

— Frimousse ! cria sa maîtresse en prenant la petite féline blanche pour la coller sur son cœur. Arrête de gratter la terre, je viens juste d'y semer des graines ! Allez, on va ranger les outils de jardinage sous la galerie, ma belle !

Malgré que Rose-May ait les mains souillées de terre et les cheveux attachés négligemment, elle était magnifique. Sa beauté ne se révélait pas dans les vêtements qu'elle portait ni dans la façon dont elle coiffait ses longs cheveux noirs comme la nuit. C'était au fond de son regard aux iris d'un bleu profond qu'il fallait s'attarder, là où se trouvait le reflet de son âme. Elle était grande, élancée, son visage ovale était encadré de cils foncés rehaussés de sourcils obliques, et son nez droit et discret se jumelait bien à ses lèvres rosées.

À la suite du départ de son mari Victor, en 1949, elle avait simplement cheminé en exprimant sa gratitude à la Providence d'avoir placé sur sa route cet homme si doux qui l'avait aimée sans condition.

— Ah ! Qu'il est joli, le mois de Marie ! s'exclama Rose-May, en empoignant ses outils de jardinage pour les remiser sous l'espace fermé de la galerie peinte en gris.

Une tulipe avait éclos et les oiseaux gazouillaient leurs rituelles mélodies du printemps. Dans la cour arrière, aux abords du potager, lentement, le tremble s'habillait de vert tendre et l'astre lumineux réchauffait la terre en éveil.

Le lendemain matin, alors que Rose-May déjeunait tranquillement avant de finaliser son départ pour le lac Labelle, son père était passé pour lui laisser des livres, des couvertures chaudes et de petits plats préparés, comme seule sa mère savait les cuisiner.

À 10 heures, la jeune femme attendait l'arrivée de son amie d'enfance pour remplir le coffre arrière de sa voiture et prendre la route pour s'installer à nouveau à son chalet à l'orée du lac, un site magnifique où il faisait bon se reposer et profiter de la quiétude durant la saison estivale.

Flora Frodet demeurait dans la municipalité de La Minerve, située à 12 milles de Labelle. Fille d'un père charbonnier travaillant aux fours de charbon de bois situés à proximité de la gare du chemin de fer de L'Annonciation, l'amie de Rose-May vivait toujours dans le célibat.

En août 1946, elle s'était retrouvée pensionnaire au couvent des Sœurs de Sainte-Croix, à Labelle. Sa mère Évangeline avait remis son âme au Seigneur en donnant naissance à sa petite sœur Yolande, ce poupon devenu un ange du paradis après avoir été victime de l'épidémie de poliomyélite, à laquelle des milliers d'enfants ne survécurent pas. Flora fut très éprouvée par le départ de ces deux êtres qu'elle affectionnait particulièrement. Elle aurait aimé bercer Yolande, la câliner et la protéger de tous les malheurs qu'elle aurait vécus dans sa vie de petite fille.

Il y a environ un an, son père lui avait raconté comment sa mère était sereine, juste avant de partir pour un meilleur monde, et cela sans trop souffrir.

— J'ai toujours eu peur de la mort, mais ta mère m'a appris comment on meurt, ma fille, avait glissé le père de Flora. Pis c'est pour ça que j'ai été capable d'y tenir la main jusqu'à ce qu'elle respire plus. Elle a toujours eu peur de mourir en couches, peur de se retrouver dans un « après » inconnu et très inquiète que ses proches disparus lui gardent pas une place au ciel. Avec un air calme pis sa tite voix douce, elle m'a dit avant que ta sœur se montre le bout du nez : « Parle-moi encore, mon mari... ta voix me fait du bien chaque fois que j'ai une douleur. Dis à ma belle Flora que je l'aime de tout mon cœur et que j'ai toujours été fière d'elle. Si je meurs, je veux pas que tu pleures à mes funérailles. On a eu une belle vie ensemble. S'il m'arrivait quelque chose, je veux que tu dises à Flora que je veillerai sur vous deux à chaque instant. »

Flora se présenta chez son amie, toute souriante.

— Bon matin, Rose-May !

— Enfin, te voilà ! J'avais tellement hâte que t'arrives !

Flora s'approcha pour déposer un baiser sur la joue de son amie et lui lança :

— T'as l'air inquiète, ma belle ! Je te sens impatiente...

— C'est pareil chaque printemps, Flo. J'ai si hâte de me retrouver au bord du lac ! Tu sais, j'ai pris une décision pendant que je rentrais les boîtes que papa m'a apportées tantôt.

— Sa voiture devait être bien remplie, à remarquer tout ce qu'il y a ici dedans ! constata Flora en désignant les boîtes éparpillées sur le plancher.

— En effet ! Il m'a fait bien rire, il pensait pas que j'avais autant de bagages en voyant ce fouillis. Cré papa, si je l'avais pas, je serais bien mal prise ! Il faudrait que je me décide à passer mon permis de conduire, un de ces jours. J'aurai pas toujours mes parents pour me venir en aide. Ils prennent de l'âge et malgré leur bonne santé générale, leurs corps vont plus aussi vite que lorsqu'ils avaient 30 ans.

— Ils sont si gentils ! Je suis jalouse de voir que quoi qu'il arrive, ils sont toujours là pour toi. Chanceuse, va ! C'est vrai que ce serait bien accommodant pour toi d'avoir ton permis. Tu pourrais t'acheter une belle petite voiture pour tes déplacements au lac et tes sorties de tous les jours, suggéra Flora, en acceptant la tasse de café que son amie venait de lui offrir.

— Oui, tu as raison, je vais y penser sérieusement.

Installée à la table de la cuisine, Flora croisa ses longues jambes hâlées jusqu'au bout des orteils.

— Tu imagines, lui dit la jeune institutrice, le mois de juin approche et je serai en vacances pour deux longs mois !

— Tes petits élèves vont quand même s'ennuyer de toi durant les vacances scolaires.

— Je suis pas inquiète, La Minerve est pas une grande ville et je les rencontrerai à l'occasion durant l'été. De quelle décision parlais-tu, tantôt, mon amie ?

— Je reviendrai pas sur la rue du Couvent les dimanches soir comme l'an passé. Je suis tellement bien, au chalet ! Ce site me comble de bonheur. Je désire en tirer profit au maximum et savourer chaque instant.

— Tu souhaites t'installer au chalet pour tout l'été ?

Flora se leva pour s'emparer du sucrier sur le comptoir.

— Qu'est-ce que tu fais? T'as pas encore bu une gorgée de café? À l'heure qu'il est, on devrait déjà avoir quitté la maison.

— Je mets du sucre dans mon café, pardi! Tu me laisses me réveiller? Le feu est pas pris, on a toute la journée devant nous! Inquiète-toi pas, dans 10 minutes on sera parties, la rassura son amie en s'assoyant.

— OK. Dix minutes, pas plus! la prévint Rose-May en souriant.

Rose-May portait un vieux jean délavé et ses cheveux noirs étaient noués en une haute queue de cheval. Au sortir du lit, à 6 heures, elle avait pris soin de se faire un léger maquillage et avait emballé ses cosmétiques dans une pochette à glissière décorée de petites fleurs vertes.

— Donc, tu veux passer presque cinq mois au lac, sans revenir à Labelle?

— Non! Je vais rentrer à la maison toutes les trois ou quatre semaines pour ma lessive, mon épicerie, l'entretien des plates-bandes, et pour tondre le gazon, qui en aura bien besoin. Pour le lait, le beurre et le pain, le dépanneur Terreault est bien accommodant.

— Tu te nourriras pas seulement avec des conserves et des pâtes, quand même! Les viandes, les fruits, les légumes…

— Ma gentille copine m'apportera tout ça quand elle me rendra visite. Dis, tu viendras me porter des vivres pour pas que je crève de faim? supplia Rose-May en éclatant de rire.

Puis, elle empoigna une boîte cartonnée remplie de casse-têtes et de livres, et la déposa près de la porte, où un soleil radieux perçait à travers le rideau blanc de la fenêtre.

— Ha! Ha! Tu sais bien que oui! Oublie pas de rédiger une liste d'emplettes durant la semaine, je te rappelle que t'as pas le téléphone au chalet. Je pourrai pas deviner tes besoins de nourriture et je pourrais t'apporter des aliments que tu as déjà dans ton frigo.

— Tu es bonne pour moi, fit Rose-May en regardant son amie avec douceur. Allez, viens, le lac nous attend!

— Oui, on part ! Mais je te trouve pas prudente de rester seule au chalet si longtemps. S'il t'arrivait un accident…

— Arrête de faire la mère poule, Flora !

— D'accord, je me tais. Mais quand même, pas de téléphone, pas d'électricité…

— C'est pas nécessaire de te tourmenter ! J'adore l'éclairage tamisé de la lampe à huile et mon vieux poêle au propane. Changement de sujet : as-tu donné suite à ton rendez-vous avec Lionel ?

— Pas question ! Il est trop tranquille, ce gars-là ! Il ressemble à un curé. J'aime les hommes qui montrent leurs sentiments et qui ont pas peur de faire les premiers pas le premier soir d'une rencontre.

— Qu'est-ce que tu as à reprocher aux hommes respectables, toi ? demanda Rose-May à son amie, d'un air sérieux.

— Ils sont gentils, mais ils m'attirent pas, conclut cette dernière en se levant pour déposer sa tasse sur le comptoir bleu de la cuisine. Tu sais, si je me suis pas encore réellement attachée à un gars, c'est parce que je peux pas m'imaginer en train de fricoter des pâtés chinois, des macaronis et moucher des petits nez morveux. Je veux pas d'enfants ni être condamnée à faire l'amour avec le même homme toute ma vie ! glissa Flora en s'emparant d'une boîte pour la déposer dans sa voiture.

— T'es sérieuse ? Même si je respecte tes choix, je peux pas m'empêcher de te conseiller un peu, ma chérie. Tu es mon amie et tu devrais pas courir après les hommes afin d'assouvir tes pulsions sexuelles, ici et là. Un jour, tu pourrais te retrouver dans des situations embarrassantes que tu pourrais regretter. Les hommes sont pas tous honnêtes, tu sais. Et pense à moi, j'aurais trop de peine de te voir souffrir !

— T'es trop fine, toi. Ça aurait pu marcher avec Bertrand, il était gentil…

— Qu'est-ce que tu veux dire ? s'inquiéta Rose-May, qui s'affairait à baisser les toiles des fenêtres.

Après avoir placé les boîtes, les valises et les glacières dans la voiture de Flora, Rose-May retourna verrouiller la porte de sa maison et rejoignit son amie dans le stationnement, pour poursuivre la conversation.

— Je veux dire s'il avait pas été marié...

— Tu as couché avec un père de famille? Est-ce que tu as pensé un seul instant à sa femme et ses enfants? Est-ce que tu espérais qu'il quitte sa famille et qu'il s'éloigne de ses habitudes, juste pour être avec toi? Cet homme s'était construit une vie, Flora! Fais attention à pas tout faire basculer pour une simple histoire d'un soir!

— Il a pas d'enfants, Rose-May. Il m'a dit qu'il avait plus de relations sexuelles depuis des mois, affirma la femme aux mœurs légères, en fermant le coffre arrière de la voiture.

— OK. Au moins, il fera pas souffrir des petits. S'il aime ta compagnie, c'est peut-être qu'il est pas heureux avec sa femme, que la routine est ancrée dans leur couple depuis trop longtemps. Sois vigilante dans tes affaires de cœur, mon amie, je serais bien triste de te voir malheureuse. Pour l'instant, on part pour le VictoRose. Je veux qu'on s'amuse ce week-end. Allez!

Les années avaient passé et Flora savait qu'elle ne serait pas la femme d'un seul homme. À 18 ans, elle avait vécu une aventure avec un garçon bien élevé et attentionné, mais malheureusement, ses pulsions sexuelles s'étaient amplifiées et Donald n'avait pu suffire à ses demandes, malgré l'amour profond qu'il avait pour elle. S'était ensuivie une déchirante rupture et la jeune femme s'était promis de ne plus fréquenter aucun homme « à long terme ».

— T'as rien oublié, Rose-May?

Flora pointait son regard vers la maison.

— Je pense pas... Oh non! Frimousse! Comment est-ce que j'ai pu laisser ma petite féline à l'intérieur?

Rose-May retourna rapidement dans la maison et partit à la recherche de son animal de compagnie.

Décorée de lucarnes-pignons, la modeste demeure de Rose-May dégageait une atmosphère paisible et chaleureuse. Elle avait été érigée en clins de bois, coiffée d'un toit pointu à deux versants recouvert de « tôles baguettes » et percé d'une cheminée.

— Frimousse ! Où tu te caches ma belle ?

Rose-May grimpa à l'étage et découvrit la petite chatte dans la chambre d'amis meublée simplement d'un lit à deux places, d'une commode et de deux tables de nuit dépareillées. Frimousse était cachée sous la couverture, comme si elle craignait de laisser son petit nid de la rue du Couvent.

— On y va, Flora ! cria-t-elle à son amie en ressortant de la maison, avec sa féline dans les bras. Elle souriait tandis qu'elle prenait place du côté passager dans la vieille Ford 1955.

Pendant que la route défilait devant elle, Rose-May rêvassait aux doux moments passés au creux des bras de son prétendant qui était devenu son mari, jusqu'à ce que la mort de ce dernier les sépare. Le vide causé par le décès de Victor avait engendré pour elle des mois douloureux, que ce soit au moment de traverser les Fêtes sans lui, de voir passer la journée de son anniversaire, d'écouter leurs chansons préférées sans pouvoir se blottir l'un contre l'autre, de revoir les endroits cachés où ils se rejoignaient pour s'aimer tendrement. Après le départ de son mari, les membres de sa famille avaient représenté pour elle des étrangers. Elle n'arrivait pas à réaliser qu'elle ne reverrait jamais son époux. Elle n'avait pu vendre la maison ni donner ses vêtements à une œuvre de charité, mais elle s'était départie de la voiture, qu'elle ne pouvait utiliser, car elle ne possédait pas de permis de conduire. Certains matins, sa raison la guidait à l'église de Labelle, où elle demandait à Dieu de lui enlever la douleur profonde qui lui traversait le cœur lorsqu'elle posait son regard sur l'oreiller inoccupé de l'homme disparu. « Je le vois partout, même quand j'essaie de balayer son image de ma tête ! Je pourrai plus le toucher, sentir son odeur et me lever avant lui pour courir préparer son café… », songeait-elle avec grande tristesse. Ce geste que Victor avait apprécié seulement à deux reprises avant que le ciel ne le forçât à déménager de son paradis terrestre.

— Tu es dans la lune, ma belle !

— Oh, je pensais à Victor, aux beaux souvenirs… Je vois qu'on approche du chalet et je suis anxieuse. J'ai bien peur de le trouver dans un état lamentable. Chaque année, des surprises m'attendent. Comme le printemps passé, tu t'en souviens ? On avait dû stationner la voiture plus loin à cause des branches qui barraient le chemin en terre battue. Sans compter qu'on avait été obligées de marcher dans la boue pour nous retrouver avec des espadrilles complètement fichues.

— Arrête de t'en faire, Rose-May, tu dis ça chaque année. Mais, c'est vrai que le terrain aura besoin d'une bonne coupe et le bord de la grève sera sûrement envahi de déchets et de branches inutiles.

— J'y pense : je me souviens pas d'avoir barré le chalet l'automne dernier ! Je me rappelle être descendue sur la grève et, normalement, le dernier geste que je pose est de vérifier la porte. Il y a tellement de vols durant la saison hivernale, les meubles doivent tous avoir disparu !

Chapitre 2

Le VictoRose

À la radio, une chanson de Nana Mouskouri rappelait de nombreux souvenirs à Rose-May.

« *Tous les arbres sont en fleurs et la forêt a ces couleurs que tu aimais. Les pommiers roses sur fond bleu ont le parfum des jours heureux, rien n'a changé*[1]... »

— Nostalgie, Rose-May ? devina Flora, qui garait la voiture dans la venelle de gravier à droite du chalet, sous un gros chêne centenaire.

— Oui, mais que de doux moments passés auprès de mon Victor ! Tu imagines, Flo ? En août, ça fera 19 ans qu'il est mort.

— Tu as raison. Les années ont filé à la vitesse de l'éclair. Il était beau et gentil, ton Victor. Dommage que le Bon Dieu te l'ait pris si jeune... Vingt-deux ans, pardi ! On vient pas chercher un homme qui vient de se marier et qui désire fonder une famille, voyons ! Des fois, je me demande s'il y a une justice ici-bas !

---

1 *Tous les arbres sont en fleurs*, chanson interprétée par Nana Mouskouri, 1968.

— C'était son destin. Tu sais, je me pose sans arrêt la question : est-ce qu'il a été emporté par le courant ou bien est-ce qu'il a essayé de s'agripper à la vie en empoignant une branche ou une roche ? Mon beau-père avait retrouvé son porte-monnaie avec ses cartes d'identité et sa casquette des Alouettes de Montréal sur les rives du lac. Il venait d'acheter ses billets pour assister à la rencontre du 25 août 1949 contre les Stampeders de Calgary au stade De Lorimier. Il est mort dix jours avant. Je suis convaincue que d'en haut, il a vu la partie du 26 novembre de cette année-là, quand son équipe préférée a gagné la Coupe Grey. Si les autorités avaient retrouvé sa dépouille pour que j'arrête d'attendre son retour et que je puisse enfin faire mon deuil, la vie aurait peut-être été plus simple pour moi. Mais bon, la vie continue et j'ai envie de la savourer chaque jour.

— Tu l'as attendu des années, ma cocotte… Mais je suis contente que tu prennes du bon temps pour toi maintenant. Il était temps !

— Je l'ai espéré durant cinq ans. Je me souviens de la journée de sa mort comme si c'était hier… Il faisait canicule. La veille, ses *chums* à la mine de graphite lui avaient demandé d'apporter son maillot de bain et quelques bouteilles de bière, pour qu'une fois leur journée de travail terminée, ils puissent se désaltérer et plonger dans le lac pour se rafraîchir. Victor savait pas nager. Aucun collègue s'est aperçu qu'il s'était éloigné de la berge. Comprends-tu pourquoi j'ai si peur de l'eau ? Depuis qu'il est mort, je suis pas montée une seule fois dans une chaloupe et j'ai pas nagé dans le lac.

— Oui, ma pauvre petite. Avant, tu étais la première à sauter à l'eau.

— Tu imagines comment ça a dû être terrifiant pour lui ? De s'être débattu comme un fou pour rester en vie ? Mon ancien beau-père, qui est médecin, m'a expliqué que quand une personne se noie, elle avale de l'eau et une partie de ce liquide se loge dans les poumons, ce qui provoque une asphyxie. Arrivé en phase terminale, celui qui lutte fait une syncope à cause de l'absence d'oxygène et c'est à cet instant qu'il décède.

— Si les hommes avaient fait preuve d'un semblant de sens des responsabilités, ils se seraient pas enivrés et auraient vu qu'un de leurs collègues manquait à l'appel. Est-ce qu'ils seraient arrivés à temps pour le sortir de l'eau et lui prodiguer les premiers soins ? On le saura jamais. Maudite boisson !

— Les fouilles pour retrouver Victor ont duré des mois ! Les résidents se présentaient au lac Vert au chant du coq pour reprendre les recherches là où elles avaient été interrompues la journée précédente. L'atmosphère était si lourde !

À cette époque, Rose-May avait parlé au lac Vert tous les jours en l'implorant de lui rendre le corps de son mari pour qu'elle puisse enfin vivre son deuil et suivre le chemin d'une nouvelle vie, qu'elle s'était refusée chaque jour. Tous les soirs, elle rentrait chez elle, épuisée, les yeux rougis et gonflés.

— Par chance, ta famille était auprès de toi, ma belle ! reprit Flora avec douceur.

— Oh oui ! Ma mère, Marthe ou Maria dormaient à la maison. Ça me faisait le plus grand bien quand on se retrouvait devant un café à évoquer les moments passés en famille où Victor les faisait rire. Certaines souriaient et d'autres pleuraient.

— Ouf ! Regarde le terrain, Rose-May. Il a besoin d'amour, je pense, dit Flora en souriant.

— Ha ! Ha ! Vite, on a aussi un peu de travail à faire à l'intérieur du chalet !

Le VictoRose, d'allure rustique, dégageait une ambiance chaleureuse et confortable. VictoRose, c'est ainsi que le jeune couple avait baptisé le chalet du lac Labelle, lorsque Victor l'avait reçu de ses parents en guise de cadeau de mariage. Au début, le jeune amoureux voulait lui donner le nom de Rose-May, mais elle avait refusé, car selon elle, il devait porter les deux prénoms.

L'habitation rustique était située à quelques enjambées du plan d'eau, où on pouvait observer les poissons plonger dans l'eau claire. Avec les années, Rose-May avait paré le terrain boisé de grands peupliers, de conifères et de feuillus, et y avait installé des refuges pour les oiseaux, un foyer en pierres et une mini-plate-bande fleurie de tulipes multicolores.

Les deux amies entrèrent dans le chalet, les bras chargés de sacs et de boîtes.

— Tu vois ! La porte était bien verrouillée, et rien a été déplacé, la rassura Flora en déposant la boîte de livres sur la petite table d'appoint près du divan.

— Ouf ! s'exclama la propriétaire, soulagée. Je vais ranger la nourriture dans le frigo, puis démarrer le propane et je vais mettre de l'eau à chauffer pour laver les vitres. Pendant ce temps-là, je vais balayer le plancher et le nettoyer.

— As-tu entendu une voiture arriver, cocotte ?

Flora se rendit à la fenêtre pour écarter le rideau de teintes multicolores.

— Bien oui ! Ça doit être mon frère Normand avec sa femme Lorraine. Ils étaient au courant qu'on venait aujourd'hui.

Flora sortit et descendit les deux marches de la véranda. Puis, elle se retourna en interpellant son amie :

— C'est ton père !

— Déjà ! s'écria-t-elle en ouvrant la porte. Il m'a offert son aide ce matin pour ouvrir le chalet, quand il est venu me porter de la nourriture et des couvertures, mais je pensais pas le voir arriver si vite ! Je viens te rejoindre, je dois sortir Frimousse de sa cage. Elle doit avoir hâte de courir dans les bois.

— Bonjour, monsieur Cédilotte ! cria Flora, souriante, alors qu'elle marchait vers lui en sautillant comme une fillette.

— Bonjour, ma belle Flora ! lança gaiement Urgel, qui descendait de sa voiture. Comment tu vas ? Ça fait un bout, hein ?

— Je vais très bien. Vous avez l'air en pleine forme, vous !

— C'est pas si pire. Y a des journées plus dures que d'autres. Es-tu clouée sur la galerie, ma fille ? lui cria son père, en se dirigeant vers l'arrière de sa voiture.

— J'arrive, papa !

Le père de Rose-May ouvrit le coffre arrière de sa voiture, ficelé d'une corde, et en sortit la tondeuse à gazon, la pioche, le râteau et le sécateur. Urgel avait 60 ans et il les assumait difficilement depuis qu'il souffrait de rhumatismes. Sa femme Rita lui suggérait constamment de faire de l'exercice pour être en meilleure forme physique, mais il remettait toujours le début d'un programme d'entraînement à plus tard. Son corps s'affaiblissait avec les années et son système vasculaire n'était plus ce qu'il était lorsqu'il avait 20 ans. Il répétait souvent avant de s'endormir : « Ça y est ! Demain matin, je vais prendre une marche pour aller chercher mon journal, au lieu de prendre mon char. En revenant, je vais sortir le vieux vélo du hangar pis je vais pédaler une bonne demi-heure avant le déjeuner. » Or, il remettait toujours ces sages résolutions au lendemain, car il craignait de tomber en raison de ses pertes d'équilibre. « Les exercices que vous m'avez donné à faire pour guérir mes douleurs dorsales, docteur, ben, ça me convient pas pantoute ! avait-il indiqué à son médecin. Maudite scoliose, de mes deux ! J'ai la colonne faite comme un S, bâtard ! Ça se redresse pas comme on veut, hein ? »

Rose-May les rejoignit, ravie de revoir son père si tôt.

— Je t'attendais pas avant le milieu de l'après-midi, papa ! Viens, je te prépare un café. Est-ce que tu préfères une boisson gazeuse ? J'ai du Coke et de l'orangeade Crush.

— C'est bien aimable, mais plus tard, ma fille. J'ai apporté ma tondeuse à gazon pis mes ciseaux pour nettoyer ton terrain qui en a ben besoin.

— OK. Mais vas-y à ton rythme. Je voudrais pas que tu te fasses sermonner par maman à cause d'un lumbago.

— Inquiète-toi pas ! Je ferai attention pour pas aggraver mon mal de dos. J'ai averti ta mère que je rentrerais juste dans la veillée. Tu vas pas lever le nez sur l'aide que je t'offre, quand même ?

— T'as bien raison, je serais sotte de pas en profiter, accepta avec joie sa fille.

— Au travail, maintenant ! Pendant que je redonnerai une petite beauté au terrain, vous aurez le temps de laver et de tout ranger, ici dedans.

À l'heure du souper, Rose-May convia son père à la table pour le repas, composé d'une salade, de crudités et d'un pâté à la viande.

— Miam, ça sent le temps des Fêtes !

— Viens t'asseoir à côté de Flora, papa, je vais te servir. Merci infiniment pour tout le travail que tu as fait ! Le terrain est impeccable !

— Ça me fait ben plaisir, ma fille !

En regardant à nouveau la table bien garnie, le père de Rose-May s'exclama :

— Comment tu veux que je surveille mon poids avec tout ce bon manger sur la table ? C'est ça qui s'est passé avec ta mère quand on s'est mariés : elle faisait trop ben la cuisine. Aujourd'hui, la ceinture me serre la taille à longueur de journée, bâtard !

Les deux amies s'esclaffèrent.

Après s'être installé sur la chaise devant la table en bois ovale, Urgel se retrouva sur le dos, les quatre fers en l'air.

— Sainte pivoine ! Es-tu correct, papa ?

Rose-May s'agenouilla et demanda l'aide de sa copine pour relever son paternel.

— Force pas, on va t'aider !

— Laissez faire, je peux me remettre debout tout seul !

— Comme tu veux, répondit sa fille en reculant. Je suis désolée, je savais pas que la chaise était brisée.

— C'est ben correct, Rose-May. Bon, on mange-tu là ? J'ai une faim de loup !

Urgel avait dégusté le repas avec appétit et avait volontiers accepté une pointe de tarte aux pommes, garnie de crème fraîche.

En enrobant sa tasse de ses mains délicates pour tenir le thé aromatique au chaud, Flora poursuivit :

— Si on allumait un feu, maintenant ? Vous partez pas tout de suite, monsieur Cédilotte ?

— Pas de danger, Flora ! J'aime trop m'installer devant les flammes pis écouter les bruits de la campagne, ça me rappelle mon jeune temps.

Rose-May s'empara des assiettes vides pour les déposer dans un plat rempli d'eau chaude savonneuse et invita son père et son amie à sortir sous le ciel miroitant.

Le ciel s'assombrissait et un voile blanc dansait sur le lac endormi.

Après quelques heures passées autour du feu, Rose-May s'exclama :

— On devrait signer une pétition pour que ce soit l'été à l'année ! lança la jeune femme, en scrutant les étoiles éclairant le firmament. Vous savez, la venue du printemps représente pour moi un grand cadeau. Je suis toujours impatiente de revenir dans mon coin de paradis. C'est si agréable d'écouter crépiter le bois et d'entendre les oiseaux chanter à nouveau. J'ai tellement hâte de voir toute ma famille réunie, demain ! Papa, tu apportes pas tes outils de jardinage, hein ? Le terrain est nettoyé et il reste juste des petites tâches à faire à l'intérieur du chalet. Tu viens avec maman pour passer la journée en famille et te reposer. Tu feras rien, seulement te laisser servir et t'amuser. Papa ? insista sa fille, assise sur une chaise en toile, près des flammes entremêlées de couleurs chaudes.

Flora, qui refermait le sac de guimauves, chuchota à l'oreille de Rose-May :

— Hi ! Hi ! Il roupille.

— Papa, tu dors ? l'interpella doucement sa fille.

— Réveille-le pas, Rose-May. Il a l'air si bien.

— J'ai pas le choix ! Maman va s'inquiéter de son retard sinon.

— Tiens ! Il ronfle, maintenant, murmura Flora.

Rose-May se leva et caressa doucement son bras.

— Oh ! Excusez-moi ! C'est si reposant, je pense que je me suis endormi, reconnut le paternel en s'éveillant.

— Oui, tu dormais profondément, papa.

Urgel se leva avec difficulté et alla ranger ses outils dans le coffre arrière de sa voiture. Le sexagénaire trébucha sur les rondins de bouleau cordés près de sa chaise.

— Rien qu'à regarder, on voit ben qu'à la noirceur, on voit rien pantoute, bâtard ! En tout cas, je vais voir demain si je suis pas trop courbaturé. Si oui, j'ai ben peur de pas être capable de revenir pour le souper familial. Ouch !

— Papa ! Tu peux pas me faire ça ! Prends tout ce qu'il faut comme antidouleur en arrivant à la maison. Il faut absolument que tu sois en forme demain.

— On verra ben. Bon, je vais y aller. Merci pour le souper, c'était ben bon, les filles.

— Soyez prudent sur la route, monsieur Cédilotte, l'enjoignit Flora en prenant son bras pour l'accompagner jusqu'à sa voiture.

— Merci encore, papa ! Je t'aime.

— Moi aussi, ma fille !

Le lendemain matin, le lac stagnant brillait sous le soleil naissant et le chalet auréolé d'un voile transparent paraissait endormi depuis des années. Une brise s'était levée durant la nuit et faisait danser les tulipes saupoudrées de perles translucides. Rose-May s'était levée avec un mal de dos. « Ouf ! Le lit est moins confortable que celui de la rue du Couvent. Je vais faire une petite attisée, l'humidité nous transperce la peau, songea la propriétaire des lieux. J'ai l'impression que mes côtes sont faites sur le long, tellement j'ai de la difficulté à me pencher ! Allez ! Secoue tes plumes et va chercher les bûches, Rose-May ! »

Alors qu'elle s'affairait dans la cuisine, son amie apparut dans la pièce en bâillant.

— Bonjour !

Flora était vêtue d'un vieux chandail de laine à carreaux et d'un pantalon en coton molletonné gris.

— Allo, Flo. As-tu bien dormi ?

— Comme ci, comme ça. J'ai entendu des sons bizarres cette nuit. J'espérais que roupiller au chalet me ferait le plus grand bien.

— Tu vas t'habituer à ces bruits. Moi, je dors comme une bûche. Il fait si noir !

— Pour la noirceur, je te l'accorde. Mais je t'avoue que j'ai commencé à avoir froid après minuit. J'ai essayé de chercher mon sac de couchage et je me suis cogné l'orteil sur le coin du bureau, misère !

— Je t'avais laissé une deuxième catalogne au pied de ton lit.

— Je sais bien, mais mon sac de couchage est plus chaud.

— On va profiter d'une douce chaleur en restant ici une vingtaine de minutes, si je peux mettre cette sacrée bûche dans le poêle ! Papa m'a dit les avoir fendues, mais elles sont pas mal grosses ! Quand mon frère arrivera, je lui demanderai de les couper encore, indiqua Rose-May, en se dirigeant vers le comptoir pour casser les œufs au-dessus du cul-de-poule.

— Pourquoi tu souris comme ça, Rose-May ?

— Je revoyais mon grand-père quand il cuisinait une omelette. Hi ! Hi ! Il prenait l'œuf et le cognait sur son front. C'était le spectacle du matin, à son chalet.

— Oh la la ! De beaux souvenirs !

— Oui, mais je t'avoue que j'étais plus proche de mes grands-parents paternels. Mon grand-père Émeric est un vrai clown ! Dommage que ma grand-mère Léda soit décédée il y a cinq ans. Depuis ce temps, il sourit à peine... Je soupçonne qu'il aimerait la rejoindre.

— Où était situé leur chalet ? demanda Flora qui prenait place à la table avec un café.

— Tout près d'ici, au lac Bastien.

— Ah bon ! Combien de personnes tu attends aujourd'hui ?

— Mon frère Normand devrait arriver en fin de matinée. Ma sœur Marthe avec son mari Rock et leurs enfants, Denis et Jeanne, arriveront plus tard. Mes parents, ils me donnent jamais l'heure de leur arrivée.

— Denis et Jeanne sont encore célibataires ?

— Bien oui. À leur âge, ils devraient avoir quitté le nid pour voler de leurs propres ailes. Que veux-tu ? Ils collent à la maison.

— Denis est toujours aussi charmeur ? La dernière fois que je l'ai croisé, c'était à Pâques.

— Oh, que oui ! Il est pas pressé de se marier, mon neveu ! Il se présente jamais deux fois avec la même fille. Casanova, va !

— C'est bien dommage que j'aie 38 ans et lui 22 !

— Flora ! Que je te voie pas lui faire les yeux doux ! répliqua Rose-May, avec un petit sourire au coin des lèvres.

— Tu me sous-estimes, mon amie.

Déçue, Flora baissa la tête.

— Fais pas la moue, je te connais, Flora Frodet ! Dès qu'un homme pose son regard sur toi, tu rougis comme une adolescente et tu voudrais immédiatement défaire les couvertures de son lit.

— J'aime le sexe, est-ce que c'est mal ?

— Non. J'aime ça autant que toi, c'est juste que le bon moment s'est pas encore présenté. Tu sais, j'ai pas fait l'amour avec un autre homme depuis que Victor est mort.

— Je te comprends, mon amie.

— J'ai envie d'être aimée, qu'un homme me touche, me caresse, m'embrasse et me transporte dans un monde féerique. Mais je désire pas coucher avec un gars seulement pour en récolter du plaisir, tu comprends ? J'aimerais tout partager avec lui ! Je veux pas de ces moments d'intimité qui se déroulent derrière la porte de la chambre à coucher si après, il reste juste à dire : « À une prochaine fois, quand ça adonnera. » Je conviens que le sexe est un moment agréable entre deux êtres qui en ressentent le besoin, mais il doit y avoir des affinités, de la complicité et du respect pour que ça fonctionne à long terme.

— Tu as bien raison, approuva Flora.

— Le couple doit être assez solide pour passer au travers des épreuves de la vie, poursuivit Rose-May. Victor et moi, on a pas eu le temps de traverser les années, il est parti trop tôt, malheureusement. On s'adorait, mais on était jeunes au début de notre relation. Quand les gens heureux avancent en âge, ils ont pas le choix d'affronter les peines et les souffrances de leurs proches.

— Tu aurais peur qu'après plusieurs années de vie commune ton mari te laisse tomber si tu étais malade ?

— Peut-être, supposa Rose-May, incertaine. Ni toi ni moi connaissons notre destinée sur Terre. L'être humain change tous les jours. J'aurais pu devenir alcoolique ou sénile, comme Victor aurait pu se montrer violent en vieillissant.

Rose-May posa sa main sur celle de son amie.

— Toi, t'as jamais pensé te rendre au pied de l'autel ?

— Oui, j'y ai pensé, j'en ai même rêvé.

— Alors pourquoi… ?

— … je couche avec le premier venu, au lieu d'entretenir une relation stable avec un homme avec qui je passerais le reste de ma vie ? compléta Flora. Je t'explique. Quand j'étais jeune, je m'amusais avec les petits voisins à côté de chez moi. Un gars et une fille.

— Le père de ces enfants a abusé de toi ? interrogea Rose-May, inquiète.

— Non, mais il était violent. Sa femme était douce, même très belle, mais elle avait le corps marqué d'ecchymoses.

— Pauvre elle !

— Elle en faisait pitié. Un soir, je suis allée rejoindre Michèle et Alfred pour jouer. Le père m'a renvoyée chez moi, sous prétexte que sa femme était malade et alitée, et qu'il fallait pas faire de bruit. Le lendemain, j'y suis retournée et j'ai vu madame Chevrette avec un poignet plâtré. Michèle m'avait montré des points de suture au-dessus de son œil droit.

— Mon Dieu, c'est effrayant ! s'écria Rose-May en posant la main sur son cœur.

— Elle tremblait de tous ses membres, reprit Flora. Quand je lui ai demandé si la blessure venait de la main de son père, elle s'est mise à pleurer et plus aucun son était sorti de sa bouche.

— Et tu as été marquée par cette violence, ma belle Flo ?

— Oui, à vie. Tu sais, mon père a jamais levé la main sur ma mère, mais il l'a pas ménagée pour autant, surtout du point de vue psychologique.

Flora prit une pause.

— À entendre parler ton père, il aimait beaucoup ta mère.

— Oui, à sa façon, je te dirais. Papa était doux et attentionné avec maman, mais parfois, il avait un tempérament bouillant et colérique. Il souffrait intérieurement.

— Comment ça ?

— Après le décès de ma mère, il a consulté son médecin et il a reçu le diagnostic : il est bipolaire. Mais depuis ce temps, il est médicamenté et ça le rend plus calme.

— Pauvre lui ! Écoute, ma belle, on doit croire en la vie. Il y a sûrement un grand bonheur qui nous arrivera un jour. Mais ni toi ni moi sommes au courant de la journée où il se présentera.

— Il est mieux de pas trop tarder ! lança Flora en souriant. On est plus des petites jeunesses, ma vieille !

Rose-May sourit tendrement.

— Il y a pas d'âge pour s'aimer, ma cocotte.

Rose-May se leva pour déposer sa tasse sur le comptoir de la cuisine et se tourna vers son amie, qui venait de la rejoindre.

— J'apprécie ces moments de tranquillité, où on se confie l'une à l'autre, sans retenue. Je te remercie, Flora, tu es précieuse à mes yeux.

— C'est ça, les vraies amies ! fit cette dernière en prenant Rose-May dans ses bras pour la serrer contre son cœur. Allez ! On va laver la vaisselle du déjeuner et tu me diras ce que je peux faire pour t'aider. On a pas mal d'ouvrage devant nous avant que les invités se présentent.

— On a presque tout préparé hier.

— OK alors ! Tu m'as dit que toute ta famille sera présente, mais tu m'as pas parlé de ta sœur Maria. Elle viendra pas ? s'informa Flora, qui versait du liquide à vaisselle dans l'eau chaude de l'évier.

— Peut-être demain. Mon beau-frère Bobby essaie de la rassurer en lui disant qu'il y a pas de souris dans le chalet, mais elle refuse quand même de dormir ici.

— Elle attend pas du nouveau, Maria ? Elle voulait un quatrième bébé.

— Non. Elle m'a avoué chez mes parents qu'elle et son mari ont pris la décision de plus en avoir. Tu sais, elle est rendue à 40 ans, ma sœurette.

— Ah non ? Pourtant, elle aime tant les enfants !

— La vie est ainsi faite.

Flora s'empara d'un linge à vaisselle pour aider son amie.

Un bruit inquiétant à l'extérieur du chalet brisa la quiétude matinale. Alarmée, Flora s'était retournée vers Rose-May :

— Hé ! C'était quoi, ce bruit ?

— T'es nerveuse, Flo ! La détonation vient de chez monsieur Carbonnier. Regarde sur ta droite, il est en train de brûler des tas de feuilles mortes sur son terrain.

— Je vois la fumée, mais c'est pas le crépitement du feu qu'on vient d'entendre.

— Inquiète-toi pas. La pétarade vient de ses petits-fils, Paul et Michel. Ils chauffent des roches sur la braise et les font éclater dans le lac. Mon père le faisait avec Normand quand on était jeunes.

— Ça ressemblait à un coup de fusil, misère !

— Calme-toi et viens m'aider à façonner les boulettes de viande hachée pour le souper.

Chapitre 3

La famille Cédilotte

En après-midi, alors que tous les invités étaient arrivés, les environs du chalet étaient animés d'anecdotes. Chaque adulte voulait avoir la parole et les enfants de Marthe, la sœur de Rose-May, les écoutaient à peine.

Marthe habitait avec son mari Rock sur la rue de l'Église, à Labelle, et le père de famille était mécanicien au garage Machabée, situé à l'angle de la rue du Pont et du boulevard Curé-Labelle.

Rose-May s'approcha de sa sœur et de son beau-frère pour leur offrir une consommation, mais ces derniers étaient plongés dans une discussion houleuse. « Oups… je reviendrai plus tard », songea-t-elle, mal à l'aise.

— Voyons Rock ! s'interposa sa femme. Comment on ferait pour se rendre au théâtre de Quat'Sous à Montréal ? On a pas de voiture !

— J'ai demandé un char à mon boss. Il va m'en prêter un pour la journée du 20 juin.

— Ah oui ? C'est surprenant ! constata sa femme, sceptique.

— C'est pourtant vrai ! confirma l'homme corpulent aux cheveux bruns frisottés. C'est écrit dans le ciel que je raterai pas l'occasion d'assister à *L'Osstidcho* ! Il y aura Robert Charlebois, Louise Forestier, Mouffe pis Yvon Deschamps. Y faut pas manquer ça, Jupiter !

— Chanceux ! Et nous ? s'écrièrent leurs enfants.

— Tu as calculé la somme qu'il faudrait débourser pour quatre billets, Denis ? interrogea la mère de famille. Un seul coûte deux piastres et demie ! On a pas les moyens d'y aller toute la famille. Je suis désolée, mais c'est comme ça !

Marthe rejoignit son conjoint assis sur une chaise, près de la balançoire, une bière à la main.

— C'est pas mon genre de musique, tu le sais bien !

— C'est quoi ton style de spectacle ? s'impatienta son mari.

Rock fouilla dans la poche de sa chemise pour sortir son paquet de cigarettes.

— Laisse tomber, mon mari. J'ai pas envie de m'obstiner en cette belle journée.

— *Aweye,* dis-le !

Lasse d'entendre la conversation négative qui avait cours entre sa sœur et son mari, Rose-May se réfugia dans le chalet pour nettoyer la salade qui accompagnerait les viandes et les pommes de terre en robe des champs et laissa ses pensées émerger. « Si j'étais encore en couple avec Victor, jamais on en serait venus à nous disputer comme ça pour une simple histoire de billets de spectacle. Sainte pivoine, que les gens profitent pas du bonheur qui s'offre à eux ! Eille, la sœur puis le beau-frère ! Attardez-vous donc aux plaisirs de la vie, au lieu de vous chamailler comme des enfants ! »

— À qui tu parles, ma fille ?

— Je jasais avec moi-même, comme on dit. Le soleil te fatigue ? Je peux te sortir un parasol, si tu veux.

— Le soleil me dérange pas du tout ! Je veux te donner un coup de main pour le souper.

À 65 ans, Rita Cédilotte était bien jolie sous sa tignasse noire parsemée de fils argentés. Dès son union avec Urgel, en octobre 1928, ils s'étaient installés sur une terre agricole dans la municipalité du Canton Clyde, qui, depuis 1946, portait le nom de La Conception. Comme le répétait son mari depuis la naissance de leurs enfants : « Moi pis ma femme on est nés dans ce coin de pays reculé par le tonnerre, pis c'est dans ce patelin qu'on sera mis en terre, bâtard ! Cette terre qui nous a vus naître et que j'ai labourée toute ma vie. »

— J'ai terminé, maman. Qu'est-ce que tu dirais d'un café bien corsé, comme tu l'aimes ?

— As-tu du thé dans ton armoire ?

— Certain ! Est-ce que papa va bien ? Il me semble fatigué ces temps-ci. J'ai eu peur qu'il vienne pas, à cause de la besogne qu'il a faite sur le terrain du chalet hier. Il est parti courbaturé en fin de soirée.

— Écoute…

La mère de famille baissa son regard.

— Quoi ? insista Rose-May, l'air inquiet. Il est malade ?

— Ton père me défend de parler de ses petits bobos.

— Tu crois pas que les problèmes de santé de notre père nous concernent tous ?

— Il songe à vendre la terre, la forme y est plus. Le matin, il a bien beau s'efforcer de cacher le mal qui le tenaille dans le corps, je suis pas niaiseuse. Je le vois grimacer quand il marche et quand il s'installe dans sa chaise berçante. Je devine qu'il aimerait y rester assis toute la journée au lieu de se lever de peine et de misère pour se rendre à l'étable voir au train.

— Pauvre papa !

Rose-May releva sa chevelure noire, pour y pincer une barrette.

— De quoi il souffre ? Est-ce qu'il a vu un médecin ?

— Il a passé des tests. Le docteur croit qu'il a un début d'arthrose, l'informa sa mère, avec les yeux tristes.

— Il y a des médicaments pour soulager ce mal.

— Il en prend déjà. Je pense qu'il suffirait d'augmenter la dose. Moi, j'aimerais bien vivre dans une maison sans champ de culture, sans vaches, sans porcs et sans poules. À notre âge, on a donné. Il refuse le programme d'exercices que le docteur lui a prescrit. Il a la tête dure, ton père !

— Tu as raison, maman. Même si je serai peinée la journée où vous nous annoncerez la vente de la terre. Il y a tant de souvenirs, dans cette maison, les murs doivent en jaser entre eux !

Alors que Rose-May préparait le thé pour sa mère, les beaux souvenirs surgirent comme un film en noir et blanc dans la tête de la femme, nostalgie d'une enfance heureuse passée auprès de sa famille. La première neige signifiait pour elle du bonheur. Avec son frère Normand et ses sœurs, ils roulaient des boules de neige pour façonner un gros bonhomme, qu'ils agrémentaient d'un foulard, d'une carotte et de vieux boutons trouvés au fond du panier de couture de leur mère. La neige tombée du ciel constituait des morceaux de casse-têtes qui ne demandaient qu'à être assemblés pour construire des igloos afin de garder les « Esquimaux » au chaud. Son père bénissait la vie de lui allouer ce moment de répit pour sortir les raquettes et les traînes sauvages et regarder ses enfants s'amuser en criant de joie jusqu'au printemps.

Pour les parents, la saison hivernale s'avérait une période de repos. Les fermiers n'avaient pas à couper leur bois en forêt, labourer les champs de culture, récolter le coton, le lin, ni entreprendre la fenaison sous un soleil de feu. La saison froide n'apportait toutefois pas que des agréments : par mauvais temps, il fallait sortir la pelle et la manier durant des heures pour ouvrir un chemin afin de se rendre à l'étable pour les trains quotidiens et atteler les chevaux pour livrer les bidons de lait au magasin du village. La boucherie se faisait au début de décembre, avant les froids intenses. Les viandes fraîchement débitées donnaient aux habitants l'opportunité de se nourrir jusqu'au printemps.

— Rose-May? chuchota sa mère, pour ne pas la faire sursauter.

— Oh ! Excuse-moi, maman, je me remémorais ma jeunesse à La Conception, les moments passés avec Marthe, Maria et Normand.

Rita lui sourit en déposant la main sur la sienne.

— Si vous vendez la terre, pourquoi vous viendriez pas vous installer à Labelle ? On resterait tous ensemble dans le même village !

— J'y ai déjà songé, ma fille. Mais Urgel sortira pas de sa ville natale. Ton père est comme un vieil arbre planté depuis plusieurs années. Il est enraciné à La Conception jusqu'à sa mort. Jamais on arrivera à le faire sortir de son patelin !

Les yeux rieurs, son mari entra dans le chalet :

— C'est une réunion de femmes, icitte ?

Il se dirigea vers le comptoir pour prendre un verre.

— Veux-tu un café, papa ?

Rose-May se leva pour sortir une tasse de l'armoire en bois, peinte en jaune.

— Non. J'ai besoin d'un verre d'eau pour avaler mes aspirines.

— Tu as mal à la tête ? Ou c'est ton dos ?

— J'ai mal au bloc, ma fille. Un élancement fatigant qui m'agace depuis à matin. As-tu vu Flora ? Je veux lui demander si son père vient à la pêche, la semaine prochaine. J'ai oublié de le faire hier.

— Quand je suis entrée, elle jasait avec Denis au bord du lac.

— Ah bon ! Ils sont sûrement partis marcher. Le jeune voulait prendre le chemin du bois, tantôt.

Flora tendit la main à Denis :

— Tu me plais, tu sais.

Elle caressa sa joue.

— Tu m'excites, toi aussi, mais non seulement Rose-May est ton amie, c'est aussi ma tante. Je pense pas qu'elle approuverait si elle était mise au courant.

— C'est quoi le rapport ? J'ai pas à obtenir la permission de Rose-May pour coucher avec qui je veux !

— Tant qu'à ça... répondit d'un ton enjôleur l'homme de 22 ans au regard bleuté et aux cheveux d'ébène, tout en se collant à elle.

La poitrine de Flora frôla son torse et il se mit à trembler lorsqu'elle approcha son visage du sien. Sa respiration était de plus en plus saccadée.

— Mes jambes vont me lâcher, lança Denis, intimidé. Il faut que je m'assoie.

— Non, mon ti-cœur !

La croqueuse d'hommes lui sourit et déposa ses lèvres généreuses sur sa bouche entrouverte.

Denis sentit la main de Flora glisser sur son dos pour ensuite plonger dans son pantalon. Elle commença à lui griffer les fesses.

— Oh *boy* !

— T'aimes pas ça ?

— J'adore !

Flora tira sur la braguette de son jean et enfonça sa main dans son caleçon. En tenant le membre durci, elle se mit à exécuter des mouvements de va-et-vient. Denis serra les cuisses et respira difficilement. Jamais il n'avait éprouvé une telle sensation !

— Tu es incroyable, Flora !

— Dis-moi que c'est plus excitant qu'avec une jeunesse de ton âge !

— T'es pas vieille...

— J'ai 16 ans de plus que toi, mon poulet !

Après avoir retrouvé ses sens, Denis la plaqua contre un arbre, et la pénétra sauvagement, sans retenue.

— Arrête pas, reste en moi...

— Je dois me retirer. Il est pas question que je t'engrosse, Flora. Je suis trop jeune pour devenir père de famille.

— J'ai calculé mes journées, il y a aucun danger. Non ! Reste là !

Denis s'excusa en se retirant :

— Désolé, je voulais pas prendre de risque. Ça fait un bout qu'on a quitté le chalet, la famille doit nous chercher. Tu m'as ensorcelé, ma belle !

— On leur dira qu'on était partis marcher, sans nous rendre compte que ça faisait une heure et demie. On reste encore un peu, si tu veux bien… Je suis tellement bien dans tes bras !

Le lac voilé d'une brume à couper au couteau offrait toute sa beauté aux invités, que ce soit au crépuscule pour découvrir un coucher du soleil magnifique ou à l'aube naissante pour écouter les oiseaux s'éveiller.

Devant les regards rêveurs, les rondins crépitaient d'allégresse et les flammes s'entrecroisaient tout en piquant vers le ciel.

— On vous a perdus de vue après-midi, vous deux ! mentionna Urgel à Denis et Flora, qui venaient de s'installer près du feu.

— Le temps était si beau pour une grande randonnée, monsieur Cédilotte ! lança l'amie de Rose-May en évitant le regard de sa conquête du jour.

— C'est ben vrai qu'une marche dans le bois, c'est ben plaisant ! Viens-tu, ma femme ? Je m'endors, j'aimerais ça aller me coucher.

— Où est-ce que vous allez dormir ? demanda Rose-May en chuchotant pour ne pas réveiller les enfants étendus sur la catalogne près des flammes oscillantes. Vous pouvez pas rentrer à La Conception à cette heure-ci. Pourquoi vous iriez pas vous installer dans ma maison sur la rue du Couvent pour dormir, maman ? C'est tout près.

— Tu es bien avenante, ma fille. Ton père et moi, on veut dormir à l'auberge La Clairière. Ce sera comme des petites vacances pour nous.

— Comme vous voulez ! Je vous attends pour déjeuner demain matin ?

— Il y a une salle à manger à l'auberge, je pense qu'on va en profiter.

— J'ai du pain, des œufs et du bacon.

— Essaie pas de faire changer ta mère d'avis, Rose-May, tu gagneras pas. Je veux aussi me rendre au dépanneur Terreault pour mettre du gaz dans le char, précisa Urgel, qui sourit tendrement à sa fille et l'enlaça pour l'embrasser sur la joue et la remercier de la belle journée.

Après que Marthe et Maria eurent quitté le chalet avec leur petite famille pour retourner à Labelle, Normand était resté pour dormir au chalet, en demandant à ses parents de ne pas oublier de revenir le dimanche après-midi pour qu'il puisse être avec eux lors du voyage du retour. Il avait planté sa tente près du feu, récemment alimenté de quelques rondins d'érable.

Vêtu d'un long peignoir bleu, Rose-May sortit du chalet pour siroter son café sur les berges du lac et croisa son amie Flora.

— Flo ? Qu'est-ce que tu fais dehors, à 6 heures du matin ? Je t'ai pas entendue sortir du chalet.

— Rien de spécial, je suis allée porter un café à ton frère. En faire pour un ou pour trois, c'est pareil. Il en reste pour toi dans la cafetière, ma belle amie.

— Merci. Il est gâté, ce Normand-là ! lança Rose-May, d'un regard soupçonneux.

— Que veux-tu ? J'ai un grand cœur.

— Ou un grand besoin d'affection ? questionna son amie en riant.

— Ha ! Ha ! Qu'est-ce que je pourrais te dire de plus, à part que ton frère était bien content de se faire servir un café sous la tente.

— Ouin, ouin… coquine, va ! la taquina son amie en se frottant le dos.

— Il serait temps que tu changes ton matelas. Est-ce que tu as mal au dos, les matins, sur la rue du Couvent ?

— Non. Tu as raison, mon matelas est inconfortable. Je m'en achèterai un nouveau quand je rentrerai à Labelle.

— Tu vas l'apporter au chalet sur tes épaules ? se moqua Flora, qui remontait ses cheveux pour les coiffer en chignon.

— Ouin… Je pourrai pas compter sur le toit de ta voiture, tu seras retournée à La Minerve.

— Tu pourrais le faire livrer, non ?

— Ce serait une bonne idée ! Heu… Un beau livreur tout musclé, au teint basané, ce serait intéressant…

Les deux amies éclatèrent de rire ; la douce saison s'annonçait bien pour elles.

CHAPITRE 4

Une visite imprévue

Août 1968

C'était vraiment sur les rives du lac Labelle que Rose-May retrouvait sa paix intérieure. Ce matin, le soleil était dissimulé derrière les gros nuages gris, et elle n'entendait que la pluie clapoter sur la toiture de tôle du petit chalet. Beaucoup de gens n'aimaient pas ces journées pluvieuses, mais il fallait penser aux bienfaits qu'elles dispersaient du ciel bas pour nourrir les terres et abreuver les cours d'eau.

Rose-May était étendue à plat ventre sur le divan, le nez plongé dans un roman écrit par Marie-Claire Blais, *Une saison dans la vie d'Emmanuel*. Elle était si captivée par le dénouement de la vie d'Emmanuel, le dernier-né d'une famille de 16 enfants, qu'elle n'entendit pas le crépitement des roues d'une voiture qui venait de s'immobiliser dans l'entrée. Elle sursauta lorsque deux visiteurs toquèrent à tour de rôle à la porte d'entrée.

En les voyant, elle ouvrit la porte avec empressement.

— Oh ! Comme c'est gentil de me rendre visite !

Rose-May s'approcha pour embrasser son beau-père Rosario et Jérémie, le frère de Victor.

— Belle-maman est pas avec vous? Oups, Frimousse est sur la galerie, pouvez-vous lui ouvrir la porte?

— Bien oui! Lucienne est dans la popote par-dessus la tête, ce matin! répondit le praticien de 61 ans en s'avançant vers la table pour y déposer un pâté au poulet et un bocal de soupe aux légumes.

— Miam! Vous lui direz merci, elle cuisine si bien, votre Lucienne!

— J'y manquerai pas, répondit en souriant le père de Victor, tout en passant sa main sur sa tignasse brune parsemée de cheveux gris.

Rose-May les invita à s'asseoir avant de prendre place devant eux.

— Toi, Jérémie, quoi de neuf?

— La routine, ma belle-sœur!

— Amanda et les filles vont bien?

— Oui. Juliette et Carole grandissent si vite! Amanda arrête pas de leur coudre de nouveaux vêtements, lança Jérémie, à moitié intéressé.

— Que de talents elle a, ta belle Amanda! s'exclama Rose-May, qui remarqua tout de même le regard indifférent de son beau-frère. Est-ce qu'elle va vraiment bien, ta femme? J'ai vu ton visage se refermer quand j'ai prononcé son nom.

— Ma femme respire la santé. Si elle pouvait diminuer de moitié ses obligations professionnelles, notre vie de famille s'en porterait juste mieux. Que veux-tu: elle est agile de ses doigts et elle est sollicitée sans arrêt. Quand c'est pas pour finir une robe que sa cliente voudrait porter avant qu'elle l'ait commencée, c'est pour lui dire qu'elle devrait avoir terminé un pantalon qui est pas encore taillé.

— Elle a beaucoup de travail. Vous restez dîner avec moi? Je vais mettre un pâté au bœuf dans le four. On va l'accompagner d'une salade de chou et d'une miche de pain bien chaude.

— Tu nous prends par l'estomac, Rose-May, accepta le praticien.

Le père de Victor jeta un œil vers l'armoire, où sa bru rangeait les spiritueux.

— Je vous offre un apéritif, monsieur Alarie ?

— Bien sûr ! répondit ce dernier, qui se leva pour accrocher sa casquette à un clou derrière la porte d'entrée.

— Tu trouves pas qu'il est tôt pour prendre un verre, papa ?

Sans se préoccuper du regard noir de son paternel, Jérémie se tourna vers sa belle-sœur et lui demanda un verre de jus d'orange.

Le repas convivial s'acheva sur une note familiale, comme Rose-May l'espérait. Devenu nostalgique, Rosario Alarie se remémora à voix haute son mariage avec sa femme Lucienne Clément, en 1933.

— J'ai rencontré Lucienne à L'Annonciation, en 1931. Quels beaux souvenirs ! J'avais 25 ans, elle en avait 20. Je venais de terminer mes études en médecine. Quand est arrivée la crise économique en octobre 1929, et que j'ai vu mes parents dans la misère, j'ai décidé de partir pour Montréal. Les magasins survivaient à peine et j'étais sans boulot. Les moulins à scie en arrachaient, les manufactures fermaient leurs portes, les chantiers de bois étaient mobilisés et les commerces locaux étaient paralysés. Vous imaginez ? Même à Montréal, si un homme voulait travailler, il devait être marié.

— Ça avait aucun sens ! Quelle misère !

— Je te le fais pas dire, ma bru ! C'était d'une pauvreté ! Sous un autre angle, les pères de famille étaient privilégiés de pouvoir amasser de l'argent pour nourrir leurs rejetons.

— Mon père, qui demeure à La Conception, m'a raconté que le conseil de Labelle avait fait appel au gouvernement fédéral pour obtenir de l'aide financière pour contrer la crise, qui s'était échelonnée sur plusieurs années.

— C'est vrai. Avant la reprise économique, la crise avait duré jusqu'à la guerre de 1939-1945. Les secours directs fournissaient le nécessaire en victuailles et en vêtements usagés aux familles les plus démunies. Notre maisonnée s'en était bien sortie, vu que mon père Dollard possédait une grande terre agricole. On avait du bois en abondance pour nous chauffer et on profitait de la saison de la chasse et de la pêche pour nous approvisionner en poissons et en viande sauvage. Ça nous permettait de passer l'hiver avant qu'arrivent les beaux jours pour ensemencer les champs et récolter les légumes qui, à l'automne, prenaient le chemin du caveau. C'était tout de même une belle époque, où les fermiers travaillaient dur, de la barre du jour au crépuscule. Jérémie ! interpella le praticien.

— Oui, papa ?

— Est-ce que tu es avec nous, mon gars ?

— Pourquoi vous me posez la question ? Je vous écoute !

— Ah bon ! Tu me paraissais dans la lune. Tu étais rendu sur une autre planète.

Jérémie n'entendait plus la conversation entre son père et sa belle-sœur. Lorsque son frère Victor s'était marié avec Rose-May, il était heureux pour le jeune couple, et il aurait remué ciel et terre pour que leur bonheur dure éternellement, tellement ils s'aimaient. À regret, il était lié à Amanda et lui avait juré fidélité devant Dieu jusqu'à ce que la mort les sépare. Sa vie familiale était appréciable, mais il ne se passait pas une journée sans que l'image de couples heureux brouille sa vue. Sa femme était si douce et si belle au début de leurs fréquentations ! Pour lui, le temps était un voleur de bonheur. Tant d'années à aimer une personne sans rien recevoir en retour. Souvent, le même rêve revenait agiter son sommeil : il se levait pour se rendre à la fenêtre de la cuisine, et même si le paysage était rempli de fleurs multicolores et d'oiseaux qui gazouillaient, le lac devenait glacé. Il courait sur la carapace vitrée pour rejoindre Amanda, qui l'attendait les bras ouverts, vêtue d'une robe de nuit d'un blanc immaculé, où il pouvait voir poindre ses seins au travers du tissu.

Rosario sortit sur la galerie pour allumer un cigare. Les nuages commençaient à se disperser et le paysage était plus clair.

— À quoi tu songes, Jérémie? On dirait que t'es rendu dans un autre monde.

— Je rêve qu'Amanda puisse m'aimer à nouveau, Rose-May.

— Amanda t'aime, voyons!

— Je pense pas. Elle est si distante depuis quelques années.

— J'ai pas remarqué! Il me semble qu'elle est toujours la même, gentille, avenante...

— Le « bien paraître »... Si tu savais...

— Je constate que tu souris plus comme avant... Je me trompe?

— C'est parce que je réfléchis trop. Les années ont défilé trop vite et je suis passé à côté de mes rêves. Un ami m'a déjà dit: « Les plus belles journées de notre vie sont celles qu'il nous reste à vivre. » Si je reste avec Amanda, je connaîtrai jamais le bonheur... Je suis comme un prisonnier. Je pense pas que les journées qu'il me reste à vivre seront plus joyeuses que les journées passées.

— Tu peux pas connaître ton futur.

— Rose-May... Peu importe où je poserai les pieds, la ligne est déjà tracée. La vie que j'ai aujourd'hui sera la mienne jusqu'à ma mort. J'ai une épouse, des enfants, une routine... Une maudite routine! Ma femme arrête pas de travailler du matin au soir! Elle se lève au chant du coq pour coudre jusqu'à la brunante et quand vient l'heure de se mettre au lit, elle a mal à la tête et dit qu'elle prendra un rendez-vous chez un optométriste. C'est pas compliqué, son problème est une conséquence directe de ses yeux penchés sur un bout de tissu à faufiler des points à peine visibles!

— Il serait important que vous vous assoyiez pour avoir une sérieuse discussion, tous les deux. Sans que vous vous en rendiez compte, votre couple a vieilli. Il faut que vous sortiez de la maison pour vous amuser, amener les enfants à des spectacles, vous adonner au camping ou aller au cinéma de temps en temps.

— Amanda est toujours épuisée quand arrive le temps d'une sortie avec les filles. Je me sens comme une vieille personne qui a plus rien à connaître de la vie. Je mourrai avant d'avoir connu le bonheur, Rose-May !

— Voyons, Jérémie ! Je vais te brasser, moi ! Tu m'inquiètes, mon beau-frère. Pense à tes enfants, ils t'aiment ! Ils ont besoin de toi, de ta présence !

— Inquiète-toi pas pour moi. Demain sera un autre jour. Merci, tu m'as ouvert les yeux. Demain, en me levant, je tournerai la page.

— Non, tu déchireras cette page, suggéra sa belle-sœur doucement en retirant son tablier pour laisser paraître un jean moulant et une camisole rose nouée d'une chaînette dorée.

— Oh ! La pluie a arrêté et le ciel s'est éclairci.

— Oui, tu as raison ! Allez, on sort pour profiter des doux rayons.

Jérémie et Rosario quittèrent le lac Labelle en fin d'après-midi sous un soleil de feu.

De nouveau seule, Rose-May se rendit au dépanneur Terreault à bicyclette, histoire de siroter une boisson gazeuse et de mettre des sous dans le juke-box pour écouter ses chansons préférées. Elle s'installa à une petite table couverte d'une nappe rouge à carreaux près de la fenêtre et elle salua les quelques clients du lac qui venaient s'approvisionner de tabac, de produits laitiers et de denrées en conserve.

— Bonjour, Rose-May ! lui lança un homme au sourire magnifique.

— Bonjour, Jacques ! Ça fait une éternité ! Comment tu vas ?

— À merveille quand je te vois !

Sans avoir été invité, l'homme tira une chaise et se retrouva face à la femme, le regard rieur.

— Merci, c'est gentil de m'inviter à ta table ! Ha ! Ha ! Je venais voir les dernières nouveautés du juke-box.

— Assis-toi et fais comme chez toi, offrit-elle en souriant.

Lui lança, l'air moqueur.

— Il y en a quelques-unes qu'on entend régulièrement à la radio ces temps-ci. Attends ! Je te les nomme et tu choisis.

— OK ! Mais à une condition : c'est moi qui paie la liqueur.

— Marché conclu ! s'exclama le célibataire de 33 ans au regard rieur et aux cheveux blonds en broussaille. Je te lis les titres : *En fermant la porte*, des Sultans ; *Lindberg*, de Robert Charlebois et Louise Forestier ; *Comme un garçon*, de Chantal Renaud ; *Le monde est gris, le monde est bleu*, d'Éric Charden ; *Je vais à Londres*, de Renée Martel ; et *Je reviens te chercher*, de Gilbert Bécaud.

— Arrête, on va se ruiner ! Il y a tant de bons artistes au Québec !

— Ha ! Ha ! Alors, lesquelles veux-tu entendre ?

— *En fermant la porte*, *Je vais à Londres* et…

— Si tu permets, je vais choisir la troisième. Une que j'adore !

— OK ! Laquelle ?

— *Je reviens te chercher.*

— Ouf…

— Tu l'aimes pas ?

— Je l'aime trop, elle me rend nostalgique. Mais j'aime bien l'écouter. Elle me rappelle de beaux moments.

— Comment ça se fait qu'on soit rendus au mois d'août et que je t'aie pas croisée de l'été ? Tu te caches où, princesse ?

— Je me cache pas ! Pourtant, j'ai installé mes pénates au lac depuis la fin mai. Et toi ?

— Je viens juste d'arriver. Mais je profite de mon chalet seulement les fins de semaine.

— Tu travailles toujours à l'ébénisterie Robillard, sur la rue des Loisirs?

— Oui. À l'occasion, je donne aussi un coup de main à monsieur Létourneau à l'imprimerie pour la reliure des livres. Il y a beaucoup de besogne à cause de l'ouverture prochaine du nouvel édifice de l'hôtel de ville.

— En effet, depuis l'automne 1965 que la municipalité de Labelle en parle.

— On dit que les coûts s'élèvent à 80 000 piastres, gériboire!

— Oh la la! J'espère qu'il sera beau, ce bâtiment!

— J'en suis certain. C'est l'architecte André Simon qui a dessiné les plans, avec la firme Ryan de Mont-Laurier. L'inauguration aura lieu le 18 septembre. Viendras-tu avec moi?

— Pourquoi pas? J'ai hâte de voir l'aménagement intérieur. C'est bizarre: je demeure sur la rue du Couvent et toi, du Collège, et on se croise seulement ici, au lac.

Jacques glissa une pièce de monnaie dans la fente du juke-box et fredonna:

Je reviens te chercher
Je savais que tu m'attendais
Je savais que l'on ne pourrait
Se passer l'un de l'autre longtemps
Je reviens te chercher
Ben tu vois, j'ai pas trop changé
Et je vois que de ton côté
Tu as bien traversé le temps[2]

— Tes yeux sont remplis de petites perles translucides, Rose-May… Excuse-moi, j'aurais dû en choisir une autre.

— Y a pas de faute, Jacques… J'ai l'impression que monsieur Bécaud a écrit cette chanson pour Victor et moi. Comme si mon mari descendait de son nuage pour venir me chercher après tant d'années. Mais le temps a passé depuis et je désire profiter de la vie, m'amuser. Tu comprends?

---

2 *Je reviens te chercher*, interprétée par Gilbert Bécaud, 1968.

— Je vois. Si je t'invitais à danser, tu penses que ces petites larmes s'estomperaient, doucement ?

— Tu es vraiment gentil. Je danserai ce slow avec toi, avec plaisir.

— Et moi, je souhaiterai que ce soit pas le dernier…

CHAPITRE 5

Le temps des réjouissances

Décembre 1968

Pendant que le Québec arborait fièrement ses décorations scintillantes, le spectacle de *Casse-Noisette* des Grands Ballets canadiens, présenté à la salle Wilfrid-Pelletier de la Place des Arts de Montréal, attirait les nostalgiques depuis 1964. Après avoir feuilleté les pages du catalogue Sears, des enfants fébriles avaient posté une lettre au père Noël. Dans certains foyers, le gros bonhomme rouge avait déposé sous l'arbre illuminé des briques Lego, une fusée Spoutnik, une poupée Barbie ou un four Easy Bake, qui cuisait les gâteaux grâce à la chaleur de ses ampoules électriques.

La crèche de la Nativité, que les enfants du village avaient animée lors de la messe de minuit, s'était avérée à la hauteur des attentes des ouailles du célébrant Laframboise. À la fin de l'homélie, les joues rougeaudes, les membres de la famille de Rose-May s'étaient donné rendez-vous sur le parvis de l'abbatiale pour présenter leurs vœux, puis ils s'étaient dirigés chez Urgel et Rita Cédilotte, à La Conception. Une vingtaine de personnes étaient attendues pour fêter la naissance de Jésus. Pendant la cérémonie, le père Noël avait tenu sa promesse : il était passé à la maison pour déposer une montagne de présents sous le gros arbre qu'Urgel avait abattu dans la forêt durant l'après-midi. La mère de famille avait cuisiné durant des jours pour offrir aux siens des pâtés à la viande, du ragoût de pattes de porc, de la dinde farcie, de la sauce aux canneberges et un choix diversifié de pâtisseries et de sucreries. « Ouf ! Quand mes parents recevaient, dans les années 20, il me semble que ma mère en faisait pas autant ! pensait Rita, nostalgique. L'important était que la famille soit réunie à la grande table, sans qu'il y ait obligatoirement des cadeaux à déballer. Oncle Léo racontait des histoires drôles, tante Olivette détenait la plus belle voix de la famille et les enfants s'amusaient avec rien. »

Dans le couple, Urgel jasait sans arrêt et Rita était réservée, même si, parfois, elle prenait la parole pour inciter son mari à se taire et ainsi laisser aux autres invités l'occasion de se prononcer sur les différents sujets de discussion.

Pour plaire à son monde, la maîtresse de la maison avait installé deux grandes tables s'étendant de la salle à manger jusqu'au salon. L'ambiance familiale était des plus conviviales, accompagnée en sourdine de la chanson *Le Bas de Noël,* interprétée par La Bolduc.

Ah ! C'est dans le temps de Noël on s'rassemble tous en famille
On sort du bon vin d'gadelles on en passe à nos amis
Quand ç'arrive le jour de Noël on se donne des p'tits présents
Aux enfants un beau bas d'Noël et comme ça tout l'monde est content[3]

— Moi, j'aime Tino Rossi ! lança Urgel, qui tartinait une tranche de pain d'une généreuse couche de beurre, sans se préoccuper du regard inquisiteur de Rita.

— Urgel ! le sermonna sa femme à haute voix. Vas-y mollo avec le gras ! Tu vas encore te plaindre d'une crise de foie

---

3 *Le bas de Noël,* interprétée par La Bolduc, enregistrée le 14 novembre 1930.

et on va être obligés d'appeler le docteur ! Et je pense pas qu'il aimerait se faire déranger un soir de fête. Il a le droit de s'amuser comme tout le monde avec sa famille, ce pauvre homme !

— J'ai les dents du fond qui sèchent, laisse-moi manger à ma faim ! Je prendrai une tasse de thé après pour faire descendre tout ça.

Puis, faisant fi de la remarque de sa femme, le père de famille mangea le morceau de pain en deux bouchées.

— Heu… je doute que tu te mettes au thé, moi. À voir tes yeux…

— Je sais ce que je fais, ma femme ! Toi, Marthe, est-ce que t'as fini de tricoter mes pantoufles de laine ? Ça fait un bout que je te les ai demandées ! Si ça continue, tu vas me les donner à la Saint-Jean-Baptiste, pis y va faire trop chaud pour les porter !

— Ben non, papa. Je vais essayer de les terminer pour te les apporter au jour de l'An.

— P'tite cachottière ! T'es pas mal bonne pour compter des menteries.

— Pourquoi tu dis ça ?

— Me prends-tu pour un pas fin ? J'ai deviné ce qu'il y a dans le paquet vert en dessous du sapin.

— Tu te trompes. Tu vas être déçu si tu penses que ce présent est pour toi.

— On verra ben. Qui est-ce qui a décidé de distribuer les cadeaux aux petits avant le repas du réveillon ? On aurait pu donner ceux des adultes en même temps. Les enfants ont plus cinq ans, c'est des adolescents !

— Voyons le beau-père ! s'opposa son gendre Rock, assis entre sa femme et sa belle-sœur Maria. On aurait mangé à 3 heures du matin, caltor !

— En tout cas, dans ma tête à moi, à l'âge qu'ont Denis, Jeanne, Marcel, Jean-Paul pis la petite dernière Charlotte, y auraient pu attendre de recevoir leurs présents en même temps que nous autres, les plus vieux. Tu parles d'une tradition, toé !

— Grand-papa ! Je suis pas si petite, j'ai 18 ans ! répliqua sa petite-fille, les mains apposées sur ses hanches.

— Oh ! Pardon, chère madame. Vous grandissez si vite, bâtard ! Y a pas longtemps, je te berçais pis je changeais ta couche quand ta grand-mère en avait plein les bras avec les corvées de la maison. Pis en plus, tu braillais à cœur de journée !

— Ha ! Ha ! se moqua Charlotte, aux prunelles noires encadrées de longs cils bruns. Mon oncle Normand, peux-tu me passer le plat de sauce aux canneberges, s'il te plaît ?

— Avec plaisir, ma grande grande nièce !

— Tu m'avais pas dit que Flora réveillonnait avec nous, Rose-May ? lui demanda son frère Normand, en promenant son regard dans la pièce.

— Oui, elle devait venir nous rejoindre. Elle s'est désistée juste avant la messe de minuit. C'est triste, j'aurais aimé ça qu'elle soit avec nous.

— Ah ! Elle a décidé de fêter avec son paternel ?

— Non, l'informa Rose-May. Son père est parti tôt ce matin pour se rendre chez sa sœur à Mont-Tremblant. Pourquoi ?

— Pour rien. Je l'aime bien. Elle est drôle et elle me fait rire.

— Flora est une bonne fille, elle est ma grande amie, ma confidente.

La nuit sainte s'écoulait et les évocations du passé s'enchaînaient. La fête de Noël s'était transformée depuis le siècle précédent : le rituel des bas de laine suspendus au manteau de la cheminée contenant une orange, une pomme et des bonbons aux patates paraissait bien loin, vu les jouets et les vêtements que les membres de la famille avaient sortis des boîtes multicolores ornées de rubans et de choux aux teintes vives.

— Ah, les bons souvenirs ! comme diraient des grands-parents nostalgiques ! s'exclama Rose-May, alors qu'elle se remémorait ses Noëls d'enfant, face à la fenêtre du salon, où quelques flocons se collaient à la vitre. Dans le « bon vieux temps », la messe de minuit durait deux heures et au sortir de l'église, les paroissiens se serraient les uns contre les autres dans la voiture tirée par un imposant cheval canadien, pour conserver un peu de chaleur, malgré les briques chaudes sous leurs pieds et la grande robe de carriole en fourrure déposée sur leurs genoux. L'intérieur des maisons était bien réchauffé et les convives joyeux cessaient pas de louanger leurs hôtes pour le repas traditionnel de dinde accompagnée d'atocas, de pâtés à la viande bien épicés, de crémeuses pommes de terre en purée et de la fameuse bûche de Noël au chocolat et à la vanille.

« J'aurais aimé que tu sois à mes côtés pour cette belle fête, Jacques. Mais je comprends que t'aies pas pu m'accompagner, songea Rose-May. Tu avais donné ta parole à tes amis, tu devais la tenir, car cette fête était planifiée depuis plusieurs mois. Mais je peux te dire ce soir que tes grands yeux verts et tes rires me manquent. Oublie pas de prévenir tes copains que l'an prochain, à la même heure, tu seras à mes côtés. Et ça va de soi aussi, pour la fête de la nouvelle année. »

Les célébrations entourant l'arrivée de l'année 1969 allaient bon train chez Maria, la sœur de Rose-May. Celle-ci avait délaissé la traditionnelle tourtière et le ragoût de pattes de porc pour faire place aux cocktails de crevettes, galantines et sandwichs découpés en pointes, fabriqués de pain rose, vert ou jaune, servis dans des assiettes jetables. Elle avait cuisiné une double recette de pains farcis à la salade de poulet pour les fêtards qui se battraient pour y goûter, en restant éveillés et en entonnant une chanson à répondre du répertoire québécois. Vers la fin de la nuit, les adolescents s'étaient tortillés sur la plateforme du jeu *Twister,* sous les regards désapprobateurs du grand-père paternel de Rose-May, Émeric Cédilotte, et de sa grand-mère maternelle, Simone Fournelle.

— Veux-tu ben me dire, c'est quoi ce jeu de fou-là? s'informa Émeric, en déposant sa cigarette dans le cendrier sur pied, installé près de sa chaise berçante.

— Voyons, pépère! intervint Denis, surpris. Je te fais remarquer qu'on vient d'entrer dans l'année 1969. Faut évoluer!

— C'est pas une maudite raison pour vous frôler de même, bâzwelle! Des vraies mouches à marde!

Émeric se leva en glissant ses pouces sous les bretelles qui maintenaient son pantalon de lainage et s'élança, le regard mauvais:

— C'est pas un jeu, c'est une orgie, baptême! Vous arrêtez pas de vous agglutiner comme des pots de colle! Vous avez ben beau être des cousins pis des cousines...

— Pépère! s'exclama la cadette de Marthe en tirant sa jupe remontée sur ses cuisses.

Marthe se tourna vers son mari:

— Rock! Parle à ta fille, elle voit pas qu'elle met des idées noires dans la tête de ses cousins, qui sont pas faits en bois. Dans mon temps, ça existait pas des amusements pareils! On jouait aux cartes, on dansait et les enfants de notre âge étaient assis bien tranquilles et écoutaient les grands qui contaient des histoires. Qu'est-ce que ça va être en 1980?

Bobby Lauzon, le mari de Maria, s'avança vers les enfants pour leur suggérer une autre activité:

— Sortez vous secouer les plumes, ça va vous changer les idées. Y fait pas frette puis y a de la neige à pelleter sur la galerie.

— Bobby, il est passé 2 heures du matin! indiqua Rose-May. Tu trouves pas qu'il est un peu tard pour les faire sortir?

— Toi, mêle-toi pas de ça! rétorqua-t-il, taquin.

— D'accord! répliqua celle-ci en souriant.

Rose-May invita plutôt ses neveux et nièces à se joindre à elle pour une partie de Monopoly.

Grand-mère Simone prit la parole :

— Dans mon temps, je veux dire dans les années 20, le jour de l'An se célébrait pas comme aujourd'hui, vous saurez. C'était le bon temps, comme on dit ! Moi puis mon Ernest, on invitait la famille à venir fêter la nouvelle année à notre chalet au lac Bastien. Il était en face de celui d'Émeric. C'était ça, un jour de l'An ! Un intérieur réchauffé, un chemin bien tapé par les rouleaux, puis de la neige en masse qui faisait plier l'échine des sapins dans le bois. Tout un décor ! Je disais : « Maudit que c'est beau, au lac ! » Des souvenirs, j'en ai à la tonne, je pourrais vous en raconter pendant des heures ! À la messe de minuit, les enfants restaient dans le chalet parce que la chapelle était trop petite pour accueillir tous les paroissiens. On jouait aux cœurs à la lueur de la lampe à huile, pendant que mon père Rodolphe piochait sur son accordéon. On se couchait quand le soleil se levait, dans ces années-là.

— Ça devait pas être chaud pour le popotin, sur le siège de la bécosse pour les plus jeunes, madame Simone, se moqua Émeric qui la toisait d'un regard guilleret, la pipe coincée entre les dents.

— C'était pareil comme dans votre temps à vous, monsieur Cédilotte. Tout le monde se gelait les fesses, à cette époque-là ! reprit grand-maman Simone, la mère de Rita.

— C'est ben vrai, répondit Émeric Cédilotte, le père d'Urgel. On sortait de là en courant pour aller se réchauffer dans le chalet.

— Vous apportiez la nourriture le jour même du jour de l'An ? s'enquit Bobby, le mari de Maria.

— Oui, mon ti-gars ! acquiesça Simone. On avait pas de glacière, juste un poêle à bois à deux ponts. En arrivant, on mettait les tourtières puis le ragoût dans le caveau à légumes.

— Au moins, vous aviez pas à transporter vos patates, vos navets et vos carottes. Ils étaient déjà rendus ! répliqua Bobby, amusé.

— Non, y avait pas de légumes dans le caveau, l'hiver. On les prenait dans celui à l'arrière de notre maison, sur notre terre. Il était grand, notre chalet, on gardait tout le monde à coucher. Mon Ernest installait des paillasses sur le plancher de bois, puis ça ronflait en maudit ! Ha ! Ha ! Le lendemain, on sortait faire de la raquette pour aller étendre les pièges à lièvre. Si la chance était de notre bord, j'en mettais deux ou trois dans le fourneau pour le souper. Ouais, ça m'a fait bien de la peine quand j'ai vendu notre chalet après la mort d'Ernest, en 1964. Y a bien changé depuis que les Charrette ont creusé une cave au marteau-piqueur puis qu'ils ont installé l'électricité. Toi, Rose-May, qu'est-ce que t'attends pour installer le courant dans ton chalet du lac Labelle ?

— Y a rien qui presse, grand-maman Simone. J'aime la vie rustique. Je préfère lui garder son authenticité, au chalet. C'est plus romantique, aussi.

— Tu devrais le moderniser. Penses-y : tu pourrais écouter tes programmes à la télévision quand le temps est maussade dehors. Pis quand tu ferais chauffer de l'eau dans la bouilloire électrique, ce serait bien moins long qu'avec le canard sur le poêle.

— Je vois pas la nécessité d'avoir un téléviseur au chalet. J'ai toujours d'excellents romans à lire et de la bonne musique à écouter qui me tiennent compagnie quand la pluie pianote sur la toiture.

— T'as pas encore de prétendant ? risqua la grand-mère.

— Oui, j'ai un copain.

— Il te rend heureuse, ce gars-là ?

— J'apprends à le connaître, doucement. Il est vraiment gentil.

« Quand j'ai dansé avec lui, j'ai senti son cœur cogner contre ma poitrine. Si tu savais comme j'étais bien, grand-maman ! J'aurais dansé jusqu'au petit matin ! » songea Rose-May intérieurement.

— Regarde, ma petite fille, le bonheur, c'est comme du sucre à crème : quand on en veut, on s'en fait. C'est à toi de choisir si tu souhaites sortir la cassonade, le lait pis le beurre de ton armoire pour préparer la recette. Comprends-tu ça ?

— Oui, je comprends. J'ai moi aussi une bonne recette de sucre à la crème. Je vais la cuisiner prochainement, tu peux en être certaine !

Chapitre 6

Un voyage pour Flora

Juillet 1969

Depuis l'été précédent, Rose-May était sortie avec Jacques à plusieurs reprises et elle se sentait de mieux en mieux à ses côtés. Elle le trouvait enjoué et très attentionné.

Installées sur une grande catalogne sur les rives du lac Labelle, Rose-May et Flora discutaient doucement, le dos appuyé contre le tronc d'un grand chêne centenaire.

— Ça fait un an que vous vous voyez et tu ressens juste de l'amitié pour lui ?

— Au début, oui, c'était de la camaraderie. Aujourd'hui, je peux te dire qu'il me fait tourner la tête !

— Mais encore ? Qu'est-ce que tu attends pour plonger ? Il te désire, cet homme-là, il ferait tout pour toi !

— Ça fait si longtemps, Flora, que je me suis pas permis de tomber amoureuse ! J'ai peur que notre liaison devienne de l'amour affectif. Tu sais, je serais si triste de le perdre, je suis déjà attachée à lui.

— Voyons, cocotte ! Ce que tu as vécu avec Victor était un amour inconditionnel. Pourquoi ce serait pas pareil avec Jacques ?

Flora resservit du vin à son amie.

— Tu as raison. Je devrais faire plus confiance à la vie et profiter des bons moments à ses côtés.

— Écoute. Si tu te sens bien dans cette relation, laisse-toi aller dans tes sentiments. Sans le faire disparaître à tout jamais, essaie de penser moins à Victor. Ça fera 20 ans en août qu'il est parti, tu mérites d'être heureuse. Rose-May, tu as eu 39 ans au mois de mai et si je me souviens bien, Jacques se trouvait à tes côtés en cette journée d'anniversaire. C'est lui qui est présent dans ta vie, maintenant. Profite des bons moments.

— Tu as raison. J'ai passé une très belle journée de fête avec Jacques ! On a couru les boutiques de Mont-Tremblant et on a soupé dans un restaurant chic. On a mangé des plats délicieux, et quand le serveur m'a présenté mon assiette de bison et que je lui ai demandé du ketchup pour ma pomme de terre en robe des champs, c'est comme si je l'avais insulté ! Hi ! Hi !

— Ha ! Ha ! Madame ketchup ! s'exclama Flora en mordant dans un morceau de fromage.

— Oui, mademoiselle ! Jacques est très drôle, mais quand il me regarde tendrement, je me sens comme une adolescente. C'est ça, comme une jeune fille à son premier rendez-vous.

— Vous avez fait l'amour ?

— Non ! Même si ça avait été le cas, je te le dirais pas. En tout cas, pas tout de suite. Tu le sauras en temps et lieu, Flora. Mais je te cache pas que j'en ai eu beaucoup envie, surtout après les trois coupes de vin que j'ai bues le soir de ma fête.

— Pourquoi tu l'as pas fait ? l'interrogea son amie, qui ramassait la vaisselle pour la remettre dans le panier en osier. Tu aurais dû, ma chérie ! Tu dois jamais remettre les bonnes choses à plus tard ! Oh ! Regarde : les canards se succèdent à la queue leu leu en émettant des cris joyeux.

— Les matins, je sors leur donner du pain. Ils sont mignons comme tout ! Tu viens terminer ton vin avec moi dans la balançoire ? On rentre pas tout de suite dans le chalet, il fait si beau !

— D'accord ! Après, je dois me rendre chez notre amie Estelle pour la planification de notre petite escapade. Il est passé 3 heures, je suis certaine qu'elle m'attend avec impatience.

— Tu pars en voyage ? Tu vas où ? Pourquoi tu m'as pas mise au courant ? En passant, Estelle est plus ton amie à toi, je la connais à peine ! J'aimerais bien la connaître davantage, par contre. Depuis le temps que tu m'en parles !

— Estelle, je la connais depuis que je suis toute petite. Elle demeure à La Minerve et nos mamans étaient de très bonnes amies. Malheureusement, je l'ai perdue de vue quand mon père m'a placée au couvent à Labelle. Ça fait pas longtemps que je l'ai revue. J'étais à la boulangerie quand elle s'est approchée de moi pour jaser et on s'est aperçues qu'on avait les mêmes atomes crochus pour la musique. J'aurais bien voulu t'inviter, pour que tu fasses sa connaissance, mais j'anticipais déjà ta réponse. J'étais certaine que tu aurais refusé de partir si loin. Mais avant de m'en aller, je vais l'inviter à venir chez toi, pour te la présenter, si tu veux. On s'en va au festival de Woodstock en août !

— T'es sérieuse ? Chanceuse ! Tous les groupes que j'adore seront là ! Si tu m'en avais parlé avant, j'aurais probablement été du voyage. Tu devrais me consulter quand tu prépares des projets de ce genre, je suis déçue. On a pas les mêmes goûts dans tout, mais en ce qui concerne les arts et spectacles, on se rejoint quand même un peu.

— Désolée, ma belle amie, j'étais certaine que ça t'aurait pas intéressée. Surtout ce style de musique rock, toi qui aimes surtout les vedettes québécoises et françaises. Tu as changé, Rose-May... Tu es...

— Moins coincée ? Oui, j'ai changé et j'en suis bien heureuse. J'ai envie de sortir, de danser, de faire de petits voyages. Tu dois avoir hâte de partir ?

— Je suis tellement énervée ! Même mon sommeil est perturbé !

— Soyez prudentes, là-bas ! La drogue y circulera dans tous les sens. C'est facile de se laisser tenter...

— Tu sais que je consomme pas, Rose-May. Woodstock est un rendez-vous musical, et on manquera aucun spectacle, crois-moi !

— Je suis certaine que tu seras prudente, je te connais. Mais dans les journaux, ils écrivent que ce sera un rassemblement de hippies et les organisateurs s'attendent à accueillir 50 000 personnes ! Accepte rien des gens qui te semblent un peu curieux ou qui sont habillés avec des accoutrements bizarres.

— Inquiète-toi pas, mon amie, je sais me tenir. Je suis une fille sérieuse ! répondit Flora en souriant.

— Quand est-ce que tu pars ?

— Le 14 août. Le festival a lieu du 15 au 17. Écoute ! Richie Havens, Joan Baez, Santana, Creedence Clearwater Revival, Janis Joplin, Sly and the Family Stone, The Who, Joe Cocker, Jimi Hendrix et plusieurs autres seront présents. Yahou ! J'ai tellement hâte !

— Ah CCR ! *Suzie Q, I Put A Spell on You, Get Down Woman*, tellement de bonnes chansons ! Tu me promets d'être sage, Flora ?

— Croix sur mon cœur ! Je vais revenir la tête remplie de musique, et non de drogue ! Ha ! Ha !

Flora partit quelques instants pour fouiller sa voiture et revint avec un journal, qu'elle avait roulé et glissé sous son bras.

— Ta Frimousse se fait dorer la couenne sur le capot de ma voiture. Regarde, c'est écrit noir sur blanc ici.

Rose-May s'empara du quotidien.

« *Trois jours de paix et de musique. Des centaines d'hectares à parcourir. Promène-toi pendant trois jours sans voir un gratte-ciel ou un feu rouge. Fais voler un cerf-volant. Fais-toi bronzer. Cuisine toi-même tes repas et respire l'air pur.* »

— Où est-ce que tu vas dormir avec Estelle ? Tu trouveras aucune chambre de motel de libre avec tout ce monde-là ! Il est un peu tard pour réserver par téléphone.

— On apporte une tente avec des sacs de couchage, des conserves et surtout du chasse-moustiques. Comme on dit, on vivra d'amour et d'eau fraîche !

— Flora !

— Inquiète-toi pas pour nous, on sera les filles les plus sages du festival ! Mais si un homme me fait les yeux doux, et me plaît, là, je pourrai peut-être déposer mes pantoufles sous son matelas gonflable ! Hi ! Hi !

— Tu changeras jamais, toi ! Mais, je t'aime comme tu es !

— T'as pas à t'inquiéter, je prends la pilule. Il y a pas de danger.

— Quand est-ce que tu as commencé ?

— Ben, il y a deux ans. C'est sécuritaire. Même si l'Église catholique s'y oppose, la pilule est légale depuis 1960 au Canada. Tu devrais commencer à la prendre, toi aussi. Ça pourrait devenir sérieux plus vite que tu penses avec Jacques !

— Peut-être, oui. Je suis pas faite de bois, hein ? Quand les moments de rapprochements intimes arriveront entre Jacques et moi, j'irai voir mon docteur. Es-tu bien certaine de l'efficacité de ce médicament-là ? T'as pas eu d'effets secondaires quand tu as commencé à le prendre ? Dans les médias, il y a des médecins qui vantent pas ce contraceptif, tu sais.

— J'ai parcouru des articles. Les chroniqueurs énervent les gens pour rien !

— Pour les effets secondaires ou indésirables, des filles ressentiraient les mêmes symptômes qu'une femme enceinte.

— Au début, j'ai eu des nausées et mes seins étaient gonflés. J'aurais pu dormir sur une pièce de 10 cents, misère ! Aujourd'hui, c'est différent, mon corps est habitué. Écoute. Je suis pas mariée et j'aime les rapprochements intimes… Je courrai pas le risque de tomber en famille, tu comprends ?

— Oui, Flora, ça me rassure que tu prennes tes précautions.

— Je désire pas avoir des rapports sexuels avec le même gars jusqu'à ma vieillesse, tu me connais, je me sentirais comme coincée dans une routine de tous les jours.

— Quand même ! Tu pourras pas empêcher un oiseau de malheur de tourner autour de toi. Ce que je veux dire, c'est oublie pas de les prendre, ces petites pilules miracles !

Il y a des moments dans la vie que les gens souhaiteraient mettre au rancart : Rose-May avait décidé d'agrandir son cœur pour y faire entrer Jacques, sans pour autant y déloger complètement les souvenirs heureux passés auprès de Victor. À l'intérieur, une voix lui conseillait d'avancer, et elle croyait sincèrement qu'elle pouvait aimer comme la toute première fois.

Elle adorait marcher pieds nus sur la grève pour ramasser les brindilles que le lac avait déposées sur le sable humide durant la nuit. Au hasard d'une rencontre, elle croisa celui qui faisait battre son cœur.

— Bonjour Rose-May !

— Jacques ! Quelle belle surprise !

— Comment tu vas, princesse ? répondit-il, grimpé sur une roche près de la petite venelle qui menait au lac.

— Très bien. Attends, je te rejoins.

Elle avait retourné le bas de son jean et portait une jolie tunique bleue.

— Reste ! J'enlève mes espadrilles et te rejoins. Tu faisais une marche de santé ? rit-il en s'avançant près d'elle, d'un pas assuré.

— Tu veux dire, je piétinais. J'aimerais plonger dans le lac, mais j'ai si peur…

Elle s'empara d'un caillou et le lança vers le boisé.

— Que me vaut l'honneur de votre visite, cher voisin du lac Labelle ?

— Je pensais à toi…

— Ah ! Qu'est-ce que tu voyais ?

— Je nous imaginais tous les deux sur un voilier glissant sur un océan bleu comme le ciel.

— T'as pas d'embarcation, Jacques !

— Je sais. Un gars peut se permettre de rêver, non ?

— Absolument !

Jacques posa son regard dans les yeux de Rose-May et écarta de son visage une mèche noire agrippée à ses cils.

— Tes cheveux sont si doux ! On dirait de la soie.

Celle-ci le fixa à son tour, émue.

— Je vais chercher mes souliers…

Elle s'éloigna et monta sur le quai pour prendre ses espadrilles.

— T'es pas venu en voiture ?

— Regarde, j'ai accoté mon vélo sur le mur du chalet. Le temps est si beau, aujourd'hui. Pourquoi démarrer mon auto pour y mourir de chaleur une fois à l'intérieur ?

— C'est vrai que c'est suffocant, on dirait une canicule. Une bière froide nous rafraîchira. Suis-moi !

Ils s'installèrent dans les chaises grises en bois, à gauche de la balançoire. Rose-May rougit en apercevant Jacques qui déboutonnait lentement sa chemise pour profiter du soleil.

— Tu t'ennuies pas, toute seule du matin au soir ?

— Non ! J'ai des visiteurs à l'occasion. Tu sais, j'aime ma tranquillité quand je tiens un livre entre mes mains. J'étais pas seule avant que tu arrives, Flora vient juste de partir.

— Comment elle va, ton amie ? Il y a des lunes que je l'ai pas vue.

— Elle se porte très bien. Imagine-toi qu'elle m'a annoncé qu'en août, elle ira au festival de Woodstock, la chanceuse !

— Veinarde, comme on dit ! Quelle bonne idée ! Si je pouvais, j'irais aussi. Ce sera un beau festival de musique ! glissa Jacques, envieux.

— Sûrement ! J'étais presque fâchée quand elle m'a informée de la nouvelle. J'aurais aimé m'y rendre avec elles.

Elle part avec Estelle, une amie. Est-ce que tu veux des croustilles ?

— Oui, mais attends une minute ! J'ai quelque chose à te proposer. Ce soir, je t'invite à souper chez moi, dans mon humble palais en bois rond. Qu'est-ce que t'en dis ?

— Je sais pas, je voulais me coucher tôt, indiqua Rose-May, comme si elle voulait se faire prier.

— Voyons, c'est samedi ! Un repas simple : salade, steak sur le barbecue et pommes de terre en papillote.

— Hum, c'est tentant ! avoua-t-elle en lui souriant gentiment.

— On pourrait terminer la veillée devant un feu en mangeant une pointe de gâteau au chocolat. Mais je te préviens, il y aura pas de guimauves : je déteste ces grosses bouchées moelleuses qui collent aux doigts et noircissent les dents.

— D'accord, je me passerai de guimauves ! À quelle heure désirez-vous me recevoir, monsieur Yergeault ?

— Là, vous me faites un grand plaisir, mademoiselle Cédilotte !

« Elle m'ensorcelle, cette femme ! Dieu, qu'elle est jolie ! » songeait Jacques.

Sous la lune d'une rondeur parfaite, un chien clabaudait au fond du boisé, et les arbres foulés de feuillage valsaient sous la brise. Le souper fut délicieux, agrémenté d'anecdotes et de rires.

Les deux amis s'installèrent sur un banc de la balançoire peinte en blanc, face aux flammes dansantes qui illuminaient le terrain du chalet.

— C'était divin, Jacques. Un vrai cordon bleu !

— Ah ! Exagère pas ! Le charbon a tout fait le travail pour donner un bon goût à la viande.

L'homme au regard enjoué et à la chevelure d'un blond clair, qui tous les jours s'avérait un vrai champ de broussailles, éprouvait des sentiments profonds pour Rose-May, qui étaient plus forts que de simples pulsions passagères. Il désirait la voir davantage, pas seulement durant leurs séjours au lac Labelle, mais également la visiter sur la rue du Couvent. La question était de savoir si Rose-May avait les mêmes élans à son égard. Il était bien décidé à suivre pas à pas le petit sentier qui le mènerait à l'élue de son cœur. Il se parcourrait peut-être en plusieurs jours, mais Jacques était prêt à attendre le temps qu'il faudrait.

Jacques s'approcha doucement de sa douce et lui murmura à l'oreille :

— J'ai une idée, Rose-May. Pourquoi on prendrait pas la route pour Bethel, toi et moi ?

— Bethel ?

— Oui, aux États-Unis, dans le comté de New York.

— Tu as de la parenté là-bas ?

— Non. Je sais seulement que le festival de Woodstock se déroulera à Bethel, sur les terres d'un fermier du nom de Max Yasgur.

— Tu m'invites à t'accompagner à Woodstock ? Tu es sérieux ? Et ton travail ?

Elle replaça la couverture de laine sur ses cuisses.

— Je prendrai congé. Tu serais en sécurité avec moi. Je te protégerais, sois sans crainte. Et on irait juste en tant qu'amis.

— Heu, c'est tentant ! Avec tous les artistes inscrits à la programmation ! Mais on est à la dernière minute !

— Pourquoi tu dis ça ?

— Les hôtels et les motels doivent sûrement être tous complets à l'heure où on se parle.

— J'ai une tente, elle pourra faire l'affaire, comme on dit.

— Vraiment ? Une petite tente à deux places ?

— Une tente à quatre places, princesse. Inquiète-toi pas, je dormirai à l'écart et je ronflerai pas pour pas troubler ton sommeil.

— Hi ! Hi ! Pour les repas, l'eau, le pain, le lait, le café, y va falloir apporter des provisions !

— J'ai tout l'équipement qu'il faut : fanal, poêle et chaufferette au gaz. C'est juste pour deux nuits, la glacière gardera aussi nos aliments au frais. Et si on venait à manquer de quoi que ce soit, les dépanneurs sont bien accommodants !

— Richie Havens, Creedence Clearwater Revival, Janis Joplin ; j'ai tellement hâte d'entendre mes groupes préférés ! sautilla Rose-May comme une petite fille, le regard rempli d'étincelles.

— Tu es si jolie quand tu es heureuse, Rose-May !

— J'ai tellement hâte de partir ! Dame Nature, dites-nous qu'il fera beau, qu'un soleil radieux persistera tout le week-end !

Chapitre 7

Woodstock

14 août 1969

Depuis des semaines, les organisateurs du Festival annonçaient l'événement musical dans les médias avec comme en-tête un logo en forme de guitare. Rose-May et Jacques avaient choisi de prendre la route à l'aube pour profiter du site en après-midi.

— Tu es prête, Rose-May? questionna Jacques, le sourire aux lèvres, alors qu'il venait de franchir la porte de la maison.

— Oui ! J'ai pas le choix, tu m'as fait sortir de mon lit à 5 heures ! le gronda-t-elle en souriant.

— Si on veut profiter de cette fin de semaine, on a pas le choix ! Oublie pas que Bethel est à sept heures de route ! Vu que tu as préparé des sandwichs aux œufs et un thermos de café, on va s'arrêter juste une fois pour dîner.

— J'ai faim.

— Déjà ?

— Bien oui. Quand je me suis levée, je me suis préparé un bol de céréales, mais j'ai pas pu l'avaler tellement j'étais fébrile.

Jacques encercla ses épaules pour la rassurer.

— Tu devrais pas, c'est un festival en plein air tout simple.

— Ils attendent 50 000 personnes !

— Oui, mais le site est grand. Il y aura de la place pour tout le monde. Je veux partir tôt pour éviter la file d'attente et dénicher un coin tranquille pour installer la tente.

Les amis avaient tellement jasé et rigolé depuis leur départ de Labelle que le trajet leur parut très court.

À leur arrivée à Bethel, il pleuvait à verse. Le paysage était désolant. Jacques trouva une place pour garer son véhicule à l'orée d'une clairière, à un demi-mille de la scène, et il commença à ériger l'abri de toile au milieu du grand champ, à proximité des toilettes chimiques.

Rose-May était restée à l'abri dans la voiture et elle avait baissé la vitre de la portière pour discuter avec lui.

— Combien t'as payé pour les tickets ? Le même prix qu'annoncé dans le journal, 24 dollars ? lui demanda Rose-May, en épongeant quelques gouttelettes collées sur son visage.

— Ici, le tarif est 18 dollars américains. On est dans l'État de New York, ma belle.

— D'accord, je vais te payer ma part tantôt.

— Écoute, on réglera ça dimanche si tu veux, proposa Jacques en lui faisant signe de le rejoindre sous le gros arbre.

— OK ! Ça a pas de bon sens ! Est-ce qu'on va passer cette fin de semaine sous cette pluie-là ? Regarde, ils ont abrié l'équipement avec des bâches. Puis, tu as vu comme moi que la barrière pour empêcher les personnes de s'aventurer sur le site est tombée.

— Les touristes se sont probablement présentés en trop grand nombre et les gardiens ont perdu le contrôle. Viens, on va marcher jusqu'à la cantine pour trouver du café. Si l'averse persiste, j'ai bien peur de pas pouvoir me servir du poêle à gaz pour le souper. Aussi, on croisera peut-être Flora et son amie Estelle en marchant.

— Elle est sûrement sur le site. Quand elle m'a téléphoné, il y a deux jours, elle devait quitter La Minerve la nuit dernière.

On va essayer de la trouver, mais ce sera pas facile, avec la foule qu'il y a ici !

— Ouais, souhaitons-nous bonne chance ! Attends ! J'ai deux imperméables et des bottes de pluie dans le coffre arrière de la voiture.

— Tu as tout prévu, à ce que je vois ! C'est dommage, hier, le soleil était au rendez-vous.

— Qui te l'a dit ?

— La fille…

— Quelle fille ? récidiva Jacques.

— Elle est installée dans la tente à la droite de la nôtre. Elle m'a parlé pendant que tu plantais les piquets dans le sol en maugréant.

— Ha ! Ha ! Et qu'est-ce qu'elle t'a dit d'autre ?

— Rien, elle a disparu en coup de vent. Je sais seulement qu'elle vient de Chicago et qu'elle est arrivée tôt ce matin. Elle avait un air bizarre et ses vêtements étaient ridicules !

Malgré le temps sombre et pluvieux, il régnait un esprit de paix sur le site principal. Le champ verdâtre qui avait accueilli les festivaliers la journée précédente s'était transformé en une mer de boue.

Rose-May et Jacques se pointèrent devant le premier kiosque, où le commerçant s'affairait à remettre de l'ordre sur le passe-plat.

— Qu'est-ce que vous voulez ? leur demanda l'homme à peine souriant, le front encerclé d'un bandeau d'où pendouillaient des mèches trempées.

— Vous vendez pas de café, ici ?

— On peut vous servir du café, mais il y a plus rien à manger. Tous les tenanciers de kiosques qui offraient des hamburgers, des hot-dogs et du blé d'Inde ont déclaré pénurie. Il y a trop de touristes. Les organisateurs attendaient 50 000 personnes, y doit y en avoir 200 000 à l'heure qu'il est. Imaginez-vous demain et dimanche ! Depuis que la barrière s'est écroulée, le monde entre sur le site sans payer.

— Ouf! De notre côté, on a assez de nourriture dans la glacière pour nous rendre à dimanche. Mais vers qui ces pauvres gens vont se retourner s'ils espéraient s'approvisionner dans les cafétérias mobiles?

Le propriétaire de la cantine reprit en posant ses coudes sur le passe-plat imbibé d'eau:

— Ils vont profiter des repas communautaires, coudon! Les gens qui ont apporté de la nourriture la partageront avec ceux qui en ont pas. Sinon, le terrain se videra d'ici à demain. De toute façon, à partir de demain, plus personne entrera sur le site. Mon *chum* Fernand vient de me dire que des voyageurs sont coincés dans leur char à 50 milles d'ici. Ils peuvent pas se rendre à pied jusqu'ici, c'est trop loin, et avec cette pluie, c'est pas recommandable. Il y a aussi des artistes coincés dans l'embouteillage.

— Leur spectacle sera annulé? demanda Jacques en regardant Rose-May, qui paraissait découragée.

— Inquiétez-vous pas. Y a un hélicoptère qui fait la navette pour amener les vedettes sur le site.

— Ah bon! Je suis soulagé.

Malgré les efforts des organisateurs, ce vendredi soir-là, le groupe Sweetwater, chargé d'ouvrir le Festival, fut remplacé par Richie Havens, au grand bonheur de Rose-May, qui adulait ce chanteur rock. Après trois rappels, les autres groupes n'étaient toujours pas arrivés. Un jeune artiste country, Joe McDonald, fut sollicité pour donner une prestation. Il fut applaudi lorsqu'il partagea avec le public son désaccord avec la guerre du Vietnam, en chantant *Feel Like I'm Fixin' To Die.*

— Je suis désolé de te faire vivre ce festival sous un climat aussi maussade, Rose-May. Si j'avais su, jamais je t'aurais proposé d'y venir avec moi, s'excusa Jacques, tout en lui tenant la main sur le chemin du retour.

— C'est pas de ta faute.

— Attends, je vais ouvrir la fermeture éclair pour que tu puisses entrer sous la tente.

— Oh !

— Qu'est-ce qu'il y a ?

— Regarde ! Nos sacs de couchage trempent dans l'eau. On pourra pas dormir ici !

— Malédiction ! Je suis vraiment désolé. Est-ce que tu préférerais qu'on rentre à Labelle ?

— On peut pas rebrousser chemin. Les routes sont bloquées. Demain, le soleil sera au rendez-vous… Pour ce soir, on dormira dans ton auto.

— Une chance qu'on avait laissé les couvertures dans la voiture ! Je t'installe un lit douillet sur la banquette arrière, princesse. Demain sera un autre jour…

Le samedi s'annonça effectivement musicalement chargé, mais la pluie persistait. The Quill ouvrit les festivités à midi, suivi du groupe Santana et de Janis Joplin, cette célébrité espérée qui livra une prestation médiocre, gâchée par la drogue, avec une bouteille à la main. L'une des meilleures performances offertes, selon les spectateurs, fut celle du groupe Sly and the Family Stone.

— Que du talent, ce Carlos Santana ! Je sais pas ce que je donnerais pour gratter la guitare comme lui ! C'est dommage qu'il y ait eu des problèmes techniques. Remarque, on pouvait s'y attendre, avec cette mauvaise température.

— C'est vrai. Je somnolais sur ton épaule quand Creedence Clearwater Revival est passé.

— Ha ! Ha ! Ta sieste a pas été réparatrice. Tu t'es mise à danser quand The Who a entonné *My Generation* !

— Ils sont bourrés de talent !

— Rose-May, je pense qu'on va partir ce soir, la température est trop déprimante.

— Je suis d'accord avec toi, approuva-t-elle en lui prenant la main.

Une voix interpella Rose-May alors qu'elle s'apprêtait à plier les couvertures sur le siège arrière de la voiture.

— Rose-May ! Cocotte, c'est moi !

— Flora ! Te voilà ! Je te cherche depuis deux jours, sainte pivoine ! Où est-ce que tu étais passée ?

— Je me cachais de cette mauvaise température, chérie. Bonjour, Jacques, comment ça va ?

— Bien, Flora. Si c'était pas de cette satanée pluie de crapauds, ce serait un séjour plus agréable.

Flora fit signe à un homme de s'avancer.

— Roger, je te présente mes amis de Labelle, Rose-May Cédilotte et Jacques Yergeault.

— *Peace and love !* cria l'homme mal habillé.

Roger leva la main pour former un « V » avec son index et son majeur en guise de salutation. Il était vêtu d'une tunique d'un brun défraîchi et d'un pantalon orange à pattes d'éléphant.

— Bienvenue à Woodstock, camarades, terre d'adoption de Bob Dylan !

— On est à Bethel ! lança Jacques en souriant.

— C'est pareil, mon *chum ! Fuck !* J'ai oublié de fermer les fenêtres du Volkswagen ! Je reviens.

— On s'apprêtait à faire nos bagages, s'excusa Jacques. On préfère partir ce soir. Ce sera plus facile que d'attendre à demain, après la soirée de clôture.

— Voyons, Jacques ! rétorqua Flora. On est en vacances, non ? Vous pourriez dormir sur place une autre nuit pour qu'on puisse passer la journée ensemble demain !

Rose-May ne reconnaissait plus son amie. Elle portait une tunique de style indien sertie de coquillages et peinte de fleurs multicolores, accompagnée d'un jean brodé de strass.

Jacques s'était éloigné de quelques pas, histoire de laisser Rose-May discuter avec son amie.

— Flora ! Tu as changé de style ! Mais tu peux pas te promener pieds nus ! Regarde toutes ces canettes qui traînent par terre ! Tu pourrais te blesser. Où est-ce que tu as acheté ces vêtements ?

— Elles sont jolies, ces fringues, non? Elles reflètent ma nouvelle personnalité! Je les ai achetées dans une roulotte, ce sont des vêtements usagés.

Flora replaça un peigne décoratif planté dans ses cheveux ternes.

— J'espère que tu les as nettoyés avant de les porter. Où est installé ton abri?

— Je dors pas sous la tente. Regarde! cria Flora, en désignant une Volkswagen bigarrée de teintes psychédéliques.

— Tu loges chez ce hippie?

— Qu'est-ce que tu en penses? J'avais pas apporté de bouffe et il y a plus rien à manger, sur ce site. Il faut bien que je me nourrisse!

— Tu fumes de l'herbe avec lui?

— J'aime pas la marijuana.

— Tu en as consommé? Parle, sainte pivoine!

— Juste une fois.

— Non! Et qu'est-ce que tu as pris, en plus, pour avoir ces yeux vitreux?

— J'ai essayé le LSD cet après-midi. J'en prendrai plus, je me suis sentie toute drôle. J'ai vu des minous qui couraient sur le terrain. Hi! Hi! J'ai eu peur de les écraser en marchant. Inquiète-toi pas, j'ai pas touché à l'acide brun. J'aurais eu peur de pas revenir sur terre.

— Flora, qu'est-ce qui t'arrive? Tu sens mauvais. Tes cheveux sont gras et je parie que tu t'es pas brossé les dents depuis ton arrivée.

— Oui, j'ai brossé mes dents, et cette odeur est celle du patchouli, mon amie. Tu connais?

— Tu sens le camphre.

— Roger aime cette fragrance.

— Je sais pas quoi te dire. Tu me déçois! Où est Estelle? Tu étais censée venir me la présenter à la maison, et t'es jamais venue.

— Elle est retournée à La Minerve.

— Quoi ? Tu es seule, avec ce... Roger ?

— Oui. Il me ramènera chez moi demain.

— Où est-ce qu'il vit ?

Flora devint muette, étourdie par toutes les questions de son amie.

— Parle. Tu m'inquiètes, là !

— Il habite en communauté depuis plusieurs années.

— Seigneur ! Où ?

— À Long Island.

— Tu l'as cru quand il t'a dit qu'il te reconduirait chez toi après le festival ?

— J'ai un pouce au cas où il me laisserait sur le bord du chemin ! S'il m'a bourrée de menteries, je ferai de l'auto-stop.

— Fais pas ça, mon amie ! Pourquoi Estelle est partie ? Vous vous êtes disputées ?

— Elle a refusé de s'installer avec nous dans la Volkswagen de Roger.

— Pourquoi ?

— Il y a aussi Bob qui y vit...

— Quoi ? Tu dors avec deux inconnus ? Dis-moi que je rêve, Flora !

— Bob est le cousin de Roger.

— Qu'il soit son cousin, son frère ou son père, peu importe ! Tu... tu es une traînée, Flora Frodet ! Je veux plus te revoir !

— Où tu vas, Rose-May ? demanda Flora, alors que son amie s'éloignait d'elle.

— Rejoindre Jacques. On a plus rien à se dire !

— OK ! Reste la petite fille sage que tu es ! Pauvre Jacques ! Il doit s'ennuyer avec toi ! tempêta Flora, le regard mauvais.

— Je te permets pas de m'insulter !

Flora reprit la parole, furieuse :

— Jacques Yergeault baise une sainte-nitouche ! cria-t-elle en s'agrippant au cou de Roger.

Rose-May avait finalement demandé à Jacques de rester jusqu'au lendemain. Elle espérait qu'au lever du jour, le soleil resplendirait et qu'elle pourrait s'expliquer plus calmement avec son amie.

Cependant, elle n'avait presque pas fermé l'œil de la nuit, tellement elle avait du chagrin de voir sa copine si changée.

La journée du dimanche se révéla à nouveau éprouvante pour Rose-May. À travers un nuage de marijuana et de haschisch, elle avait vu Flora sortir du lac les seins nus en compagnie de Roger, qui lui caressait les fesses en rigolant. Ils s'étaient dirigés vers un hélicoptère pour s'approvisionner de chocolat et de biscuits, où de nombreux autres festivaliers déchiraient les boîtes cartonnées en riant.

Cette fois, c'en était trop pour Rose-May. Elle demanda à Jacques de quitter Bethel, et ce dernier ne se fit pas prier pour partir. Le trajet du retour se fit presque en silence.

— Je suis navré de t'avoir fait vivre ce week-end d'orages rempli d'humidité, sans compter le choc que tu as eu en voyant ton amie Flora.

— Tu pouvais pas savoir, le rassura Rose-May en aidant son ami à vider le coffre arrière de la voiture. Je l'ai perdue… Reste à savoir si elle rentrera bientôt chez son père, à La Minerve, lui qui est si fier de sa fille. Je suis tellement inquiète ! Si on avait pu, on l'aurait ramenée avec nous. J'espère que je la reverrai bientôt pour que je puisse m'excuser de l'avoir sermonnée.

— Est-ce que tu veux que je reste avec toi, princesse ?

— Tu es gentil, mais j'aimerais mieux me retrouver seule, le temps de me remettre de toutes ces émotions. Tu comprends ?

— Tout à fait ! De toute façon, je travaille tôt à l'ébénisterie, demain matin.

À la suite du départ de Jacques, Rose-May avait profité d'un bain chaud et s'était installée au salon avec Frimousse sur ses genoux. Elle pensait à son amie, sa grande amie qui, en quelques jours, s'était inventé un personnage qui ne lui collait pas du tout à la peau.

Avant, Flora apportait un sentiment de paix à Rose-May. Une amitié bâtie sur 23 années venait de s'éteindre brutalement. Elle espérait avoir aidé sa copine en la sermonnant, mais elle avait exagéré la situation et elle s'en voulait. Elle ressentait de la colère et du chagrin. « J'ai pas de formule magique pour revenir en arrière et j'ai aucun remède pour guérir la plaie que j'ai moi-même ouverte. Pauvre Flora ! La vie t'a donné un étrange rendez-vous, cette fin de semaine. Si tu reviens pas parmi nous, les jours à venir finiront par t'enterrer, mon amie. Maudite drogue ! J'ai souvent eu peur de perdre les gens que j'aime à cause de ce poison ! Toi, Flora, as-tu déjà eu peur de me perdre ? Tu y penses pas vraiment, en ce moment, l'herbe t'aidera à oublier que je suis passée dans ta vie, mais à quel prix ? Depuis que je te connais que tu cherches le bonheur, et tu le chercheras toujours, si tu reviens pas. Crois-tu l'avoir trouvé, maintenant ? Souviens-toi que dans un roman, il y a une fin. Je souhaite que ton histoire se termine bien, car parfois, l'ultime chapitre n'a pas toujours un dénouement heureux. »

Chapitre 8

Dis-lui que tu l'aimes

Deux semaines s'étaient écoulées et Rose-May n'avait pas reçu un seul appel de son amie. Elle s'imaginait le pire. « Reviens, ma petite Flora ! » l'implorait-elle silencieusement.

Un bon matin, alors qu'elle se versait un café, la sonnerie du téléphone retentit.

— Allo !

— Bonjour, Rose-May, c'est monsieur Frodet, le père de Flora.

— Ah ! Bonjour. Comment allez-vous ?

— Bien, merci. Est-ce que ma fille a décidé de rester chez vous en rentrant de son voyage ? J'ai pas eu de ses nouvelles depuis 15 jours.

Comment lui expliquer ? se questionna Rose-May, en se mordillant la lèvre.

— Flora est pas chez moi, monsieur Frodet, je suis désolée. Quand je suis partie des États-Unis, elle m'a dit qu'elle voulait prendre un plus long congé.

— Ça fait deux semaines, sainte étoile ! Tu sais ben qu'il lui est arrivé un accident ! Elle aurait pu appeler, pour pas que je m'inquiète !

— Elle m'a pas téléphoné, non plus, monsieur Frodet. Écoutez…

— Ça y est ! Je soupçonnais qu'y avait anguille sous roche… Elle a rencontré un homme ?

— Heu… en fait, oui. C'est pour ça qu'elle a prolongé son séjour là-bas.

— Comment je fais pour la rejoindre ? As-tu le nom de famille de ce gars-là, toi ?

— Non. Je sais seulement qu'il se prénomme Roger et qu'il demeure à Long Island.

— T'as pas passé la fin de semaine avec ma fille ?

— Non, on s'est chicanées.

— Pourquoi ? Ça se peut quasiment pas ! Vous étiez les meilleures amies du monde depuis le couvent !

— C'est arrivé pareil. Je suis désolée.

— Baptême de baptême !

— Énervez-vous pas, elle communiquera avec vous bientôt, j'en suis certaine.

Le charbonnier s'emporta au bout du fil.

— Quand ?

— Je le sais pas… La dernière fois que je l'ai croisée, c'était le dimanche 17 août, avant que je quitte Bethel avec Jacques.

— Pourquoi vous vous êtes chamaillées ?

— Pour une bagatelle. Il a plu toute la fin de semaine et elle voulait qu'on dorme dans la Volkswagen de son ami. Vu que j'ai refusé, elle l'a pas pris, comme on dit.

— Elle était partie avec Estelle et elles avaient apporté une tente !

— Elle trouvait plus confortable de dormir à l'abri de la pluie et de l'humidité, vous comprenez ?

— Je vais téléphoner chez Estelle.

— Ça sert à rien. Estelle a quitté le site le vendredi, la journée de leur arrivée. Elle est au courant de rien.

— Quoi ? Ma fille est seule aux États, avec… ce Roger ! Pis on sait même pas son nom de famille !

—Je suis navrée de pas pouvoir vous aider. Si je savais où elle se trouve à l'heure où on se parle, vous en seriez le premier informé. On a eu une chicane, mais je suis tout de même inquiète pour Flora.

—Je fais quoi, asteure ?

— Vous faites comme moi et vous attendez qu'elle donne signe de vie. J'espère un appel ces jours-ci. Je le souhaite de tout cœur, en tout cas.

Après l'appel du père de son amie, Rose-May entreprit de faire un peu de repassage en fredonnant, question de s'occuper et cesser de s'imaginer le pire pour Flora...

« *Des hélices Astrojet, Whisperjet, Clipperjet, Turbo... À propos chu pas rendu chez Sophie qui a pris l'avion St-Esprit de Duplessis sans m'avertir... Alors chu r'parti sur Québec Air Transworld, Nord-East, Eastern, Western puis Pan-American, mais ché pu où chu rendu*[4]... »

Janvier 1970

Le paysage figé avait revêtu un édredon immaculé. Pour les agriculteurs, la période hivernale représentait un temps de repos, de loisirs et de plusieurs soirées passées au coin du feu, dans les maisonnées bien chauffées, avant que se présentent les labeurs du printemps.

Un vent glacial courait sur la galerie de la rue du Couvent et soulevait la dernière neige tombée.

Des couples, amants de la saison froide, déambulaient sur l'étroite artère et caressaient du regard les feuillus aux troncs blanchis devenus squelettiques.

Rose-May avait de la difficulté à apprivoiser la vie quotidienne sans la compagnie de Flora, qui n'avait donné

4 *Lindberg*, Robert Charlebois et Louise Forestier, 1968.

aucun signe de vie depuis leur escapade à Bethel, cinq mois auparavant. Parfois, elle songeait à retourner sur le marché du travail, même si elle vivait aisément avec les versements de l'assurance-vie que Victor avait contractée lorsqu'il travaillait à la mine. Mais chaque jour, elle appréciait la présence de Jacques tout en se réservant des moments paisibles à parcourir un livre, écouter la radio, et, les soirs de semaine, à prendre rendez-vous avec ses comédiens préférés, vedettes des téléromans de l'heure à la télévision.

Alors qu'elle se prélassait dans sa baignoire, en cette fin de journée glaciale, et qu'elle humait le doux parfum de la lavande, elle entendit trois coups frappés à la porte d'entrée du rez-de-chaussée. « Sainte pivoine ! Il m'avait dit qu'il serait ici vers 5 heures ! Il est en avance, ce soir ! »

Après s'être enveloppée de sa robe de chambre blanche et avoir chaussé une paire de pantoufles, Rose-May descendit en vitesse pour rejoindre son invité, qui devait être frigorifié sur le palier.

— Bonjour ! Je sais que je suis en avance, mais c'était tellement plate, seul à la maison. J'avais hâte de te voir. Tu me pardonnes de me présenter si tôt ?

— Hi ! Hi ! Tu sais bien que oui. Seulement, tu devras t'installer au salon, le temps que je m'habille, glissa-t-elle en resserrant son peignoir sur sa poitrine.

— Vos désirs sont des ordres, madame !

Jacques s'était servi un verre de vin, et s'était installé sur le canapé, heureux de passer la soirée avec sa douce.

Cette dernière se présenta sous l'arche du salon, vêtue d'une jolie robe de lainage d'un bleu pastel et sa longue chevelure d'ébène légèrement ondulée tombait en cascade sur ses épaules.

— Tu es resplendissante !

— Merci, c'est gentil.

— Viens t'asseoir, je t'ai servi un verre de vin.

Rose-May se glissa près de lui, et il fut enivré par son parfum, si doux.

— J'espère que tu as faim, j'ai préparé de la nourriture pour une armée !

— Inquiète-toi pas, je suis affamé ! C'est pour nous, cette belle table dressée soigneusement ?

— Oui, on va manger au salon, si tu veux bien. J'ai deux gros coussins dans ma chambre que je mettrai par terre.

— Quelle bonne idée ! J'adore manger au salon, à la maison. Quand on est seul, c'est ennuyant de manger à la grande table de cuisine, sans avoir quelqu'un à qui raconter sa journée…

Rose-May avait préparé des linguines au pesto, sachant que Jacques adorait les pâtes, qu'elles soient nappées de sauce Alfredo, bolognaise, marinara, ou tout simplement aromatisées d'ail, de fines herbes et de parmesan.

— C'est divin, Rose-May ! Vraiment, je suis impressionné !

— Merci, mais c'est une recette très simple, je pouvais pas la manquer ! s'exclama la cuisinière, souriante, en se levant pour aller sortir une croustade aux pommes du four.

Jacques épiait tous ses gestes. Elle était belle, belle comme un ange. Comment lui expliquer qu'il l'aimait depuis toujours, sans la bousculer ? Il s'était préparé et avait même appris par cœur les paroles qu'il voulait lui dire, et même en se les remémorant dans sa tête, il avait l'impression qu'il bégaierait tellement il était inquiet de sa future réaction.

Rose-May déposa le dessert au centre de la table et s'installa près de Jacques, le cœur léger.

— Je voudrais te dire : il existe pas de mots pour exprimer l'amour que je ressens pour toi.

Il la fixait avec des yeux attendris.

— Jacques !

— Chut ! Laisse-moi terminer. J'attendrai pas d'avoir des cheveux blancs pour t'aimer. Mon plus grand désir est qu'on profite des années qu'on a devant nous. J'aimerais que, plus tard, mes souvenirs fassent partie des tiens, ma belle.

— Jacques…

— Laisse-moi t'expliquer pourquoi mon cœur s'agite en ce moment. Depuis qu'on s'est rencontrés au restaurant, je te vois partout. Ça fera bientôt 20 ans que Victor est décédé et...

— Vingt ans...

— ... que je t'aime, Rose-May. Si pour toi, c'est pas réciproque, je pars sur-le-champ et je t'importunerai plus.

— Oh ! Tu m'importunes pas, voyons ! Je suis bien avec toi. J'ai fini par enterrer le passé pour pas y prendre racine. La route du bonheur qui m'était destinée était en construction.

— Les travaux sont terminés, maintenant ?

Jacques sourit en l'étreignant.

— Personne peut changer ce qui s'est passé hier, mais le futur pourrait s'avérer agréable, tu crois pas ?

— Tu as raison. Présentement, j'apprécie ta présence... Hier, j'ai aimé et aujourd'hui, j'aimerais aimer à nouveau.

— Tu me rends heureux !

— Tu sais, quand Victor est parti, les premiers mois, j'ai ressenti une grande colère. Les jours se sont écoulés et j'ai pu adoucir cette rancune pour seulement me souvenir des beaux moments passés avec lui. La vie est trop courte pour tenir rancune à ceux qui nous ont quittés. Ce soir, je vois le bonheur danser autour de nous et je désire qu'on valse avec lui.

— Et dans plusieurs années, on ira vivre sur notre étoile, princesse.

— Hi ! Hi !

— Tu as été 10 heures dans les bras de Morphée. J'en suis presque jaloux !

— Je me sens si bien ! Merci, merci pour ton respect. J'avais le goût de dormir près de toi et j'ai roupillé comme un bébé.

— Bouge pas. Tu es en train de manger une soupe aux cheveux, rit Jacques en effleurant le visage de la belle pour déloger une longue mèche noire collée à ses lèvres.

Celle-ci se tourna vers son proche ami et ce dernier sentit la pointe de ses seins au travers de sa nuisette frôler son torse nu. Il caressa doucement la cambrure de ses reins, ce qui la fit frissonner. Soudain, il l'embrassa, fit tomber les bretelles du vêtement soyeux et sa langue chaude se mit à glisser sur son cou.

— Je peux toucher ta poitrine, ma belle ?

— Oui.

Il pinça les miniboutons roses de ses mamelons et elle gémit en haletant de façon saccadée.

— Je veux pas te brusquer. Dis-moi si tu veux que j'arrête, Rose-May. Je me sentirais si mal de te décevoir.

La femme enfonça ses ongles dans la chair du dos de son amant et lui murmura de l'aimer, de la caresser, de lui donner du plaisir.

— Tu me fais tourner la tête ! Il y avait un orage en dedans de toi qui attendait seulement d'éclater. Ouf ! Je tremble tellement tu m'excites ! Calmons-nous, j'ai envie que notre réveil s'éternise durant des heures !

— Doucement, Jacques. C'est si bon !

— Tu es impossible ! Je désire te donner tant de plaisir ! Je peux pas accélérer, je vais t'inonder !

— Alors, ralentis, mais enfonce-la, oui, plus fort ! Ah ! Que tu bouges bien !

— Offre-moi ta bouche, ta poitrine, tes fesses, je veux te goûter partout !

L'enfièvrement grimpa à son apogée.

— Chevauche-moi, Rose-May !

Cette dernière rejeta la tête vers l'avant et ses longs cheveux noirs couvrirent le visage ruisselant de son cavalier. Elle ondula des hanches en exerçant des demi-cercles. Elle en désirait encore. Trop excité et incapable de se retenir, Jacques se retira et inonda son ventre.

Rose-May appréciait la fougue animale de Jacques. Si elle l'avait pu, elle aurait passé toutes ses journées au lit avec lui.

Elle aimait aussi être blottie au creux de ses bras et flâner sous les draps.

— Tu es beau ! Je dirais, diablement attirant ! Je pensais jamais revivre un moment si magnifique ! J'avais oublié que c'était si bon !

— Avant, t'étais pas prête, tout simplement. Le plus merveilleux, c'est que j'ai le privilège d'être à tes côtés.

— C'est vrai que mon deuil s'est éternisé. Toutes ces années durant lesquelles j'ai défendu à l'amour d'entrer chez moi... Quand Flora me sermonnait, je lui répétais de cesser de me brasser, que j'étais remplie de larmes. Je fermais les yeux pour les retenir, et les soirs, j'ouvrais les paupières pour les laisser s'échapper, mais j'étais consciente qu'au réveil, il pleuvrait encore toute la journée. Tu m'as fait réaliser qu'il était temps pour moi de dessiner une croix sur le passé pour vivre le présent.

— Je t'aime, Rose-May. Tu es ancrée dans mon cœur, mais j'ai si peur de te perdre ! Rassure-moi, dis-moi qu'on se fréquentera tous les jours, ma belle. Tu sais, ce serait cruel d'être oublié par une personne qu'on oubliera jamais !

— Avant que je te revoie au chalet, j'avais jamais recherché à nouveau la passion. Mes bonheurs de tous les jours me suffisaient. Je me préoccupais aussi de la vie amoureuse de Flora en essayant de la ramener dans le droit chemin. Elle s'en foutait éperdument ! J'espère qu'elle vit encore. Si au moins elle pouvait appeler son père ! Je m'ennuie tellement de mon amie !

— Oui, c'est vrai que vous viviez une si belle amitié ! En ce qui te concerne, le bonheur attendait juste que tu l'invites à entrer dans ta maison et que tu lui donnes la chance de s'asseoir en face de toi pour te brasser un petit peu. Depuis plusieurs années que l'on se connaît, Rose-May. Tant d'années égarées à se chercher.

— On peut pas ramener les années envolées, Jacques. Aujourd'hui, j'ai décidé d'arrêter de perdre mon temps.

— Entièrement d'accord avec toi ! On doit plus regarder en arrière, on manquerait tout ce qui se présentera devant nous.

— Et si les années révolues nous appellent, on répondra pas, à moins que ce soit pour nous souvenir des passages qui nous ont fait sourire.

— Comme tu as raison ! Venez ici, que je vous embrasse, chère dame.

— Attends ! J'aimerais te présenter à ma famille, tu veux bien ?

— Si vite ?

— Pourquoi pas ! Je te demande pas de venir la rencontrer là, maintenant ! Qu'est-ce que tu dirais de Pâques ? Tout le monde sera présent.

— Ouf ! On verra. Et s'ils étaient pas contents à l'idée de me rencontrer ? Tu sais qu'ils ont eu de bons moments avec Victor quand tu étais mariée. Peut-être que je serais vu comme un intrus, non ?

— Voyons, mon chéri ! Les membres de ma famille souhaitent juste mon bonheur ! Ils seront très contents de te connaître, toi, l'homme qui me rend si heureuse et qui me comble d'amour !

Chapitre 9

Pâques

Mars 1970

En cette journée de fête chrétienne, tous les fidèles de la paroisse de Labelle célébreront la résurrection du Christ. Ce sera une journée sainte où, après l'homélie, les citoyens se retrouveront à une grande table pour partager le dîner pascal traditionnel.

Rita avait cuisiné le rituel jambon arrosé de sirop d'érable, une omelette onctueuse et des pommes de terre bouillies dans l'eau sucrée. À la fin du repas, même si Marthe, Maria, Rose-May et Normand étaient adultes, ils partiraient à la chasse aux œufs et aux lapins en chocolat que les parents avaient dissimulés dans une garde-robe, au sous-sol ou dans les tiroirs de bureau. L'amour de Rita pour les siens était inconditionnel.

Comme elle était heureuse de tous les recevoir ! La vie n'avait pas toujours été facile, lorsqu'elle en avait plein les bras avec la maisonnée et que son mari Urgel travaillait sans relâche sur la terre pour nourrir les siens. Le jour comme la nuit, elle s'inquiétait pour la santé de tout un chacun, de leurs résultats scolaires. Et combien de fois avait-elle prié Dieu, pour alléger la souffrance de celle qui brûlait de fièvre ou pour celui qui s'était brisé un bras en tombant de sa bicyclette ? Elle savait comment apaiser les éraflures et les piqûres d'insectes sur le genou ou le visage de l'un de ses enfants. Le petit baiser magique faisait disparaître tous les petits bobos. Elle savait aussi embellir les journées pluvieuses en leur fournissant des feuilles de papier pour dessiner ou construire des marionnettes en papier mâché.

Il y avait aussi les petits-enfants qui émerveillaient Urgel et Rita. Souvent, le grand-père leur soufflait à l'oreille : « Vous grandissez trop vite, vous autres ! Vous êtes à la veille de me dépasser, bâtard ! Oubliez pas de ben étudier vos leçons, pis plus tard, vous ferez ce que vous voulez dans la vie. Mais attention ! La porte de la réussite sera ouverte juste pour ceux qui seront assez forts pour la pousser. Faites ce que vous avez à faire, pis concentrez-vous à l'école. Le plus valorisant pour vous autres sera de réussir ce que les pas studieux vous croient incapables de faire. » « Grand-père ! lui avait répondu son petit-fils, Denis, quand on va avoir fini nos études, tu vas peut-être être mort ! » « Inquiète-toi donc pas pour ça, Denis ! avait rétorqué Urgel. La journée que ce sera le temps de mourir pour moé, ben je vais en choisir une autre ! Ha ! Ha ! »

Fébriles, Rose-May et Jacques s'étaient présentés les premiers sur le pas de la maison familiale. Juste avant de toquer à la porte, l'amoureux avait entouré les épaules de sa belle et lui avait chuchoté à l'oreille qu'il l'aimait profondément.

— Papa, maman, je vous présente Jacques Yergeault.

Le père de famille tendit une main ferme au nouveau venu.

— Ça me fait plaisir, mon gars. Reste pas planté là comme un piquet ! Entre ! Voici Rita ma femme, ma complice de tous les jours !

— Bonjour, madame Cédilotte, c'est un honneur pour moi de vous rencontrer. Rose-May me parle souvent de vous.

— En bien, j'espère ? s'informa en souriant la petite femme vêtue d'un tailleur marine. Venez vous asseoir au salon, je vous offre une champagnette. À moins que vous préfériez une bière ?

— Une bière, ça me va. Merci.

Le couple s'installa sur le grand divan style colonial aux motifs carrelés caramel et brun.

— Est-ce que mon frère et mes sœurs arriveront bientôt, maman ? demanda Rose-May, habillée d'une jupe noire et d'un chemisier rose.

— Toute la famille sera présente, ma fille, la rassura Rita en déposant sur la table centrale du salon un plateau rempli de boissons alcoolisées.

— Dis-moi Jacques...

— Oui, monsieur Cédilotte ? répondit l'homme de 34 ans, qui se préparait à traverser la rafale de questions que le sexagénaire s'apprêtait à lui poser.

— Tu travailles dans quoi, à Labelle ?

— Chez un imprimeur, et je donne un coup de main à monsieur Robillard à son ébénisterie. J'aimerais bien fabriquer des meubles, un de ces jours.

— Eh bien ! Et dis-moi...

— Oui ?

— Comment t'as fait pour sortir ma fille de sa coquille et pour lui montrer qu'une vie se passe pas enfermée dans une maison avec une tonne de bouquins ?

— Papa ! Arrête, tu vas gêner Jacques !

— C'est pas vrai, Rose-May ? Moi, je suis ben content de te voir au bras d'un homme si avenant. Depuis 20 ans que tu poireautais entre ta maison de la rue du Couvent et ton chalet au lac Labelle. C'est pas raisonnable de passer ses journées enfermée, quand on veut refaire sa vie !

— On est heureux pour toi, déclara sa mère, les yeux brillants. Vous demeurez à Labelle, monsieur Yergeault ?

— Madame Cédilotte, je suis pas « monsieur Yergeault », appelez-moi Jacques, s'il vous plaît.

— Alors, d'accord pour Jacques. Oh ! Excusez-moi, ça sonne à la porte.

Les membres de la famille se présentèrent chez les Cédilotte : Marthe, Rock, Maria, Bobby et Normand.

— Où vous avez caché vos enfants ? interrogea Urgel en s'allumant une cigarette.

— Denis et Jeanne ont d'autres chats à fouetter que d'assister au dîner de Pâques, papa, répondit Marthe.

— Ces jeunes-là ! Pas capables de respecter les traditions ! Et les tiens, Maria ?

— Même chose ! À leur âge, ils ont d'autres priorités.

— Bâtard, que ça a changé ! Dans mon temps, y avait pas un enfant qui manquait la messe pis le repas de la résurrection de Jésus ! Maudite évolution de mes deux ! Où est-ce qu'on s'en va ? Imaginez-vous comment ça aura changé dans les années 2000 ! Bon ben, au diable la chasse aux cocos de Pâques, ça va en faire plus pour moi !

— Assis-toi, Urgel, tu vas tomber. Veux-tu ta canne ?

— Laisse faire la béquille, ma femme. Je suis bien capable de me tenir encore sur mes deux jambes.

— Tes rhumatismes te font encore souffrir, papa ? s'inquiéta Rose-May, tandis qu'elle se levait avec l'intention de rejoindre sa mère pour l'aider à mettre les couverts.

— Les journées se suivent, pis y en a pas deux pareilles. C'est plus douloureux quand c'est humide dehors. Comme on dit : « Tant qu'y aura de la sève, l'arbre tombera pas ! » Venez vous installer à la cuisine. Rita a pas arrêté depuis la barre du jour... ça sent mauditement bon ! J'ai faim comme ça se peut pas !

Urgel avait toujours caché sa réelle condition physique à ses enfants. Il aurait bien voulu aussi ne pas inquiéter sa femme Rita, qui, tous les jours, le surveillait de près pour éviter une chute ou lui rappeler de prendre ses médicaments.

Malgré qu'il s'acharnait à dire qu'il n'avait pas besoin d'une canne pour soutenir ses vieilles jambes, il était conscient que l'instrument lui donnait un certain équilibre lorsque les rhumatismes lui martelaient le corps et que l'humidité s'attaquait à lui les jours de pluie et durant la saison hivernale.

Tous les convives étaient arrivés et Rita les pria de s'installer à la cuisine.

Au centre de la table festive dressée avec des couverts du dimanche, la mère de famille déposa un gros jambon piqué de clous de girofle rôti à point, des pommes de terre, un bol de pois verts, des salades et une énorme miche de pain à l'ancienne.

— Urgel ! Mets pas tant de beurre, tu vas encore te plaindre de ton foie !

— Voyons, Rita ! Pourquoi le beurre a été inventé, tu penses ? Pour nous remplir le corps de bon gras, pour pas qu'on se les gèle l'hiver !

— N'importe quoi ! Du gras, c'est du gras !

Marthe profita du moment pour sortir un paquet de son sac et l'offrir à son père.

— Tiens papa, c'est pour toi.

— Hein ? Un cadeau pour ton vieux père ? lança ce dernier en riant. Ah bien, bâtard ! Mes pantoufles de laine. Y était temps, ma fille ! T'étais censée me les donner au jour de l'An, on est en avril ! Le pire, c'est que je les porterai pas avant l'automne.

— Mieux vaut tard que jamais ! rétorqua la jeune femme, en se levant pour verser le vin dans les coupes des invités.

— Y a juste une affaire, Marthe…

— Quoi ? Elles sont trop grandes, trop petites ?

— Pantoute ! Je t'avais demandé des pantoufles bleues pis elles sont vertes.

— T'aimes pas la couleur ?

— C'est une farce ! Qu'elles soient vertes, roses ou jaunes, l'important, c'est qu'elles vont me tenir les pieds au chaud tout l'hiver. Merci, t'es bien fine, ma grande. Toi, Rock, y a-tu du nouveau au garage Machabée ?

— Non le beau-père, mis à part que le jeune qui m'aidait s'est fait mettre à la porte vendredi. Je trouve ça dur, pas d'*helper.* Ça me prend plus de temps à finir une *job* de mécanique. J'arrive plus tard pour souper et ma femme est bien tannée. J'ai hâte que le *boss* en engage un bon qui a pas peur de l'ouvrage.

— Toi, Bobby ? Y a-tu quèque chose de nouveau à l'école Saint-Pie ? Les petits sont toujours aussi malcommodes ?

— Vous avez oublié que je travaille de nuit, monsieur Cédilotte. Je les ai pas dans les pattes pour faire mon ouvrage. À l'âge qu'ont mes enfants, je me verrais pas recommencer avec des jeunes. J'ai plus la patience que j'avais avant. J'ai remplacé le concierge de jour à un moment donné, mais rien que d'entendre les jeunes crier dans la cour de récréation pis dans la grande salle, les oreilles se mettaient à me friser !

— C'est ben évident que c'est pas facile d'entendre une gang de jeunes se tirailler. Qu'est-ce que tu ferais si le directeur changeait ton *shift* pour un poste de jour ? Tu lâcherais ton ouvrage à cause des enfants ?

— Non. Mais je trouverais ça bien *rushant.* Je trouverais ça achalant, juste de les voir circuler entre mes pattes quand je laverais les planchers. Je pense que je deviendrais mauvais !

— T'aurais juste à pas te laisser manger la laine su'l'dos, coudon !

— Facile à dire, je suis habitué à être tout seul, la nuit. Quand mon ouvrage est fini, je peux roupiller en paix sans que personne me fasse de remontrances.

— Tu dors sur la *job* ?

— Pourquoi j'en profiterais pas ? Un fou dans une poche !

— Ouin, tant qu'à ça. T'es pas tanné de travailler la nuit ?

— C'est bien sûr que j'aimerais mieux être comme tout le monde puis me coucher à 10 heures au lieu d'aller faire le ménage à l'école. Mais si je changeais d'emploi, je me verrais pas plus heureux. Comme le dicton dit: « Un égout peinturé en rose, ça a pas meilleure odeur! »

— Ha! Ha! Toi, Jacques, tu te promènes dans quelle marque de char, mon gars? On dirait que t'es mal à l'aise, parle un peu!

— Je suis pas gêné, monsieur Cédilotte. J'ai bien du plaisir à vous écouter discuter avec votre famille. Ma voiture est une vieille Pontiac 1958. Elle émet un bruit bizarre, je vais demander un rendez-vous au garage Machabée cette semaine.

— Ça me fera plaisir d'examiner ton char, Jacques! lança Rock, fier comme un paon.

— Merci, je téléphonerai demain matin. Heu, non, ce sera lundi de Pâques. Je vais attendre à mardi. J'aimerais profiter de l'occasion pour dire quelque chose, si vous permettez, monsieur et madame Cédilotte.

— La parole est à toi, répondit Rita, qui coupait la première part du gâteau Reine-Élisabeth qui serait accompagné de crème glacée vanillée.

L'amoureux de Rose-May se leva et sortit de sa poche un écrin tapissé de satin rouge. Jacques était un homme de sentiments, d'amour et d'émotions.

— Mon Dieu! s'écria Maria, émue.

Fébrile, Jacques se lança devant tous les proches de sa bien-aimée:

— Rose-May, il existe pas de plus grande joie pour moi que celle que j'ai ressentie le jour où tu t'es retrouvée sur ma route. Ça fait bien des années que je t'aime, mais j'étais conscient que tu étais heureuse avec Victor et j'étais content pour toi, vraiment. Désolé si je parle de Victor, mais je sais que tu comprends, ma belle. Tu es unique et tu embellis ma vie chaque jour. Est-ce que tu me ferais l'honneur de devenir ma fiancée? Je promets devant toute ta famille de prendre soin de toi, le jour comme la nuit, et aussi durant toute notre vie à deux, si tu veux bien m'épouser le moment venu.

Rose-May pleurait de joie devant sa famille qui s'extasiait: « Oh ! Voyons ! Quelle belle nouvelle ! »

— Lève-toi, ma fille ! Es-tu vissée sur ta chaise ? la sermonna son père, les yeux humides.

Rose-May se blottit dans les bras de son amoureux.

— J'ai pas entendu ta réponse. Qu'est-ce que tu as dit ?

— Oui, Jacques ! Oui, oui et oui, mon chéri !

Ému, Urgel Cédilotte reprit la parole :

— Des fiançailles, ça veut ben dire un mariage prochain, ça ?

— En effet, monsieur Cédilotte ! confirma Jacques, en encerclant la taille de Rose-May.

— Pourquoi tu l'as pas demandée tout de suite en mariage pour qu'on sache comment s'endimancher ?

— Ha ! Ha ! C'est pas à moi seul de choisir la date de notre union. Rose-May, aimerais-tu m'épouser sous la brise tiède de l'été ou sous un vent frisquet, avec une ribambelle de flocons blancs qui danseraient autour de nous sur le parvis de l'église de Labelle ?

— Je pourrais pas choisir ! Les deux saisons sont magnifiques !

Après quelques secondes de réflexion, Jacques questionna à nouveau Rose-May :

— Je te vois indécise, ma belle.

— Je me marierai n'importe où avec toi ! Peu m'importent l'endroit et la saison. Même au pôle Nord, je te dirais oui, mon amour !

Jacques serra Rose-May très fort et elle chuchota à son oreille : « Tu vois, ma famille t'aime déjà ! »

Chapitre 10

L'enterrement de vie de garçon

VictoRose

Il fut décidé que l'union de Rose-May et Jacques serait célébrée le samedi 19 septembre 1970 au palais de justice de Mont-Laurier, érigé en 1911 sur la rue de la Madone.

Les futurs fiancés s'étaient installés dans la balançoire avec un plat de crudités, des fromages et un verre de vin blanc. Le soleil perçait les nuages et plongeait ses rayons dorés sur les eaux frémissantes du lac Labelle.

— C'est loin, Mont-Laurier ! déclara Jacques, les cheveux en broussaille, vêtu d'un pantalon de jogging gris et d'un t-shirt marine.

— À 40 milles de chez nous. Environ une heure de route pour les invités. Tu sais, si j'avais pu me marier en blanc à l'église de Labelle, je l'aurais fait, pour toi.

— Princesse, j'irais au bout du globe pour prononcer la phrase magique : « Oui, je le veux. » Je prévois qu'on se rende à l'église de Labelle après la cérémonie pour faire bénir nos alliances. Attends une minute, je mets une bûche dans le poêle. Préférerais-tu que la noce ait lieu à Mont-Laurier, vu que les convives seront tous sur place ?

— C'est vrai que ce serait plus pratique pour eux, mais maman et papa tiennent à nous recevoir dans la maison où je suis née, à La Conception. Ils seraient tristes si on leur demandait d'annuler la réception.

— Je les comprends, ma belle. Donne-moi la liste des invités, s'il te plaît.

Rose-May lui tendit un cahier où les noms de quelques personnes avaient été barbouillés d'un trait au crayon de plomb. La veille, elle avait passé la soirée à rédiger la liste et elle avait recommencé plusieurs fois, incertaine de savoir si elle prenait la bonne décision de convier les Alarie à la réception.

— Pourquoi ces grands traits sur les membres de la famille de Victor ?

— Je pensais les inviter, mais j'ai changé d'avis. Le passé est derrière nous. De plus, monsieur Alarie est contre notre union. Vaut mieux un petit mariage où l'on rit, qu'un grand mariage triste.

— Ça se fait pas, Rose-May ! Ton ex-beau-père devrait comprendre que le temps est venu de partager ton bonheur après tant d'années ! Il doit évoluer pour avoir enfin une paix intérieure.

— Je recommence une nouvelle vie avec toi. Je vois pas pourquoi je demanderais à mon ex-belle-famille d'assister à notre mariage. C'est du passé.

— Tu crois que j'aurais été contre ?

— Non ! C'est moi… moi seule qui voulais pas t'imposer tout ça.

— Victor est décédé, mais tu étais sa femme. Tu es la bru de monsieur et madame Alarie, la belle-sœur de ses frères et sœurs, et tu as des neveux et nièces aussi. Je tiens à ce que tu les invites.

— D'accord. Mais je doute que mon beau-père et ma belle-mère soient présents. La journée où je leur ai annoncé notre union, seule madame Alarie m'a félicitée…

— Et lui ?

— Il m'a dit : « Voyons, Rose-May ! Le corps de mon gars a jamais été retrouvé ! C'est comme si tu étais toujours une femme mariée ! »

— Il est mort, chérie !

— Oui, je sais. Pauvre monsieur Alarie, il espère encore le retrouver !

— Je comprends son tourment. Son deuil aurait été allégé s'il avait pu inhumer son fils en terre sainte.

— Moi aussi ! J'aurais prié sur sa tombe tous les jours au lieu de me languir comme je l'ai fait durant toutes ces années en espérant qu'il reviendrait un jour. Désolée, je tenais pas à ressasser le passé, Jacques. Je t'aime et si tu savais comme j'ai hâte de devenir madame Yergeault !

— Je t'aime tant aussi ! Tu posteras les invitations aux membres de la famille Alarie ?

— Oui, je leur adresserai un faire-part.

— C'est réglé ! Maintenant, on doit planifier notre voyage de noces.

— Ah oui ?

— Évidemment ! Que dirais-tu si on s'évadait pour une semaine ? Je te laisse le choix du lieu, princesse.

— Moi ? J'ai jamais quitté Labelle, à part pour notre séjour à Bethel. Et je veux plus prononcer le nom de cette ville ! Elle est maudite, elle nous rappelle seulement des mauvais souvenirs. Si seulement Flora était revenue ! Elle serait ma demoiselle d'honneur. Elle sait même pas que je me marie, elle qui a toujours été présente dans ma vie.

Jacques l'enlaça.

— Embrassez-moi, future madame Yergeault.

— Hi ! Hi ! Tu as le don de me faire sourire dans les moments tristes, toi !

— Alors, on va aller où pour notre voyage, ma belle ?

— J'ai une idée, mais c'est un peu loin de Labelle !

— À quel endroit ? Le trajet se fait en voiture, j'espère ?

— T'es drôle ! Oui, on peut s'y rendre en auto, mais pas en une heure. J'aimerais bien visiter le mont Saint-Hilaire et me promener dans les vergers.

— C'est pas si loin, Saint-Hilaire, c'est à quatre heures de Labelle !

— Tu es d'accord ?

— Tout ce que tu désires, ma belle ! Après, on ira à Granby, c'est à côté.

— Granby ?

— Le zoo de Granby, ça te dit rien ?

— Oh oui ! J'adore les ours polaires et les lions.

— D'accord, pour Granby et Saint-Hilaire ! D'ici septembre, on regardera la carte du Québec pour voir les villes avoisinantes. Il faut dénicher d'autres endroits à visiter, on part une semaine. On pourrait faire un saut à Saint-Hyacinthe, Saint-Pie, Belœil ou Otterburn Park. C'est à toi de choisir.

Il avait plu sans arrêt la nuit précédente et au réveil de la nature, le soleil perçait timidement les nuages cotonneux. Déjà, des gamins s'exerçaient à tirer des roches le long de la grève sous le regard amusé de Rose-May, qui se remémorait son enfance au chalet de ses grands-parents, au lac Bastien. Au départ, le chalet rustique était un lieu de repos pour Émeric et Léda Cédilotte, ce qui ne fut plus le cas après la naissance de leurs petits-enfants. L'oasis de paix s'était métamorphosée en un site de rencontres familiales joyeuses, achalandé durant toutes les fins de semaine. Après le décès de Léda, en 1963, le refuge d'autrefois était devenu pour Émeric un endroit habité de souvenirs.

— Viens ici, Frimousse. Je vais te bercer, ma belle.

Et la future mariée avait fermé les yeux pour penser aux doux moments qui avaient agrémenté son enfance.

Elle aimait entrer dans le chalet, où flottait l'arôme du pain rôti sur le poêle à bois. Ses grands-parents avaient de vieux meubles datant des années 1930 et elle était fascinée quand sa grand-mère lui faisait admirer ses nouvelles courtepointes tissées au métier et les dentelles qu'elle exécutait de ses doigts de fée. La grande table recouverte de plusieurs couches de peinture où elle s'installait avec les siens pour échanger en dégustant un bouilli de petites fèves jaunes était d'une teinte toute spéciale. À son réveil, l'odeur du bois humide s'estompait lorsque son grand-père nourrissait le gros poêle. Il lui disait: « Ça sera pas long, d'ici une demi-heure, y va ronronner pis tes petits pieds gelés vont devenir tout chauds. » Les albums photo poussiéreux sur le buffet la fascinaient. Elle ne connaissait pas les personnes qui figuraient sur les portraits, mais elle était captivée en examinant ces gens, qui, selon elle, représentaient les parents ou grands-parents de son grand-papa Émeric et de sa grand-mère Léda. À l'époque, les gens souriaient peu, et avaient sur leurs visages ridés une certaine fierté. Elle se souvenait des baignades au lac, de la chasse aux grenouilles, des promenades en chaloupe avec son grand-père et son voisin, monsieur Caplette. Elle passait des soirées tranquilles en compagnie de sa famille et de ses amis à contempler le grand feu qui grimpait dans le ciel noir. Quand arrivait la fin du mois d'août, elle était bien triste de quitter ses amis du lac Bastien. Dans son cœur, elle savait qu'elle ne les reverrait qu'au printemps suivant.

— Dors-tu, Rose-May?

Jacques s'avança vers elle avec deux tasses de café.

— Hi ! Hi ! Je me remémorais mes fins de semaine passées au chalet de mes grands-parents.

— Ça avait l'air intéressant, tu avais un beau sourire au coin des lèvres.

— C'est des beaux souvenirs…

— Tu as bien dormi?

— Comme un bébé ! Je suis si bien dans tes bras !

— À partir de septembre, ce sera ainsi jusqu'à la fin de nos jours, ma belle. À quelle heure veux-tu retourner sur la rue du Couvent ?

— Il est quelle heure, là ?

— Neuf heures trente. Il faudrait pas quitter le chalet trop tard, si on veut pas rater l'homélie de 11 heures à l'église.

— D'accord ! Les couverts sont sur la table, il me reste juste à faire griller le pain. Si tu veux, en attendant, tu peux mettre la glacière et les valises dans l'auto.

— C'est comme si c'était fait, ma belle !

Après avoir rempli le coffre arrière de la voiture, le couple prit la petite route de gravelle pour rentrer au village de Labelle.

— Je sais pas si on va retourner au lac en fin de semaine prochaine, s'interrogea Rose-May.

— Pourquoi ? On était bien !

— Je trouve les nuits encore fraîches.

— Et si on faisait installer l'électricité ? Ton chalet est un des seuls à pas en profiter. Au lieu de l'ouvrir à la fin mai, on pourrait aussi profiter du mois d'avril et venir l'hiver pour faire de la raquette et du ski de fond.

— Ça veut dire que tu as décidé de vendre ton chalet pour qu'on s'installe dans le mien ?

— Je sais que c'est ton désir, ma belle. Je suis aussi très heureux d'avoir vendu ma maison juste avant notre mariage. Ça m'évitera de faire des paiements inutiles. À quoi ça nous servirait d'avoir deux maisons et deux chalets ? Je préfère le petit nid douillet de la rue du Couvent.

— Oh ! Comme je t'aime, mon chéri ! Tu trouves pas que ça sent bizarre ? Y a comme une odeur de fumée…

— Probablement un résident qui fait brûler des tas de feuilles mortes et des branches sur son terrain.

Plus la voiture roulait, plus l'émanation s'intensifiait. Jacques et Rose-May aperçurent un nuage noir dans le ciel.

— Oh mon Dieu ! Jacques ! Notre église est en feu !

— Malédiction ! renchérit ce dernier.

C'était une grande tristesse pour les citoyens de Labelle. L'imposant temple de pierres grises disparaissait doucement. Les pompiers de Labelle et ceux de la base militaire de La Macaza se trouvaient sur place pour dompter le brasier, qui se propageait à une vitesse folle. Durant la journée, ils avaient lancé les bancs en bois sur le terrain à l'extérieur de l'église, mais le feu avait continué de progresser dans le toit et, malgré la persévérance des secouristes, et malheureusement pour le curé et les paroissiens de La Nativité, qui avaient fréquenté l'abbatiale depuis 68 ans, le bâtiment fut déclaré perte totale.

— J'ai tellement de peine, Jacques ! s'écria Rose-May, qui ouvrait le coffre à gants pour prendre un mouchoir.

— Viens plus près de moi, ma belle, je te sens loin.

— C'est quoi ce bruit ? On aurait dit le son d'une cloche.

— C'est le clocher qui vient de tomber.

— Ah non !

Rose-May pleurait de plus belle.

C'était une grande tristesse pour les citoyens de prononcer leurs adieux à ces cloches qui avaient vibré l'angélus trois fois par jour. Ces dernières avaient aussi résonné pour accueillir un nouveau-né, un jeune couple se jurant fidélité pour la vie ou pour accompagner un défunt à son ultime demeure.

Le soleil pointait timidement et l'on pouvait distinguer que la saison estivale faisait place à l'automne. La brume fraîche du matin survolait les légumes restants des potagers et, d'ici quelques semaines, le paysage se vêtirait de teintes chatoyantes avant de s'endormir pour de longs mois.

Rose-May était inquiète. Le samedi précédant un futur mariage représentait pour le promis une journée éprouvante, pour dire adieu à son statut de célibataire.

— Inquiète-toi pas, Rose-May. Mes amis me feraient pas une idiotie du genre. De plus, je peux compter sur mes doigts le nombre de gars que je côtoie ici, à Labelle : ton frère Normand, tes neveux, Denis, Marcel, Jean-Paul, ton père. Non, je pense pas qu'ils aient pensé à cette tradition pour le futur marié. Mais, je pense aussi qu'on doit pas prendre la chance de se faire repérer, ma douce. Aimerais-tu venir chez moi ? Non, oublie ça, c'est pas une bonne idée. Si les gars ont vraiment décidé de m'enlever pour me faire cet enterrement, ils se présenteront chez moi, après avoir cogné ici. Si on allait faire une petite journée de magasinage et dîner dans un resto ?

— Bonne idée ! Demain, on ira faire des boîtes chez toi. Ta maison est vendue et si tu veux la laisser aux nouveaux propriétaires à la date prévue, vendredi prochain, le travail doit être finalisé cette semaine.

— Tu as raison. Sais-tu qui a acheté celle de ta voisine, la veuve Durand, quand elle est décédée le mois passé ?

— Non ! J'ai juste remarqué le mot « Vendu » sur l'écriteau.

— Ah bon ! Oups, on frappe à la porte.

— Non ! Réponds pas ! Ils vont te traîner par les cheveux ou bien te ligoter comme un saucisson. Ces fêtes-là finissent toujours mal, quand il y a de l'alcool.

Jacques se faufila dans la salle de bain en catimini.

Les coups à la porte se faisaient insistants.

— Tu peux ouvrir, Rose-May ! lança Jacques aux aguets, l'oreille collée sur la porte de la salle de bain.

— Rose-May, débarre tout de suite ! entendit-elle de l'extérieur.

— Papa ?

— Tu reconnais pas ma voix, ma fille ?

— J'ouvre, mais je te préviens: si tu es complice avec les autres gars pour piéger Jacques...

— Ben non, voyons! Comment tu peux imaginer une minute que je pourrais manigancer des affaires pareilles? Bâtard! Laisse-moi entrer, j'ai mal à mes vieilles jambes. Il faut que je m'assoie, je peux pas rester planté comme un piquet sur ta galerie! Faut que je prenne des aspirines aussi, j'ai besoin d'un verre d'eau.

Rose-May déverrouilla la porte et regarda Jacques, qui sortait de la salle de bain en souriant.

— Installe-toi dans la berceuse, papa. Je m'excuse, j'avais peur que tu t'en prennes à Jacques. Je vais te chercher un verre d'eau pour que tu puisses avaler tes comprimés.

— M'en prendre à Jacques? Pourquoi?

— Pour son enterrement de vie de garçon.

— Ha! Ha! Viens papoter avec moi un peu, mon futur gendre!

Jacques s'avança tout souriant et s'installa au bout de la table, pour piquer une jasette avec Urgel.

— Vos jambes vous font souffrir, monsieur Cédilotte?

— J'ai bien beau avoir une santé de fer, mon jeune, ça empêche pas mes vieux os de rouiller.

— Est-ce que tu as passé tes examens à l'hôpital, papa? s'informa sa fille, qui lui tendait son verre d'eau.

— Ben oui! Tout est OK! Mon cœur est encore bon pour ben des années. Si j'en arrachais pas autant avec mon arthrite, je serais comme un jeune de 20 ans!

— Pauvre toi! Pourquoi t'es là? Je trouve ça bizarre. D'habitude, quand tu sors de La Conception, maman t'accompagne toujours.

— Écoute...

— Oups! Y a encore quelqu'un à la porte. J'ai vu une personne monter sur la galerie. Qui est là? demanda Rose-May, après avoir entendu le nouvel arrivant toquer un seul coup à la porte.

— C'est Normand. Ouvre, ma sœur !

— Qu'est-ce que tu veux ? demanda-t-elle, méfiante, après s'être assurée que Jacques était retourné se mettre à l'abri dans la salle de bain.

— J'ai à parler à mon père, j'ai vu son char dans le *parking*. Je sais qu'il est chez toi.

— OK. Je t'ouvre la porte.

— Entrez, les gars ! lança Normand en appuyant son dos contre la porte pour libérer le passage aux autres personnes impatientes qui attendaient sur la galerie.

Le frère de Rose-May entra à son tour dans la maison et demanda à son père :

— Il est où, Jacques ?

— Il s'est caché dans les toilettes.

— Papa ! cria sa fille, les mains apposées sur ses hanches.

— Ha ! Ha ! Pensais-tu que j'étais pour t'avouer que j'avais hâte de beurrer ton *chum* avec de la moutarde pis de la mélasse, ma belle fille ? Y va passer au *batte* comme tous les célibataires qui se mettent la corde au cou !

Pendant que Normand, Denis, Marcel et Jean-Paul ligotaient soigneusement le futur marié, Urgel Cédilotte posa la main sur l'épaule de sa fille et la rassura :

— Inquiète-toi pas, on lui fera pas de tort, à ton promis. En attendant, va te changer. Tes sœurs pis ta mère vont arriver pour te tenir compagnie. Tiens, v'là les femmes ! Une dernière chose, Rose-May : attends pas ton homme de bonne heure, y va rentrer tard, tard !

Rose-May avait eu de la difficulté à trouver le sommeil. Elle n'avait pensé qu'à son amoureux qui, peut-être, était en difficulté. Et pourquoi son amie Flora ne rentrait-elle pas à La Minerve ? Si elle était auprès d'elle, elle lui partagerait sa joie, celle de s'unir bientôt à cet homme si bon et, de fait, elle lui parlerait ouvertement de ce qui s'était passé à Bethel, et elle s'excuserait de l'avoir sermonnée. Elle avait envie de lui dire qu'elle l'aimait toujours, qu'elle s'était fait des soucis pour elle.

Finalement, Jacques n'avait pas été malmené par ses « bourreaux ». Par contre, le groupe s'en était donné à cœur joie en l'attachant dans un faux cercueil en bois, torse nu. Denis avait vidé un sac de plumes sur sa tête en riant avec ses complices qui, eux, avaient versé un pot de moutarde et une pinte de mélasse. Son futur beau-père Urgel lui avait cassé des œufs sur la tête et l'avait arrosé de bière, en prenant bien soin d'apposer un linge sur son front pour protéger ses yeux.

Le « grimage » achevé, les hommes avaient déambulé dans les rues de Labelle en klaxonnant, et le bruit avait attiré les gens à l'extérieur de leur maison. Quelques-uns étaient contre cette coutume et d'autres applaudissaient en criant: « Un autre qui se met dans la marde ! Y faut souffrir pour avoir la plus belle fille du village, mon homme ! Tu te mets la corde au cou, la semaine prochaine, Jacques? Tout le bonheur à vous deux ! »

L'après-midi s'était poursuivi chez Normand, alors que Jacques avait pu être débarrassé des condiments séchés qui lui brûlaient la peau: Denis avait sorti l'arrosoir pour l'asperger d'eau froide.

— Mon écœurant ! avait crié le futur marié, les yeux néanmoins rieurs.

À bout de souffle, il avait rigolé et lancé tout haut:

— T'es pas encore marié toi, hein ?

— Eh non !

— Je me vengerai bien un jour, mon futur neveu !

Pour terminer cette journée mémorable, tous s'étaient donné rendez-vous dans une brasserie pour manger, rire de leurs taquineries et trinquer à l'amitié solide qui venait de naître entre eux.

Chapitre 11

Un chapelet sur la corde à linge

La Conception

Rose-May n'avait pas fermé l'œil de la nuit. Était-ce parce qu'elle avait regagné son ancienne chambre dans la demeure familiale ? Jusqu'au lever du soleil, elle avait achevé d'écrire le dernier chapitre de son passé, pour recommencer une nouvelle histoire ce matin, malgré le manque de sommeil, à la suite du conseil que lui avait donné sa mère : « Tu dois t'éloigner de ton passé, sans l'oublier pour autant, ma fille. Tu as 39 ans, tu dois regarder vers l'avenir. La vie est si courte. Sois reconnaissante du bonheur qui tourne autour de toi et agrippe-le. Conserve dans ton cœur seulement les belles années. Pour ce qui est des souvenirs malheureux, envoie-les dans la lumière de Dieu ! »

Rose-May se présenta dans la cuisine de ses parents, les cheveux en bataille.

Vêtue d'une chemise de nuit blanche, elle se rendit à la fenêtre et posa son regard sur le bosquet, où une petite brise courait et effeuillait sur son passage les pétales ternis.

— C'est triste. Le jardin est encore parsemé de fleurs et le vent s'acharne à les coucher par terre. J'aurais aimé que la température soit plus clémente, maman.

— L'été est pas éternel, ma grande. Tu as bien dormi ? s'enquit Rita, qui achevait de dresser la table du souper nuptial.

L'agencement des couleurs et des décorations était des plus magnifiques. Une longue nappe rose bien empesée enveloppait la table de style colonial et était enjolivée de coupes de cristal au pied allongé. Aussi, des couverts en porcelaine blanche y avaient été placés soigneusement pour chacun des convives, et un vase de verre rempli d'orchidées, signe de la pureté des sentiments, trônait au centre de la table, entouré de confettis.

— Quelle table magnifique, maman ! J'aimerais tellement avoir ton talent de décoratrice !

— J'en suis assez fière. Tu m'as pas répondu, Rose-May. As-tu bien dormi ?

— J'ai dormi, mais d'un sommeil agité. Tu as fini de cuisiner le repas ?

— Eh oui ! Attention, viens pas si près : un de tes cheveux pourrait se retrouver dans la crème de poulet !

— Désolée ! s'excusa sa fille en souriant, tout en se dirigeant vers le réfrigérateur pour s'emparer de la pinte de lait. Où est papa ? Il se lève tôt, d'habitude.

— Il est encore couché.

— Il dort toujours, à cette heure ?

— Il reprend son sommeil perdu de la nuit dernière. Il était debout à 5 heures ce matin pour prendre des aspirines, la douleur l'a pas lâché de la nuit. Il a la tête dure et refuse une médication plus puissante. Même si je me mettais à genoux devant lui pour lui demander de se soigner, il m'écouterait pas.

— Pauvre papa ! Est-ce que son état s'améliorerait avec le temps, s'il prenait les médicaments que le docteur lui a prescrits ? J'aime pas le voir décliner comme ça, ça me rend triste.

— Inquiète-toi pas. Après la noce, il m'a promis de rendre visite au médecin pour une nouvelle prescription de médicaments, car l'autre, il l'a jetée.

— Enfin ! Il lui donnera sûrement un remède plus efficace que l'aspirine pour le soulager, sainte pivoine !

— Oui, probablement un antidouleur. Mais tu connais ton père, Rose-May.

— Il est contre ces médicaments. Il se sentirait pourtant si bien s'il prenait des analgésiques. Il souffre pour rien ! Et peut-être qu'avec ces cachets, il aurait moins recours à sa béquille, comme il a baptisé sa canne.

— Urgel a la tête dure. S'il se servait plus souvent de sa canne, ses jambes seraient plus fortes et il pourrait occuper mieux ses journées, comme se rendre au dépanneur du coin ou monter les escaliers sans que je l'entende se plaindre. Là, c'est pas mieux, il a l'air d'un vieillard à marcher le dos courbé. À quelle heure tu dois aller au salon de coiffure ?

— À 1 heure. J'espère qu'elle me fera une belle tête ! Je suis habituée avec Michèle, à Labelle. Est-ce que tu m'as réservé une demi-heure pour installer mes rouleaux ?

— Tu veux dire une heure, Rose-May ! T'as jamais pensé à raccourcir tes cheveux ? Ça fait un bout qu'ils ont cette longueur !

— Pourquoi ? Depuis que je suis toute jeune que je les garde comme ça.

Rose-May empoigna sa longue crinière pour la démêler avec ses doigts.

— Arrête ! Tu vas éparpiller tes cheveux partout sur le prélart ! Ça me tente pas de sortir la balayeuse une deuxième fois.

— Pardon, maman. Je cours chercher les rouleaux et les pics roses dans la salle de bain. Où tu veux que je m'installe ?

— Sur la véranda.

— Tu es sérieuse ?

— Pourquoi pas ? Il fait déjà un gros 70, à l'extérieur.

— C'est nuageux. J'espère que Galarneau se pointera ! Le temps est si sombre, on se croirait la nuit ! Cette tradition de mettre un chapelet sur la corde à linge pour avoir du beau temps le jour de nos noces, ça fonctionne pas !

— Il se montrera, le soleil ! Ma fille se marie aujourd'hui ! lança la mère de famille qui venait de s'emparer d'un banc pour le placer sur la galerie, près d'une petite table pliante où elle avait déposé un plat d'eau et un peigne à queue. Est-ce que tu as apporté les porte-bonheurs pour cet après-midi ?

— Bien sûr ! Quelque chose de vieux, de neuf, d'emprunté et un objet bleu.

— Et c'est quoi ? s'informa sa mère en la contemplant, les yeux humides.

— Ma robe est neuve, j'ai emprunté les gants en dentelle blancs de grand-maman Simone et ma jarretière est décorée d'un ruban bleu.

— Ça fait juste trois objets. Il te manque quelque chose de vieux.

— Comment j'ai pu oublier ? Tu as quelque chose d'ancien à me prêter, toi ?

— C'est certain que je peux dénicher un petit quelque chose pour toi, caché dans ma malle en cèdre. Elle est remplie d'antiquités, cette huche.

Rita Cédilotte partit de ce pas fouiller dans le grand coffre bourré de souvenirs posé au pied du lit dans sa chambre à coucher. Elle s'attarda sur des objets de son enfance et de son mariage avec Urgel. « Pourquoi les années ont-elles filé aussi vite ? Il me semble que je recommencerais tout à zéro. »

Lorsqu'elle ouvrit la malle, l'odeur du cèdre fit remonter plein de souvenirs dans sa tête. Il avait été fabriqué des mains de son père Ernest, décédé en 1964, afin qu'elle puisse y déposer son trousseau et d'autres objets que sa mère lui avait donnés pour qu'ils restent à tout jamais dans la famille

Fournelle. Ce précieux coffre était le gardien de ses trésors, disait-elle à ceux qui l'admiraient depuis de nombreuses années.

Parmi les objets précieux qu'elle avait conservés amoureusement en secret, elle revit les photographies en noir et blanc de ses parents et grands-parents, qui avaient vécu un dur passé à bûcher sur leur terre et dans la maisonnée pour que leur vie de famille soit harmonieuse et agréable.

Elle prit les cahiers de classe de ses enfants avec un sourire nostalgique au coin des lèvres et se remémora comme ils travaillaient dur sur les bancs d'école pour rapporter de belles notes à la maison. Elle trouva son coffre à bijoux sous une pile de taies d'oreiller brodées à la main, qu'elle n'avait jamais utilisées, histoire de garder le souvenir de ses 15 ans, alors que sa mère lui montrait les travaux d'aiguille devant l'âtre du foyer les soirs d'hiver.

Quelques bijoux brillaient au fond de l'écrin tapissé de velours bourgogne et Rita s'empara du collier de perles que son mari Urgel lui avait offert il y a plusieurs années. « Oh ! La poupée en chiffon de Rose-May ! Est-ce que je devrais la lui donner aujourd'hui ? Non ! Je vais la lui offrir quand elle reviendra de son voyage de noces. »

Nostalgique, Rita ferma le couvercle du grand coffre et alla rejoindre sa fille, qui venait de sortir sur la galerie.

— Comme il est magnifique ! De quelle année il date, ce collier ?

— Je le portais à mon cou le jour de mon mariage, le 20 octobre 1928.

— Oh ! J'aurais peur de le perdre, voyons ! T'as pas autre chose de plus simple à me prêter ?

— C'est des fausses perles, Rose-May. Tu te doutes bien que quand j'ai rencontré ton père, il cultivait la terre et il était pas assez riche pour m'acheter des vraies perles. Il m'avait fait bien rire, la journée où il me les avait offertes.

— Pourquoi ?

— Tu connais ton père. Il dit tout ce qu'il pense. Il m'avait murmuré en ouvrant l'écrin de velours : « C'est pas des vraies. J'ai pas les moyens pour t'acheter un bijou de cette valeur-là. Si elles sont à ton goût, c'est ben correct comme ça, mais si tu aimes mieux en avoir des vraies, ben plonge dans la mer ! »

— Trop drôle ! pouffa Rose-May. Tu m'as jamais raconté le jour de votre rencontre, maman. Où c'était ?

— Ah ! C'était une journée bien ordinaire, ma fille. Mais ton père l'avait rendue extrêmement belle, confia Rita rêveuse.

— Wow ! Continue, je veux tout savoir.

— Quand je l'ai vu la première fois, c'était au début d'octobre, au magasin général du village, il avait 20 ans. Je l'avais trouvé séduisant, même dans son habit d'agriculteur. Il portait un pantalon en étoffe du pays et une chemise bleue rapiécée aux coudes. Je m'en souviens : le col était boutonné si serré, il donnait l'impression d'avoir un deuxième menton !

Rose-May souriait, elle imaginait ses parents lors de leurs fréquentations.

Tout en discutant avec sa fille, Rita enroulait les rouleaux coiffants sur les longs cheveux noirs de la future mariée.

— Comparativement à aujourd'hui, il avait une grosse tignasse noire, comme la tienne. À ce moment-là, je choisissais du tissu à la verge avec ma mère pour qu'elle me couse une nouvelle robe pour l'homélie du dimanche à l'église de La Conception. Donne-moi les rouleaux un à un, ma fille. Sinon, le petit vent va les éparpiller partout sur la galerie.

— D'accord ! Quel âge tu avais, toi, quand vous vous êtes rencontrés ?

— Vingt-cinq ans. Je peux te dire qu'il était temps qu'un homme me remarque ! Je m'apprêtais à fêter la journée des vieilles filles du mois de novembre, ou si tu préfères, la Sainte-Catherine.

— Qu'est-ce qui s'est passé après que vous vous êtes regardés ?

— Il m'a dit: «Ce bleu-là te fera pas ben, mademoiselle. Il faut prendre le rouge pour aller avec tes yeux noirs comme la nuit. Bouge pas! Je vois des étoiles danser autour de tes jolies prunelles! Comment tu fais? De la magie!» «Pardon?» que je lui avais demandé. Il m'avait dit: «T'as les yeux noirs et je vois plein de brillants dedans! Bâtard, que c'est beau!»

— Oh! s'exclama Rose-May, émue.

— C'est à cet instant que j'ai décidé que ce beau grand gaillard mal attriqué serait l'homme de ma vie et le père de mes futurs enfants.

— C'était au début d'octobre, maman!

— Pourquoi tu es si surprise?

— Vous vous êtes mariés le mois même de votre rencontre? C'était pas la coutume, à cette époque-là!

— Ton grand-père Émeric avait besoin de plus d'une paire de bras. Comme tu sais, ta grand-mère Léda lui avait donné qu'un seul garçon, ton père. Vu que ça faisait des années qu'elle avait une santé précaire, elle pouvait pas travailler sur la terre agricole de la barre du jour jusqu'au coucher du soleil. Elle le secondait durant le train du matin et s'occupait du ménage, des repas, du lavage. À la fin de sa journée, elle se plaignait de courbatures. Pauvre femme fragile, elle a persévéré jusqu'à sa mort. Voilà pourquoi on s'est mariés le même mois. On est restés chez tes grands-parents paternels une dizaine d'années. Urgel mûrissait dans sa tête l'idée d'avoir une glèbe bien à lui. Émeric avait dû s'incliner et embaucher un homme à tout faire parce qu'il voulait demeurer sur sa terre. Il avait été chanceux que Ti-Pet Blanchard se soit pas rendu au pied de l'autel. Si ça avait été le cas, le beau-père aurait pas pu garder sa maison de campagne et son élevage de vaches laitières.

— Ti-Pet Blanchard, quel drôle de surnom!

— Il s'appelait Arnold, ce qui était pas mieux, dit Rita en souriant, tandis qu'elle couvrait d'un foulard les cheveux de sa fille enroulés sur de gros tubes roses. Voilà. La coiffeuse aura juste à te créer une belle tête.

— Merci, maman. Je t'aime.

— Voyons, Jacques ! Tu sais pas comment faire un nœud de cravate ? Arrive en ville !

Le neveu de Rose-May se leva et rejoignit le futur marié devant le miroir de la salle de bain.

— J'en ai jamais porté. J'aimerais bien savoir qui a inventé cette stupide tradition ! Je suis pas à l'aise avec cette cravate et j'espère pouvoir l'enlever après la cérémonie.

— Ha ! Ha ! Est-ce que tu as bien mis les alliances dans la poche de ton veston ?

— Elles sont sur le comptoir de la cuisine, à côté du grille-pain.

— Je peux les voir ?

— Non ! Pourquoi je te les montrerais ?

— Je suis curieux, glissa le jeune homme vêtu d'un habit bleu foncé accompagné d'une chemise blanche. En tout cas, oublie pas de les prendre ; ma tante serait déçue de te voir arriver au palais de justice les poches vides…

— Inquiète-toi pas. Quand on sortira, on aura chacun notre bague au doigt. Est-ce que tu sais d'où vient la tradition des alliances pour les époux ?

— Pas du tout ! Tu le sais, toi ?

— Oui. J'ai lu que porter la bague à l'annulaire gauche remonte à l'époque romaine. Ce doigt abritait la veine de l'amour et cette veine rejoignait le cœur.

— Hein ? Tu me fais marcher !

— Non ! À l'ère victorienne, l'église partageait aussi ces croyances. Les dignitaires levaient juste les trois premiers doigts de la main gauche pour évoquer le Père, le Fils et le Saint-Esprit.

— Dure à gober, ton histoire.

— Je te répète ce que j'ai lu. Le quatrième doigt, l'annulaire, représentait l'amour terrestre que porte un homme à une femme, leur union matrimoniale et le chemin parcouru ensemble jusqu'à ce qu'ils atteignent le Paradis.

— Wow ! C'est bien beau, ce que tu me dis là ! Bon ! C'est parfait tout ça, mais sais-tu quelle heure il est ?

— Non. J'ai pas encore mis la montre de mon défunt père.

— Une heure et demie. Votre mariage est à 3 heures et on est à une heure de Mont-Laurier.

— Jupiter ! Va chercher mes souliers en haut ! Je finis de m'habiller…

Chapitre 12

Mont-Laurier

Gaston Bourbon, le maire de Mont-Laurier, attendait les convives et les futurs mariés devant le palais de justice de sa ville. Le magnifique bâtiment néo-classique surplombait la municipalité depuis 1913, année de son inauguration.

— Bonjour, monsieur Yergeault ! Gaston Bourbon, maire de Mont-Laurier.

— Bonjour, je vous ai déjà vu dans la gazette, *L'Étoile du Nord.* Enchanté, monsieur Bourbon.

— Je suis ici pour vous souhaiter, à vous et à mademoiselle Cédilotte, la bienvenue chez nous. En plus, le temps est doux, un beau 76 degrés. Quoi de mieux, pour cette journée spéciale ?

— On est chanceux d'avoir ce beau soleil. Le temps était incertain ce matin.

— Vous avez raison. Vous pouvez entrer, vos invités vous attendent. Vous avez juste à monter à l'étage. La cérémonie se déroulera dans la salle d'audience.

— J'attends Rose-May, elle sera ici dans quelques minutes, lança le futur marié qui espérait voir arriver la voiture nuptiale.

— Inquiétez-vous pas, monsieur Yergeault. Aussitôt qu'elle sera arrivée, je la conduirai vers vous.

— Bien aimable, monsieur le maire.

Jacques serra la main du magistrat municipal et grimpa les marches aux côtés de Denis.

Les convives étaient installés sur des chaises rembourrées en face de la tribune où serait célébré l'échange des anneaux. Le futur époux était resté sous l'arche de la porte de la salle d'audience pour attendre la femme qui, dans une quinzaine de minutes, serait sienne pour la vie. Les invités tournèrent leurs regards vers lui, lorsqu'il entra dans la salle, vêtu d'un costume trois-pièces noir, dont le veston coupé près du corps était à boutonnage croisé. Une chemise blanche en soie accompagnait le tout et il avait finalement troqué sa cravate pour un nœud papillon bleu électrique. Sa chevelure d'un blond clair était soigneusement coiffée et de fines mèches ondulées agrémentaient ses yeux verts ténébreux.

Quelques instants plus tard, Rose-May se présenta au bras de son père, et ce dernier s'efforça de cacher le mal qui lui martelait les os depuis son réveil. Il souffrait, mais rien n'aurait pu l'empêcher d'assister au mariage de sa fille bien-aimée.

— Tu es si belle, princesse ! chuchota Jacques, les yeux humides, avant de se diriger vers la salle afin de rejoindre les invités pour attendre le début de la cérémonie.

Toujours accrochée au bras d'Urgel, Rose-May rayonnait dans sa robe couleur crème imprimée de motifs orientaux argentés, et ses hanches étaient encerclées d'un ceinturon de cuir métallisé.

Le père de la mariée rejoignit sa femme, installée à la première rangée.

— Tu me feras pas accroire qu'elle a acheté sa toilette au village de Labelle, Rita !

— Elle l'a magasinée à Montréal, avec la fille de Marthe. Elle l'a trouvée chez Morgan, sur la rue Sainte-Catherine. C'est de la haute couture, tu sais. Elle méritait bien une belle robe à la mode pour le jour de son mariage.

— Elle est ben belle, mais la longueur... Je devine que c'est Jeanne qui a insisté pour qu'elle l'achète. Elle est ben trop courte pour un mariage !

— Pourquoi tu dis ça ?

— Jeanne a 23 ans, bâtard ! De nos jours, les jeunes pensent juste à se déshabiller ! Les robes sont rendues si courtes que les magasins de matériel doivent être à la veille de faire faillite !

— Voyons ! La robe de ta fille lui arrive aux genoux ! Aurais-tu préféré qu'elle porte une minijupe à gogo pour son mariage ?

— Ça aurait ben été le restant des écus ! Maudite mode yé-yé !

— Oh ! Elle a fait couper ses longs cheveux noirs ! Elle est magnifique, notre fille ! Je lui ai mentionné ce matin que je trouvais qu'ils étaient trop longs, et voilà qu'elle vient de me faire cette belle surprise !

— Eh ben ! Je veux ben croire qu'elle s'est fait couper les cheveux, mais la coiffeuse a oublié de lui faire une belle peignure. On dirait plus qu'elle a fait le trajet avec la fenêtre de la voiture baissée. Elle est toute dépeignée !

— Urgel ! Si tu regardais plus régulièrement la télévision, tu verrais que la mode a changé depuis 1960. Tu connais la chanteuse Diana Ross ?

— Pas pantoute ! Moi, je connais Louis Bilodeau puis les joueurs du Canadien de Montréal. La musique, ça me casse les oreilles !

— Pauvre toi ! Tu connais rien à la musique moderne. Diana Ross est une grande vedette de la chanson américaine et ta fille est coiffée comme elle : ses cheveux sont crêpés et remontés sous son chapeau à voilette.

— Je remarque aussi qu'elle s'est pas mal grimée la face. Sous son chapeau, je vois le maquillage de ses yeux pis le rouge qu'elle a mis sur ses joues. C'est ben trop ! On dirait un clown, bâtard !

— Urgel ! Elle porte du fard à paupières gris perlé, c'est tendance avec sa robe. Et puis ses joues sont pas si colorées. Faut pas exagérer, mon mari !

— En tout cas, elle est belle pareil, notre fille. Ouaip, ben jolie !

— Tu as raison, elle est rayonnante, notre Rose-May. Notre gendre est pas mal aussi.

— Oui, il est ben habillé. Chut ! Ça commence…

— Bonjour mademoiselle Cédilotte et monsieur Yergeault ! se présenta un grand homme aux cheveux bruns, vêtu d'une toge noire, arborant un sourire chaleureux. François Bouillon, greffier adjoint de la Cour supérieure. C'est moi qui aurai le privilège de célébrer votre mariage. Avant de vous unir par les liens de l'union civile, je vous fais lecture des articles du Code civil qui vous exposent les droits et les devoirs des conjoints. Les mariés ont, en union civile, les mêmes droits et les mêmes obligations. Ils se doivent mutuellement respect, fidélité, secours et assistance. Ils sont aussi tenus de faire vie commune. Voilà, nous y sommes : Jacques Yergeault, voulez-vous prendre Rose-May Cédilotte, qui est ici présente, pour épouse ? Répondez : « Oui je le veux. »

Gêné par un trémolo dans la voix, Jacques prononça :

— Oui, je le veux.

— Rose-May Cédilotte, voulez-vous prendre Jacques Yergeault, qui est ici présent, pour époux ? Répondez : « Oui je le veux. »

Rose-May prononça à son tour, les yeux baignés de larmes :

— Oui, je le veux.

Et le greffier poursuivit :

— Donnez-vous alors la main…

Et avec un sourire, il termina :

— En vertu des pouvoirs qui me sont conférés par la loi, vous, Jacques Yergeault et vous, Rose-May Cédilotte, je vous déclare unis par les liens du mariage.

Tous les invités présents souriaient tendrement devant le jeune couple qui s'apprêtait à emprunter la route de sa nouvelle vie à deux. Malgré son bonheur, Rose-May regardait les invités, espérant que Flora lui aurait fait la surprise de se présenter à son mariage, souriante et heureuse de partager son bonheur.

— Vous voilà donc mariés devant la loi. Je vous offre, madame et monsieur, au nom des personnes ici présentes, ainsi qu'en mon nom personnel, nos meilleurs vœux de bonheur. Vous embrassez pas votre femme, monsieur Yergeault?

L'assistance se leva en criant: « Bravo! Félicitations! Longue vie! Vive les mariés! »

Rose-May fut touchée en plein cœur. Elle avait la certitude qu'ils s'aimeraient toujours et que rien ne réussirait à les séparer tellement ils se complétaient bien.

Accompagné de joyeux coups de klaxon, le cortège nuptial se dirigea vers la demeure des Cédilotte.

— Attendez avant d'entrer! s'écria Normand, le frère de Rose-May. Placez-vous sur le côté de la maison, là, juste devant le gros pommier, je vais prendre une photo. Les nouveaux mariés seront contents de regarder ce beau souvenir dans 30 ans.

Rose-May décida de lancer sa gerbe de marguerites avant que les convives s'installent à la table festive pour célébrer.

Elle se tourna vers l'arbre fruitier et balança le bouquet, qui se retrouva dans les mains de sa nièce Charlotte, qui sautillait de bonheur.

— Tu es trop jeune pour te marier! lui glissa son père Bobby. Donne-le à une fille qui est plus en âge.

— Voyons, papa! C'est juste une tradition! Je te signale que j'ai 20 ans et que je pourrais tout à fait me présenter au pied de l'autel.

— Ah ? Avec qui ? Ton *chum* t'a larguée pour une autre fille le mois passé, lança son père, qui avait commencé à boire de l'alcool avant son départ pour Mont-Laurier.

— Tu es méchant, Bobby Lauzon ! lança sa femme, les yeux mauvais.

Maria entoura les épaules de sa fille et la conduisit à l'intérieur de la maison. Déjà, un voile sombre s'était levé sur la cérémonie.

Simone, la grand-mère de Rose-May, reprit la parole :

— Venez dans la maison ! Des coupes de champagne nous attendent pour trinquer et féliciter les nouveaux mariés. Tous les jours sont pas une fête et il faut profiter de cette belle journée. Toi, Bobby, va boire un café, mon insignifiant, et reviens pas nous rejoindre avant d'avoir un semblant de bon sens !

Rita Cédilotte s'était surpassée pour accueillir ses proches et la famille de Victor Alarie.

— C'est toi qui as fait ce merveilleux gâteau, maman ? lui demanda sa fille Marthe, admirative.

L'imposante pâtisserie de noces haute de trois étages et décorée de rose arborait deux figurines s'échangeant un baiser.

— Ha ! Ha ! J'ai malheureusement pas le talent d'une pâtissière. Ta sœur Rose-May l'a commandé à la boulangerie du village. Viens m'aider à servir la crème de poulet. Toi, Urgel, va piler les patates, sinon, j'y arriverai pas. Oublie pas ! Mets pas trop de beurre, c'est pas bon pour le foie.

— Bon ! Regarde-la donc, elle ! Je sais comment faire des patates pilées, ma femme ! répliqua son mari, qui venait de retirer sa cravate et son veston noir.

— Laisse, papa, offrit Maria, vêtue d'une robe de mousseline couleur corail. Je vais aider maman. Charlotte, quand les gens auront terminé leur soupe, pourrais-tu rapporter les bols sur le comptoir ?

— Ouin, répondit sa fille, désintéressée.

Le repas se révéla savoureux. La mère de Rose-May avait mijoté une sauce béchamel au poulet qu'elle avait servie sur des vol-au-vent croustillants, accompagnés d'une purée de pommes de terre et d'une salade de chou crémeuse à souhait.

— C'était délicieux, madame Cédilotte ! complimenta discrètement Lucienne Alarie, assise à la droite de son mari Rosario, ce dernier n'ayant pas prononcé un mot depuis le début du repas.

— Merci, madame Alarie, c'est bien apprécié. Rose-May, peux-tu laisser Jacques une minute et venir me rejoindre dans la cuisine ?

« Mon mari ! » Rose-May nageait dans le bonheur.

— Qu'est-ce qu'il y a ?

— Je trouve que le père de Victor a pas une grosse façon, je me trompe ? Depuis qu'il est arrivé, il parle à personne.

— Il va s'y faire, maman. Il approuve pas mon union avec Jacques.

— Comment ça ? Si j'avais su qu'il était pour se présenter dans ma maison avec cet air de *beu*, je l'aurais pas reçu, certain ! Ça me rend quasiment mal à l'aise.

— Ça va lui passer. Il aura pas le choix de comprendre que je devais pas passer ma vie seule jusqu'à ma mort. Selon lui, j'avais pas le droit de me marier avec Jacques vu que le décès de Victor a jamais été confirmé.

— Il s'est noyé et il est disparu depuis 20 ans, Rose-May ! Il faudrait qu'il en revienne, un moment donné !

— Vingt et un ans, maman. Déjà 21 ans…

— C'est vrai, ça passe tellement vite. Retourne t'asseoir avec Jacques, il doit se demander ce qu'on complote, toutes les deux.

— Tu as raison. Je l'aime tellement ! Tu sais, monsieur Alarie est pas le seul à avoir l'air bête. Tu as remarqué son fils, Jérémie ?

— Oui. Que veux-tu, c'est de famille, les sautes d'humeur. Deux airs bêtes !

— La différence, c'est que Jérémie est très heureux pour moi et Jacques, même s'il sourit pas beaucoup. Je tiens à te remercier de tout mon cœur pour le travail que tu as accompli depuis la semaine dernière.

— Ça a été un plaisir, ma fille ! Je suis soulagée de te voir heureuse, torpinouche ! Allez, ouste ! Il s'ennuie de toi !

Après le repas copieux et bien arrosé de vin et de digestif, les pouces glissés sous ses bretelles de pantalon, le père de Rose-May prit la parole :

— Attention, attention ! Mon gars Normand va mettre la chanson préférée des mariés sur le tourne-disque. Jacques, où est ta femme ? Tu l'as déjà perdue ?

Un fou rire éclata dans la maison paternelle.

— Elle est sur la galerie, avec Jérémie et Amanda. Je les laisse finir leur conversation et je cours la chercher, monsieur… beau-papa !

Sur la grande véranda, sous un ciel voilé, Rose-May discutait de tout et de rien avec son ancien beau-frère et son ancienne belle-sœur.

— J'aurais pu te la coudre, ta robe, Rose-May, elle t'aurait coûté moins cher. T'aurais juste eu à payer les tissus.

— Tu es bien généreuse, Amanda. Mais tu as tellement de travail avec ta clientèle si exigeante, je voulais pas en rajouter, tu comprends ? Si j'étais allée te voir pour ma robe, ça t'aurait retardée dans tes autres confections.

— C'est vrai que je suis occupée, admit la femme aux cheveux acajou, les yeux cernés.

— Elle est si occupée par ses commandes de vêtements qu'elle a oublié qu'elle avait un mari ! lui reprocha son conjoint Jérémie en vidant son verre de cognac.

— Ça recommence ! se plaignit son épouse en s'éloignant, prétextant se rendre à la salle de bain pour se recoiffer.

— Pourquoi l'avoir piquée comme ça, Jérémie ? C'est pas une façon de parler à sa femme !

— Elle me traite avec indifférence. Quand les filles vont être en âge de partir de la maison, je vais quitter Amanda.

Ça me donne rien de vivre auprès d'elle s'il se passe plus rien entre nous deux.

— Jérémie ! s'exclama Rose-May, qui faillit renverser son verre de vin. Tu peux pas faire ça, voyons ! Amanda est ta femme ! Quand tu lui as demandé de t'épouser, tu l'aimais ?

— Je l'ai aimée. Aujourd'hui, je la supporte avec ses sautes d'humeur et sa frigidité. Elle est pour moi une inconnue dans la maison. On se regarde même plus quand on se croise dans le corridor ou dans la salle à manger ! C'est comme si on était des colocataires !

— Ça m'attriste tellement ! Il y a pas un moyen d'arranger les choses dans votre couple ?

— Même si elle s'efforçait de revenir vers moi, ça m'intéresserait pas. J'éprouve plus rien pour elle. Avec les années, je l'ai tassée de ma vie.

— Je suis désolée. Vraiment désolée. Excuse-moi, je dois rejoindre Jacques pour ouvrir la danse du départ et on doit aller faire nos bagages après. On part en voyage de noces demain matin.

— Pas de trouble, on en reparlera si tu veux. J'aime nos conversations, elles me font du bien !

Les parents de la mariée réunirent les convives pour souhaiter un bon voyage aux amoureux. Ces derniers ouvrirent la danse avec le grand succès de l'été 1970, et Émeric Cédilotte fut scandalisé de voir les couples enlacés danser sur les paroles aussi indécentes.

— Bout de viarge, de bout de viarge ! Si ma Léda voyait ça ! Le monde *rempironne* au lieu de s'*emmieuter* ! Dans quel monde on vit, pis où est-ce qu'on s'en va, avec tout ça ?

Les amoureux étaient seuls au monde sur la piste de danse. Jacques murmurait les paroles de la chanson à l'oreille de sa femme, tout en la serrant très fort contre lui :

Comme j'ai toujours envie d'aimer
J'ai toujours envie de toi
Oh toi que j'aime

Comme j'ai toujours envie de toi
Je te cherche où que tu sois
Oh toi que j'aime
Comme tu es femme dans la nuit
Mes mains tremblent sur tes hanches
J'ai envie de tes lèvres mon amour[5]

5 *Comme j'ai toujours envie d'aimer*, interprétée par Marc Hamilton, 1970.

Chapitre 13

Les vergers du mont Saint-Hilaire

Le climat était idéal pour faire la route jusqu'à Saint-Hilaire, et la fébrilité et les rayons chauds emballaient le cœur des nouveaux mariés.

— C'est quoi, cette rivière, mon amour ? demanda Rose-May, vêtue d'un pantalon beige en velours côtelé et d'un blazer brun, assise près de son mari dans la voiture.

— La rivière Richelieu. On est au cœur de la vallée du Richelieu, ma belle épouse. Baisse la fenêtre de la voiture, le temps est si doux. C'est pour ça que je t'ai suggéré de prendre le traversier à Saint-Ignace-de-Loyola, au lieu de passer par Montréal.

— Ça nous a permis de connaître quelques rues de Sorel, Saint-Ours, Saint-Denis-sur-Richelieu. Quelle belle randonnée !

— Oui, c'est bien plaisant. As-tu remarqué le gars en vélo, de l'autre côté du chemin ?

— Oui, pourquoi ?

— Il porte un joli chandail marron et son jean est percé de trous !

— Hi ! Hi ! C'est la nouvelle mode, mon chéri. Les gens les déchirent pour leur donner un effet rock. C'est le look *seventies.* Je me vois pas arborer ce genre de truc, par contre, je suis trop vieille, confia-t-elle en souriant, tout en humant les essences automnales que dégageaient les sous-bois.

— Ben non ! Tu as l'air d'une jeune fille, depuis que tu as fait couper tes cheveux. On est seulement à 10 milles du mont Saint-Hilaire. Regarde, on aperçoit les montagnes.

— Elles sont gigantesques ! Je suis impatiente d'y grimper pour cueillir des pommes.

— Avant, on doit trouver un motel pour déposer nos bagages. J'ai un petit creux. Toi ?

— J'ai surtout envie d'un café.

— Vos désirs sont des ordres, madame Yergeault ! J'ai bien hâte de me rendre au mont Saint-Hilaire, même si la saison des couleurs a pas encore commencé.

— C'est vrai que c'est plaisant, une randonnée pédestre dans les forêts quand les arbres aux teintes changeantes laissent tomber leurs feuilles et qu'on les entend craquer sous nos pas.

— Regarde sur l'écriteau, Rose-May : « *Ici, les dimensions art et nature sont soudées.* »

— Je le vois pas.

— Je vais ralentir. Il est près du panneau de la limite de vitesse.

— Oui, je viens de le voir.

— J'ai lu dans le feuillet touristique que depuis 1960, le mont Saint-Hilaire est surnommé le refuge des oiseaux migrateurs et qu'il s'élève à 1358 pieds au-dessus du niveau de la mer.

— Oh la la ! Il faudrait louer une chambre de motel pour deux nuits ! Il nous faudra du temps pour tout visiter !

Après avoir stationné la voiture près d'une petite venelle en gravier, Jacques embrassa sa femme sur la joue, heureux d'entreprendre avec elle la visite des vergers.

— Je peux vous aider? demanda un garçon affichant un sourire chaleureux.

— Qui êtes-vous? demanda Jacques, qui venait de sortir de la voiture en même temps que sa femme.

— Excusez-moi, monsieur, j'aurais dû me présenter, admit le jeune accompagnateur, en avançant pour leur tendre la main. Je m'appelle André Couillard. Si vous avez besoin d'un excellent guide pour entreprendre votre randonnée, vous avez le meilleur devant vous!

— Ce serait apprécié, on en est à notre première visite, ma femme et moi.

— D'où est-ce que vous venez? s'enquit André, tandis qu'il sortait des documents de son sac à dos.

— De Labelle, lança Rose-May, en relevant ses cheveux pour les camoufler sous une casquette rose.

— Oh! Le village du roi du nord, le curé Antoine Labelle! J'ai pas manqué un seul épisode des *Belles histoires des pays d'en haut*, madame! Dommage que ce téléroman soit terminé. J'aurais bien aimé qu'il dure encore quelques années.

— Le dernier épisode est passé en juin. La série a été tournée près de chez nous, à Sainte-Adèle.

— Exactement! Un beau coin de pays! J'espère bien m'y rendre un jour.

— Vous pouvez m'appeler Rose-May.

— D'accord pour Rose-May!

— Moi, c'est Jacques.

— OK. Je débute en vous informant que notre réserve appartient à l'Université McGill depuis 1958 et que cette élévation naturelle s'échelonne sur 15 milles et demi de sentiers. Je vous offre de monter quatre sommets, dont les panoramas seront époustouflants!

— On pourra pas grimper tous les sommets?

— Non, madame… Rose-May. Mais sûrement deux. Aussi, lorsque les marcheurs arrivent au pied de la montagne en hiver, le périple s'avère ardu pour eux. Pour affronter la neige, la glace ou la boue, ils doivent se chausser de bottes à crampons ou d'une paire de raquettes qu'ils auront portées sur leurs épaules pour entreprendre leur escalade. Il est 10 heures, on a le temps de visiter deux ou trois vergers. Si on est sous une bonne étoile, comme on dit, je pourrai vous présenter les pomiculteurs.

Une belle randonnée s'annonçait pour les nouveaux mariés, qui écoutaient attentivement le guide.

— Ici, vous vous trouvez sur le domaine Petit et fils. Monsieur Petit a été le premier à offrir l'autocueillette au milieu des années 1960. Tiens, le voilà !

Un homme s'avança vers les visiteurs, vêtu d'une salopette en denim et d'un chapeau de paille.

— Bonjour ! Je suis Jean-Noël Petit.

— Ça nous fait plaisir, répondit Jacques, en entourant les épaules de sa femme. Vous êtes le propriétaire de ce beau verger depuis plusieurs années, à ce que j'ai lu.

— Moi, mon gars, je suis tombé dans les pommes quand j'étais petit. Je suis né ici. J'aime mon patelin et vu mes connaissances pour la pomiculture, je m'y suis lancé dedans en pleine face ! Ha ! Ha !

Rose-May poursuivit en souriant :

— On a lu que vous avez été le premier à commencer l'autocueillette des pommes dans la région ?

— Oui, ma belle dame ! Mes voisins m'ont traité de fou au début.

— Pourquoi ?

— L'un d'eux m'a dit : « Tu vas faire briser tes arbres ! » J'étais conscient qu'il y avait un danger, mais j'ai quand même couru le risque. Avec le temps, les pomiculteurs ont suivi mon idée, qui s'était avérée bien fructueuse. Depuis, mon bonheur est d'observer les familles déambuler sur mon terrain et je souris quand je vois les petits bouts de chou qui cueillent leurs pommes et croquent dedans à belles dents. Est-ce que vous êtes bien chaussés ? Pour faire le tour du site, ça va prendre une grosse heure et demie.

— On a nos espadrilles, acquiesça Jacques.

— Parfait ! Je vous amène faire la tournée sur mon tracteur et en revenant, on va faire un arrêt à la maison. Ma femme va vous faire goûter à son pain brioché aux pommes. Vous allez vous payer la traite, comme on dit ! Elle fait aussi son cidre et sa gelée de pommes.

La randonnée était bien agréable. À un moment, le producteur stoppa sa grosse machine qui menait un boucan d'enfer, pour s'emparer de sa gourde d'eau fraîche, suspendue à son cou.

— Qu'est-ce qu'on voit là-bas, monsieur Petit ? demanda Rose-May en sortant deux bouteilles d'eau du sac à dos accroché aux épaules de son mari. Les enfants courent dans tous les sens, sur le terrain.

— C'est la ferme des petits animaux. Il fallait bien que je trouve une distraction pour ces jeunes. Pour eux, passer du temps au verger signifie cueillir des pommes et en manger jusqu'à être rassasiés. Ils s'intéressent pas aux variétés des fruits et au travail des producteurs, comme le font les adultes. Il faut bien les amuser pour que les parents se reposent un peu.

— On va où maintenant, monsieur Petit ? interrogea Jacques qui secouait son pantalon parsemé de brindilles séchées.

— La visite tire à sa fin, monsieur Yergeault, l'informa l'homme qui mâchouillait une tige de blé. J'aurais bien aimé vous faire voir mon usine d'emballage, mais Francoeur est pas ici, aujourd'hui, il a de la mortalité dans sa famille. C'est lui qui s'occupe de l'usine.

— Ah ! Dommage, s'exclamèrent en chœur Rose-May et Jacques. Vous pouvez nous en parler un peu quand même ? risqua Jacques, intéressé.

— Si vous pouvez repasser demain, il sera là. Il est plus qualifié que moi pour jaser de l'usine. Il pourra vous expliquer le chemin de vie de la pomme depuis sa naissance jusqu'à sa présentation sur les tablettes des épiceries et dans les marchés publics.

— On pourra pas revenir, on veut aller au Manoir Rouville-Campbell.

— Ah ! OK. Il me reste une chose à vous montrer, c'est juste au bout du champ à votre gauche.

Après avoir déambulé à travers le terrain parsemé d'arbres fruitiers, le producteur arrêta le tracteur devant un sentier pédestre où les feuillus se rejoignaient et formaient une arche.

— Voilà ! Je vous laisse arpenter ce sentier en amoureux et je repasse vous chercher dans trois quarts d'heure pour vous ramener à votre guide André. C'est le temps que vous avez pour vous chanter la pomme. Ha ! Ha !

— C'est beau ! s'exclama Rose-May en saisissant la main de son mari.

Le pomiculteur reprit la parole :

— Rendus au bout du chemin, tournez pas à droite, vous allez vous retrouver dans mon champ de blé d'Inde. C'est un vrai labyrinthe, vous pourriez vous égarer. Y a des culs-de-sac, vous auriez de la difficulté à trouver la sortie. Par contre, gênez-vous pas pour cueillir des beaux fruits juteux. Y a des pommiers mi-nains, vous aurez pas besoin de grimper dans les échelles, les informa Jean-Noël Petit en leur donnant un grand sac de papier muni de poignées tressées.

Le couple avait apprécié sa promenade sous les arbres fruitiers.

— Merci de votre accueil, monsieur Petit. On a passé un bon moment, ma femme et moi.

— Ça m'a fait plaisir ! Maintenant, continua l'homme aux yeux rieurs, je vous laisse avec votre guide, c'est le meilleur !

— Vous êtes gentil, rougit André. Je vous revois demain avec d'autres visiteurs. On s'en va de ce pas rendre visite aux Boucher, aux Halde et aux Robert.

— Dis-leur un beau bonjour de ma part !

— J'y manquerai pas !

Vers la fin de l'après-midi, sous un confortable mercure de 68 degrés, le couple avait rencontré Jules Boucher, petit-fils de Stanislas Boucher, initialement destiné à devenir boulanger, mais qui, dès la plantation des premiers pommiers à la montagne, avait décidé d'en faire son métier. Aussi, ils avaient visité les familles Robert et Halde.

Guidés par André, les nouveaux mariés s'étaient bien amusés et Rose-May avait croqué dans plusieurs fruits. Après avoir quitté leur guide en le remerciant chaleureusement, Jacques offrit à sa belle de se rendre dans un resto situé au pied du mont Saint-Hilaire. Elle avait préféré s'asseoir sur une grosse roche placée en bordure du stationnement, avec, à la main, le thermos de café qu'elle avait pris soin de remplir à la salle à manger du motel.

— Ouch ! J'ai les pieds en compote, se plaignit Rose-May, alors qu'elle retirait ses souliers de marche.

— Laisse-moi voir. Tu as une ampoule, ma belle. Seras-tu en forme pour te rendre au restaurant ce soir ?

— Oui. Après un bain chaud.

— Avec moi ?

— Avec plein de bulles ?

— Une coupe de vin mousseux ?

— Avec tout ce que tu veux ! Ce qui m'importe est de me retrouver dans tes bras.

— Une invitation à s'aimer, si je comprends bien ?

— Oh que si ! confirma l'épouse en se levant. Vite, démarre la voiture. Juste à y penser, j'ai des frissons dans tout le corps !

— Que je t'aime ! *Quand tes cheveux s'étalent, comme un soleil d'été, et que ton oreiller ressemble aux champs de blé. Quand l'ombre et la lumière dessinent sur ton corps, des montagnes, des forêts et des îles au trésor… Que je t'aime, que je t'aime, que je t'aime…*

— Tu chantes bien ! Quelle voix tu as !

— *Quand tu ne te sens plus chatte et que tu deviens chienne… et qu'à l'appel du loup, tu brises enfin tes chaînes*[6]…

— Je t'en prie ! Démarre la voiture, j'en peux plus !

Le lendemain, avant de quitter la municipalité de Mont-Saint-Hilaire pour se rendre à Granby, Jacques avait amené Rose-May au Manoir Rouville-Campbell.

— De toute beauté ! s'était écriée l'épouse, émerveillée de tant de splendeur.

— La cour arrière doit être magnifique au printemps ! Il est 11 heures, ma belle. Il faut partir si on veut s'installer sur notre terrain de camping avant le dîner.

— Le camping Granby, j'ai hâte de voir comment il est aménagé.

— Moi aussi ! répondit Jacques en souriant, tout en déposant une main sur sa cuisse. Prends la carte dans le coffre à gants et regarde où il est situé.

— Il est sur la rue Robitaille.

— D'accord ! En espérant que les deux journées passées dans ce « village de toile » ressemblent pas...

— Tu veux parler de Woodstock ?

— Ouais…

— Voyons, le temps est superbe ! On dormira sans les bruits des fêtards, du son des guitares électriques et de la pluie qui arrêtait pas de tambouriner. On a loué ce chalet et, si les matins sont frisquets, on aura juste à mettre des bûches dans le poêle.

Rose-May était devenue muette. Elle pensait à son amie qui n'avait toujours pas donné de ses nouvelles.

— Penses-tu que Flora est morte, Jacques ? Elle me manque.

---

6 *Que je t'aime*, interprétée par Johnny Hallyday, avril 1969.

— J'espère que non ! Mais c'est sûr que quand on l'a laissée, en août 1969, elle était pas mal amochée par l'abus d'alcool et de drogues. Si elle était décédée, son père aurait été averti, tu crois pas ?

— Pauvre monsieur Frodet ! Il m'appelle tous les mois pour s'informer si sa fille a donné signe de vie.

— Je le comprends. Il doit se monter plein de scénarios.

— Pauvre elle ! Si elle est toujours vivante, elle doit être complètement déconnectée de la vie. Je suis si inquiète !

Rose-May songeait souvent à son amie d'enfance. Pouvait-elle nager seule dans le monde inconnu où elle s'était aventurée ? Rose-May appréhendait les lendemains, se demandant s'ils lui apporteraient une nouvelle positive. À bien y songer, elle ne devait plus agir ainsi : pour elle, accélérer le temps lui donnerait le sentiment d'avoir perdu espoir. Si Flora revenait, elle ne la jugerait pas pour les erreurs commises, elle la conscientiserait au sujet du chagrin et de l'inquiétude qu'elle avait semés dans le cœur de ses proches. Rose-May aimerait serrer son amie dans ses bras et lui dire que tout ce qui s'est passé à Bethel n'était qu'une mauvaise aventure.

Le chalet érigé en bois rond était confortable, mais ne se mesurait nullement au nid douillet du lac Labelle. Il était petit (de style cabine) avec un parquet en pin huilé et le plafond en lattes de cèdre lui donnait un cachet rustique. De plus, il était bien équipé : la vaisselle et les ustensiles étaient visibles derrière les portes vitrées des armoires, et la literie et les serviettes reposaient sur une étagère en métal dans l'étroite salle de bain.

L'aurore pointait difficilement et l'averse de la nuit précédente avait laissé une brume opaque sur le paysage. Par la fenêtre entrouverte de la chambre à coucher, une odeur de terre moisie s'était infiltrée dans la petite habitation.

— Quelle heure il est, mon amour ? demanda Rose-May en tirant les couvertures sous son menton.

— Huit heures. Pourquoi ?

— Si tard ? Où se cache le soleil ce matin ? J'ai froid, c'est humide et il y a une odeur bizarre.

— Colle-toi sur moi pour te réchauffer.

— Il a plu cette nuit.

— Je sais, je vais commencer un feu. Je prépare le café ? offrit Jacques en se levant.

— Oui, tu es gentil.

— Je suis pas gentil, je t'aime !

Rose-May lui sourit tendrement en caressant son visage.

— On pourra pas visiter le zoo aujourd'hui, mon chéri.

— Inquiète-toi pas, je vois déjà un coin de ciel bleu à l'arrière du chalet.

Dame Nature semblait décidée à chasser les nuages d'un coup de baguette magique pour que le soleil puisse lancer ses rayons chauds, afin d'assécher le paysage et l'illuminer.

— Tu as raison, le soleil essaie de percer au travers des nuages, soupira sa femme en se levant à son tour.

Elle portait une jolie nuisette en soie rose transparente. Elle défit ses cheveux, qu'elle avait attachés en queue de cheval, et secoua sa tête pour les ébouriffer, alors qu'une petite frange ébène retomba sur ses épaules.

— Retourne sous la couette, Rose-May.

— Pourquoi ?

— Si tu espères te pavaner devant moi avec ton affriolante jaquette rose sans que je pose la main sur toi, tu te trompes.

— Hi ! Hi ! D'accord, passe-moi mon peignoir, s'il te plaît. Il est suspendu à l'arrière de la porte.

Jacques ne lui remit pas le vêtement. Épris d'une envie folle de lui faire l'amour, il se glissa sous les couvertures et la supplia de le rejoindre.

— Tu es trop sensuelle !

— Et le café ?

— Il est en train de couler. Viens ici, ma jolie princesse !

Elle sentit sa respiration sur son cou et une douce chaleur l'envahit.

— Arrête, Jacques, je dois prendre une douche.

— D'accord, allons-y ensemble. Vive les chalets pourvus d'électricité !

Ils se déshabillèrent avec hâte et passèrent aussitôt sous la douche.

Jacques savonna les épaules de sa douce et palpa légèrement ses seins, qui se mirent à pointer durement sous le roulement de ses doigts.

— C'est, hum...

La femme savourait les minauderies les yeux clos, sous le jet d'eau tiède qui caressait leurs corps assoiffés d'amour. Ce massage érotique l'excitait au plus haut point et elle implora son mari de la prendre, sans attendre.

— Tu es pressée, Rose-May, laisse-moi te goûter, tu es si savoureuse.

— C'est un vrai martyre ! Tu me fais souffrir au lieu de me donner du plaisir !

— Je veux pas venir tout de suite, tu es trop excitante. Je désire encore te regarder, tu es si belle !

Il la plaqua sur la paroi de la cabine et l'embrassa avec fougue. Il empoigna sa cuisse pour la soulever et la pénétra pour lui donner un plaisir incommensurable.

Jacques agrippa deux grandes serviettes sur la pôle près de la douche et, après avoir encerclé sa taille avec l'une d'elles, il couvrit Rose-May et la souleva pour la déposer sur le lit avec délicatesse.

— C'était si bon, mon chéri ! Je savais plus où je me trouvais, tellement c'était intense !

— Tu es une Vénus de l'amour, avoua-t-il, le souffle court. Que je peux t'aimer, madame Yergeault ! Tu as vu, il fait soleil ! On s'habille et on part tout de suite pour le zoo, avant qu'il y ait un autre gros nuage noir au-dessus de nos têtes.

— J'ai hâte de voir les ours polaires ! Ils sont mes préférés.

Rose-May rangea la carte géographique dans le coffre à gants de la voiture, que Jacques venait de garer dans le grand stationnement rempli de véhicules.

— On a seulement besoin du sac à dos et de l'appareil photo. La glacière est à l'ombre dans le coffre de l'auto. Il est 10 heures. On reviendra pour le pique-nique vers 12 h 30.

— D'accord ! Tu me prends en photo devant l'entrée du site ?

— Bien sûr ! Place-toi bien devant l'enseigne du parc.

Après que les amoureux eurent acheté deux passes, une guide les interpella à la sortie du tourniquet.

— Bonjour et bienvenue au Jardin zoologique de Granby ! les salua la femme d'une quarantaine d'années aux cheveux bruns très courts, arborant un uniforme de style safari.

— Bonjour ! répondit en chœur le couple souriant.

— Si vous voulez rien manquer, voici un plan pour suivre un itinéraire précis. Si le cœur vous en dit, je vous invite à assister à une conférence pour prendre connaissance de l'histoire du zoo de Granby.

— C'est où ? demanda Rose-May, au bras de son mari.

— Juste à votre gauche, sous le chapiteau orange. L'exposé commence dans cinq minutes.

— Merci ! répondit Jacques, en prenant la main de sa femme.

Sous la grande tente, une cinquantaine de chaises de parterre avaient été installées, et à l'avant, une tribune était pourvue d'un tabouret en bois placé devant un lutrin.

— Bonjour ! Je vois des tout-petits avec des étoiles plein les yeux. Avez-vous hâte de rencontrer nos animaux, les enfants ?

— Oui !

— Ce sera pas très long ! leur assura le quinquagénaire aux cheveux noirs. Voici d'abord un résumé historique : le zoo de Granby a été fondé par monsieur Pierre-Horace

Boivin, maire de la ville de 1939 à 1964. Monsieur Boivin a toujours aimé les animaux. Vers la fin de la Deuxième Guerre mondiale, il détenait déjà une demi-douzaine de chiens. Par la suite, il acheta un cheval et une chèvre à trois pattes.

— Hein ? s'étonnèrent les enfants.

— Il les dressait et s'occupait de leur santé, le tout, dans la cour clôturée de sa résidence. En 1944, il agrandit son espace zoologique le long de la rue Bourget et y logea deux chevreuils, deux biches et d'autres animaux à poils et à plumes. Avec le temps, le site qui abritait les pensionnaires était devenu étroit et il avait déplacé les bêtes sur un terrain que la paroisse Notre-Dame réservait pour l'agrandissement du cimetière. Par la suite sont arrivés des cerfs de Virginie, des wapitis, des bisons, deux ours noirs et de petits animaux. Oui, madame ?

— Quel était le prix d'entrée du zoo au début ?

— L'entrée était gratuite. Par la suite, les autorités ont demandé aux adultes une somme de 25 cents pour les entrées sur le terrain, les samedis et les dimanches.

L'orateur poursuivit :

— Malheureusement, en 1954, les coûts de la nourriture, de l'entretien et de l'hébergement des bêtes sauvages ont semé le désarroi chez les responsables du site. Aussi, malgré les bonnes intentions du personnel, plusieurs d'entre eux ne possédaient pas les qualités requises pour soigner et voir aux habitudes de vie des animaux. J'ai ici un exemplaire du journal *La Revue de Granby* qui évoque les problèmes que le zoo a connus en 1946. La nourriture pour les bêtes était inadéquate, limitée à du pain brun, et les cages étaient devenues exiguës. Je vous énumérerai pas tous les écrits de cette gazette. Si vous désirez parcourir la chronique, quand j'aurai terminé, je la laisserai sur le lutrin.

— Ça a commencé petit ! glissa Rose-May à l'oreille de son mari.

— Oui, mon amour. Mais on voit qu'il y avait un manque d'expérience et que c'était pas l'idéal pour les animaux.

L'orateur continua son exposé :

— Le projet de monsieur Boivin fut confié à la Société zoologique de Granby en 1953. Voici deux pensionnaires attachants que notre maire est allé chercher lors de ses voyages : Ambika, un éléphanteau offert par le premier ministre de l'Inde, et la girafe orpheline du zoo de Copenhague, adoptée par le zoo de Granby. Voilà ! Je vous souhaite une randonnée inoubliable ! Merci !

— Il est 11 h 30, ma belle. On commence notre visite, ou on mange ces délicieux sandwichs à la salade de poulet que j'ai dérobé dans la glacière pour les mettre dans mon sac à dos ? Ça va nous éviter de retourner à la voiture.

— Hi ! Hi ! À voir tes yeux, je devine que tu as faim, mon amour. Donne-moi juste une minute pour parcourir le journal sur la tribune. Sainte pivoine ! Regarde : une lionne du nom de Prasma est morte d'une fièvre rhumatismale et un ourson a été dévoré ! C'est donc bien triste !

— Laisse cette gazette, Rose-May. Aujourd'hui, tout est rentré dans l'ordre. Profitons de cette belle journée qui s'offre à nous, OK?

— D'accord ! Vite ! J'ai faim.

Après s'être restauré dans un petit coin ombragé à l'écart des visiteurs, le couple passa tout l'après-midi sur le populaire site dédié à la vie animale. Ils rendirent visite au plus célèbre des pensionnaires, le gorille Mumba, originaire du Cameroun. Ce grand singe avait été vu à l'émission *La vie qui bat,* à Radio-Canada, en 1961. Mumba avait été placé dans une famille de Granby, qui le traitait aux petits soins avant qu'il ne soit confié au zoo.

Jacques et Rose-May passèrent devant la ferme des enfants et le parc d'attractions Le Tournesol, sans toutefois s'y attarder, de peur de manquer de temps pour épier les ours polaires sous le dôme géodésique.

Rose-May était impressionnée de voir les deux mammifères omnivores de plus de 800 livres provenant des eaux glacées de l'Arctique répondre aux commandes du soigneur animalier qui les nourrissait. Le responsable venait de leur lancer leur goûter, qui se composait de poisson, de baies, de végétations et de quelques quartiers de gras.

— Ils sont si mignons ! J'en veux un, mon amour ! Tiens, pour mon cadeau de Noël, dit-elle en riant.

— Ha ! Ha ! Ce sera tout un défi de trouver la boîte adéquate pour l'emballer ! Viens, ma belle, maintenant, on rentre à Labelle !

— Comme on dit : ça rime en crime ! OK, on prend la route. J'ai hâte de revoir notre petite rue du Couvent et de vérifier si mon frère Normand est venu reconduire Frimousse à la maison. Elle doit s'être ennuyée de nous, la petite féline.

Chapitre 14

Les nouveaux voisins

La saison automnale, riche en essences épicées et fruitées, dressait un décor chaleureux. Mais sous un autre angle, elle changeait d'humeur, laissant choir les feuilles des grands végétaux et martelant la nature d'une pluie froide.

Un vent frisquet laissait présager la rude période hivernale.

— L'été vient de disparaître, se plaignit Rose-May, qui déterrait les derniers légumes de son potager.

— Quand tu verras les premiers flocons tomber, tu me demanderas de marcher avec toi dans les rues de Labelle, ma chérie. Tu sais, chaque saison apporte son lot de splendeurs.

— Je te donne raison, Jacques, mais pour un 1er octobre, le temps se gâte. On dirait le mois des morts, sainte pivoine !

— Regarde les coloris de jaune, d'orangé et d'ocre qui invitent les randonneurs à emprunter les sentiers et les chasseurs orgueilleux à ramener à la maison des canards, des outardes, des perdrix et d'autres oiseaux sauvages.

— Eh oui ! Si mon père était pas incommodé par ces satanés rhumatismes, il s'adonnerait encore à la pêche et rapporterait fièrement à ma mère un esturgeon à fumer, un brochet ou une belle truite saumonée. Il fait plus rien, lui qui était si actif avant. Pauvre papa, je le trouve jeune pour affronter tous ces maux !

— Oui, c'est dommage pour lui.

— J'espère qu'on pourra profiter de l'été des Indiens, il fait si froid. Mon père m'a expliqué qu'il arrive parfois une courte période de réchauffement à l'automne.

— Exact. On peut connaître un été des Indiens après les premiers gels, qui surviennent généralement entre la fin septembre et la mi-novembre. Jadis, les Franco-Canadiens surnommaient cette période « l'été des sauvages ».

— Ah oui ?

— Tes professeurs ont jamais évoqué ce sujet quand tu étudiais au couvent ? demanda Jacques en souriant.

Vêtu de bottes de caoutchouc et d'une salopette bleu foncé, le nouveau marié laissa tomber son râteau et s'approcha de sa femme.

— Non, répondit sa bien-aimée, souriante, en enlevant ses gants de jardinage.

— L'été des Indiens porte des appellations différentes dans d'autres pays. Comme en France, c'est « la Saint-Martin », en Angleterre, « l'été Saint-Luc », en Suède, « l'été de la Toussaint », aussi en Europe, « l'été des bonnes femmes », qui se produit vers la fin septembre.

— Quel drôle de nom !

— Tu es jolie quand tu souris comme ça ! Viens ici, que je t'embrasse.

— Non ! Je suis noire comme la suie !

— Moi aussi je suis sale, regarde mon nez.

Une femme plantureuse arriva discrètement dans la cour arrière pendant que les deux époux se câlinaient. Elle était accrochée au bras d'un homme, d'une maigreur apparente dont le visage était marqué de profonds sillons.

— Bonjour, vous deux ! cria l'inconnue, qui tenait une tarte aux pommes.

Le couple sursauta et s'avança vers les deux personnes, incertain.

— Bonjour, salua Jacques en s'approchant, laissant Rose-May derrière lui. On peut vous aider? Est-ce que vous êtes égarés?

— On est vos nouveaux voisins! expliqua la femme au visage rond et au cou généreux. On est venus se présenter. C'est la tradition quand une famille s'installe dans une nouvelle maison. Vous saviez pas ça?

— Ah! s'exclama Rose-May en s'avançant pour les saluer, sourire aux lèvres. C'est vous qui avez acheté la demeure de la pauvre madame Durand?

— Oui, chère voisine! Puis je peux vous dire qu'on nous l'a pas donnée cette maison! On a tout fait pour faire baisser son prix, mais le fils a rien voulu savoir. La seule chose qu'il nous a laissée, c'est une cabane à chien dans la cour. Y a même apporté les ampoules dans les lustres au plafond, sainte citronnelle! Quand on est rentrés dans la maison la première fois, c'était le soir, y faisait noir comme chez le loup. Les magasins étaient fermés, y a fallu dépaqueter nos premières boîtes à la chandelle. Le fils de madame Durand, que Dieu ait son âme, est un pingre, madame!

— Je vois. Vous êtes…

— Anita Bissonnette et voici mon mari, Sylvio. Il est bien gêné la première fois qu'il rencontre du monde, mais inquiétez-vous pas. Aussitôt qu'un ou deux mots seront sortis de sa bouche, il sera plus *arrêtable.* Une vraie machine à parole, miséricorde!

— Heureux de vous connaître, répondit Jacques.

L'homme et la femme de la maison présentèrent la main.

— Je suis Jacques Yergeault, voici mon épouse, Rose-May. Vous demeuriez à Labelle avant de vous installer sur la rue du Couvent?

— Oui. On restait sur la rue Bélanger. Vu que mon Sylvio a pris sa retraite, la maison était devenue trop grande pour deux vieilles croûtes comme nous autres. J'en finissais plus de faire du ménage. Y avait quatre chambres puis le terrain était tellement grand; mon Ti-Vio prenait deux jours pour tailler la haie de cèdres. De toute façon, les arbres épineux servent juste à attirer les maringouins.

Jacques s'adressa à Sylvio Bissonnette, qui n'avait esquissé qu'un miniristus depuis son arrivée.

— Que faisiez-vous avant votre retraite, monsieur Bissonnette ?

— J'ai comme on dit touché à tout, mais le plus gros de mon travail s'est passé dans les mines de grenat et de graphite.

— Oh ! Vous avez sûrement connu mon ex-mari, il est décédé en 1949 à la mine de graphite, indiqua Rose-May, surprise.

— Y a eu ben des malchances dans les houillères, madame Yergeault. C'était quoi le nom de votre premier mari ?

— Victor Alarie.

— Ça me dit rien. Heu… attendez ! Est-ce que son père était un docteur ?

— Oui, il s'appelle Rosario et il exerce encore sa profession.

— C'est lui qui a accouché ma femme dans les années 30. Il restait à La Conception. En tout cas, y avait pas beaucoup de médecins dans ce temps-là. Votre beau-père se démenait comme une poule pas de tête entre Labelle pis les patelins avoisinants. Pour en revenir à mon ouvrage, à l'âge de 20 ans, là, je vous parle des années 20, je travaillais pour la Ville de Labelle. J'allumais les lampes dans les rues du village, pis l'hiver, je tapais la neige avec un gros rouleau en bois tiré par un cheval canadien. Après sont apparues les *snowmobiles*, fabriquées par Fernando Machabée, qui avaient été inventées par Joseph Bombardier de Valcourt. La gare de Labelle s'en servait aussi pour reconduire les voyageurs dans leurs familles. J'ai un portrait de cet engin-là. Le maire de la ville avait fait venir un tireur de portraits, pis y m'en a donné un, hein, Anita ?

— Ben certain ! On l'a mis sur le mur de plâtre du salon à côté de celui de mes vieux parents.

— Quels genres de lampes est-ce que vous allumiez, monsieur Bissonnette ?

— Ces lampes-là, madame, y en avait une vingtaine. C'était des calbombes à deux chandelles. Puis au début des années 30, ça a été un méchant changement avec l'électricité ! C'était monsieur Belisle qui les allumait et les éteignait de sa maison avec un système spécial que j'ai jamais compris. Vous savez comme moi que depuis 1963, c'est Hydro-Québec qui a acheté les compagnies avoisinantes.

Sylvio Bissonnette fut embauché à la *Labelle Nickel and Garnet* en 1931. À cette époque, il avait 33 ans et avait déjà donné huit enfants à sa femme Anita. Il fut l'un de ceux qui avaient ouvert le chemin de la mine. En 1939, il avait travaillé au projet de l'érection d'un nouveau moulin qui aurait eu pour fonction de broyer le minerai, si la charpente ne s'était pas affaissée au cours de l'édification. Par la suite, il avait participé à la construction du laboratoire, en 1949, mais la compagnie avait fermé ses portes en 1951 et la mine fut démolie en 1957.

— Vous l'avez pas eue facile, monsieur Bissonnette.

Rose-May tenait encore la tarte aux pommes.

— Je suis de votre dire, madame ! Mais ma trâlée a jamais manqué de rien ! Hein, Anita ?

— C'est bien certain, Ti-Vio. Notre famille mangeait trois repas par jour, pis on dormait dans une maison bien chauffée.

L'ancien mineur devança sa femme et reprit de plus belle :

— Pis si nos enfants restaient pas si loin, y vous le diraient *dret* là ! C'est ben dommage, le grenat était une ben belle pierre dure. Des fois, elle était noire, bourgogne, brune, rose, verte ou blanche, dépendant de ce qu'elle cachait. Elle servait à polir la vitre pis le bois, à fabriquer la peinture, les meubles, les bottines.

— Nos souliers en contiennent ?

Jacques fixait ses chaussures de cuir.

— Pas dans vos godasses, monsieur Yergeault ! Ça servait à polir les semelles pis les talons.

— Ah !

L'ancien ouvrier n'en finissait plus de se raconter.

— Pour continuer mon histoire, poursuivit-il, en apposant la main sur le tronc de l'érable centenaire, après la fermeture de la mine de grenat, j'ai posé ma candidature comme journalier à la mine de graphite du lac Vert, et ils m'ont embauché, taboère !

— C'était quoi, votre travail, dans cette exploitation ? s'informa Jacques, intéressé.

— Je charroyais la roche de la montagne, je dynamitais, pis je faisais du concassage. Les journées étaient longues, mais on se plaignait pas, je gagnais un assez bon salaire.

— Le graphite est un minerai bien noir, comme la mine d'un crayon, intervint gaiement Rose-May. Je reconnaissais pas Victor quand il rentrait de son travail.

— C'était salissant, mais ça se lavait ben. C'était pas collant, par contre.

— En effet, approuva sa femme qui, tout en jasant, promenait son regard curieux sur le terrain de ses nouveaux voisins.

— J'aimais mieux cette mine-là parce qu'elle avait pas de tunnel. Elle était à ciel ouvert, même si, des fois, on dynamitait dans le vide parce qu'au lieu de dénicher des galettes de roche avec du graphite dedans, on trouvait juste du sable.

— Ce minerai avait beaucoup d'utilités, disait Victor.

— Exact ! Sauf quand un ouvrier avait fait l'expérience de le mélanger avec de l'huile pour s'en servir pour les moteurs de char. Ça avait pas marché pantoute.

— Sous quelle forme se présentait le graphite, monsieur Bissonnette ?

Fier de son savoir, le septuagénaire reprit la parole :

— C'est comme de petites paillettes cachées dans les roches calcaires. À cette époque, j'étais ben content de porter mon permis de prospection du ministère des Richesses naturelles du Québec que je payais cinq piastres par année. Les matins, je partais avec mon *pack sac* qui contenait un gros lunch, que mon Anita m'avait préparé la veille. Mon marteau-piqueur me suivait comme un chien de poche, puis j'avais des bâtons de dynamite pis des *caps* détonateurs dans mes poches de capot.

— Vous pouviez vous promener avec de la dynamite sur vous ?

— Oui, mon gars ! Dans ce temps-là, c'était aussi facile d'acheter un bâton de dynamite qu'un clou de six pouces au magasin du village de Labelle.

À écouter le minier se raconter, le couple devina en lui un grand connaisseur du minerai et reconnut que l'attachement à son métier l'habitait toujours.

— Viens-tu, Ti-Vio ? Y faut laver les vitres de la maison avant qu'y fasse trop frette. Je vais sortir un pain de Bon Ami avec la chaudière puis les vieilles guenilles.

La femme opulente aux cheveux gris parsemés de fils blancs prit le bras de son mari pour qu'ils retournent à leur besogne.

— Tu trouves pas qu'on les a assez dérangés pour asteure ?

— Ouin, c'est vrai que j'ai pas arrêté de placoter depuis notre arrivée, s'excusa l'homme en leur présentant une main veineuse.

Le couple Bissonnette quitta ses voisins et promit de les inviter pour leur montrer les petits travaux effectués depuis leur déménagement.

Chapitre 15

Femme en détresse

Mars 1971

— Ça a pas de bon sens, Jacques, on voit plus rien à l'extérieur !

— Depuis deux jours qu'on a pas mis le nez dehors. Ça servirait à rien de pelleter. Il faut que la neige ait fini de tomber. À la télévision, le lecteur de nouvelles a dit que les précipitations et les rafales vont cesser aujourd'hui.

Vu la neige abondante et les fortes poudreries, les commentateurs avaient nommé l'événement la tempête du siècle. Dans la région de Montréal, déjà 17 personnes étaient décédées, des milliers de foyers étaient privés d'électricité et les vents qui soufflaient à 68 milles à l'heure, avaient poussé des amas de neige jusqu'au deuxième étage des maisons. La tempête avait forcé la fermeture des écoles, des bureaux ainsi que des commerces, et les transports étaient paralysés.

— Où est-ce qu'on va mettre toute cette neige, Jacques ? Il en est tombé pas loin de trois pieds, sainte pivoine ! On voit pas ta voiture dans l'entrée et les bancs de neige montent jusqu'aux fenêtres des portes !

— La solution selon moi serait de libérer le stationnement et la galerie avant et stocker la neige dans la cour arrière.

— Tu as raison, on aura pas le choix.

— On pourra commencer à pelleter demain en soirée, quand je reviendrai de l'ébénisterie.

— Tu pourras pas te rendre au travail demain, mon amour. Les rues seront encore bloquées et il va y avoir une longue attente avant de voir arriver les gars de la Ville sur la rue du Couvent pour déneiger. Il est déjà 4 heures et personne s'est encore présenté. À l'heure qu'il est, on est chanceux de profiter du courant. Oups ! J'ai trop parlé ! On a plus d'électricité, sainte pivoine !

— As-tu des chandelles ?

Jacques s'empara d'une lampe torche qu'il avait déposée sur la table de la cuisine et s'avança vers sa femme.

— Attention de pas tomber !

— Oui, ma chérie. Ce serait le bout si je me brisais un membre et que j'étais obligé de me rendre à l'hôpital par ce temps de blizzard. J'aurais dû suivre ma première idée hier soir, sortir mon Bombardier du cabanon et le garer dans l'entrée.

— Pourquoi ?

— J'aurais pu imiter les autres citoyens et me porter volontaire pour aider les gens en détresse. À la radio, ils disent que des mères de famille manquent de lait pour leurs bébés et qu'elles sont coincées dans leur maison. Tu imagines les pauvres gens qui ont pas de poêle à bois pour chauffer leur intérieur ? J'espère qu'ils ont pris le temps de se rendre chez leurs proches avant que la tempête s'amplifie.

— Je descends au sous-sol avec la gazette pour alimenter le vieux poêle.

— Attends ! Il fait trop noir, je vais y aller. Est-ce que les nouveaux voisins ont un foyer ?

— Je pense pas. Est-ce qu'on voit de la fumée sortir de leur toit ?

Rose-May jeta un coup d'œil à travers la fenêtre de sa porte de côté, mais elle ne voyait rien. Le vent soufflait à une vitesse folle et la neige tourbillonnait dans tous les sens.

— Je distingue même pas leur maison.

— En espérant que le courant revienne. Sinon, d'ici une heure ou deux, j'irai pelleter un chemin pour qu'ils puissent venir se réchauffer ici.

— Tu es un homme généreux, mon mari, le complimenta sa femme en s'avançant pour l'embrasser sur la joue.

— Regarde, il y a une deuxième voiture immobilisée dans la rue.

— Pauvres gens ! J'espère qu'ils demeurent pas loin et qu'ils pourront se réfugier dans leur maison à pied. C'est toute une tempête ! Si le courant revient pas, tu manqueras la partie des Canadiens ce soir…

— J'ai entendu à la radio ce matin que le match au Forum a été annulé. Je vais chercher le transistor dans le tiroir de la table de nuit, on pourra écouter les nouvelles récentes.

À l'extérieur, les domiciles et les rues semblaient s'être volatilisés. Il subsistait juste un voile opaque qui oscillait entre ciel et terre. Le chasse-neige avait peine à se frayer un chemin de déblaiement sur la grande artère Curé-Labelle et sur les routes secondaires, le tapis blanc venait d'atteindre les galeries des maisons.

Dans la voiture, qui s'était enlisée dans l'épaisse moquette immaculée de la rue du Couvent, un couple dans la vingtaine cédait à la panique. Une femme âgée de 22 ans sanglotait. Son poupon naîtrait dans la froideur et la noirceur.

— On se trouve juste à deux coins de rue de notre logement, Andrée ! Fais un effort, bonté divine ! Tu dois bien être capable de marcher jusque-là !

— Je peux pas m'aventurer dans toute cette neige, Martin, j'ai mal ! répondit son épouse en pleurant et en respirant difficilement. Va frapper à cette maison, je vois une lueur à la fenêtre. Je souffre, Martin ! Je sens que le bébé arrive.

— Gériboire ! Reste là, j'y vais !

— C'est bien évident que je bougerai pas d'ici ! Où veux-tu que j'aille ? s'écria la jeune femme malgré la douleur qui tiraillait son bas-ventre.

L'homme poussa la portière de la voiture et réussit à sortir de peine et de misère pour se retrouver prisonnier de la neige jusqu'aux genoux. Il avait la trouille, la maison devant lui semblait inaccessible. « Avance, Martin, avance ! Je vais me souvenir de cette maudite tempête. De plus, ce sera la journée de l'anniversaire de mon enfant ! Pff ! »

L'homme était vêtu d'un mince manteau et la neige lui fouettait les yeux et lui obstruait la vue. Il s'arrêta pour reprendre son souffle et enjamba la congère qui se trouvait à quelques pieds de la maison. Au bout de force, il tomba à deux reprises avant d'arriver à la porte d'entrée des Yergeault.

Jacques reçut une grande volée de flocons blancs dans la figure en ouvrant à l'inconnu.

— C'est votre voiture qui est coincée dans la neige ?

— Oui ! J'ai besoin d'aide ! Ma femme est dans le char en train d'accoucher !

— Mon Dieu ! Attendez-moi, je cours chercher la pelle à l'arrière de la maison.

Rose-May se présenta derrière Jacques, inquiète.

— Rose-May ! s'écria son mari. Descends prendre le fanal de camping au sous-sol, il est accroché à un clou sous l'escalier. Je vais ouvrir un chemin pour qu'on puisse se rendre à la voiture et ramener la femme de monsieur.

— Sainte pivoine ! Comment on va trouver un médecin, par cette température ?

— On va être obligés de l'aider à mettre son enfant au monde ! Allez, les minutes sont précieuses !

Jacques s'adressa au futur père de famille :

— Déterrez la traîne sauvage, elle est accotée sur la maison, sur votre gauche. Je vais vous chercher un manteau plus chaud.

Après les efforts des deux hommes, qui revinrent avec des engelures au visage et aux mains, Andrée fut conduite dans la demeure. Rose-May l'invita à s'installer dans son lit à l'étage. La future mère frigorifiée pleurait d'inquiétude.

— Comment je vais faire, madame ?

— Calmez-vous ! Y a pas d'autres solutions que de se préparer à accueillir votre petit poupon. On peut pas faire venir un médecin, encore moins nous rendre à l'hôpital.

— Comment vous pourrez m'aider? Avez-vous déjà mis un bébé au monde, vous ?

— Non. Désolée, j'ai pas eu d'enfant. J'ai jamais assisté à un accouchement, non plus. Attendez, je reviens !

— Quoi ? Vous me laissez toute seule ?

— Reprenez votre souffle. Je vérifie auprès de ma voisine. Elle est plus âgée que moi ; peut-être qu'elle a des compétences en ce qui concerne la venue au monde d'un bébé.

— J'ai si mal ! hurla la femme, prise d'un spasme douloureux.

Rose-May rejoignit Jacques, alors qu'il était en train d'alimenter le foyer.

— Jacques, il faut faire vite !

— Comment elle va ?

— Je suis pas médecin. Ce que je peux dire, c'est qu'elle a des contractions toutes les 10 minutes.

— Gériboire ! s'écria le mari d'Andrée, qui montait du sous-sol avec des rondins d'érable, que Jacques lui avait demandé d'aller chercher. Comment on va faire ? Elle va ben mourir avec son bébé dans son ventre !

— Calmez-vous, voyons ! Jacques, il faut que tu demandes à madame Bissonnette si elle a de l'expérience dans le domaine de la naissance. C'est notre dernière solution.

— Excellente idée ! Venez, monsieur Nadeau. C'est ça qu'il faut faire pour sauver votre femme et votre bébé !

Les deux hommes chaussèrent leurs bottes, endossèrent leurs manteaux et se rendirent dehors pour pelleter un chemin jusqu'à la galerie arrière des Bissonnette.

— Bonjour, monsieur Yergeault ! Vous êtes courageux de venir chez nous par un blizzard pareil ! lança la femme de 70 ans en refermant sa robe de chambre sur sa grosse poitrine.

Martin Nadeau prit la parole :

— Madame ! On a besoin d'aide, faut faire vite !

— Qui c'est ça, joual vert? cria-t-elle, en apercevant l'inconnu.

— L'épouse de monsieur Nadeau se trouve dans la chambre à coucher de Rose-May. Elle donnera naissance dans les minutes qui suivent. Pouvez-vous l'aider ? supplia Jacques en se croisant les doigts.

Il jeta un coup d'œil au vieux poêle en fonte et fut soulagé de voir que la maison des Bissonnette était bien réchauffée.

— Certain ! J'accouchais mes voisines dans les années 30 ! J'ai encore ma trousse d'outils, miséricorde !

En fixant le futur père qui tremblait de peur, elle lança :

— Au lieu de vous morfondre, c'est quoi votre nom, déjà ?

— Martin.

— Bon ben Martin, allez retrouver madame Yergeault et dites-lui de faire bouillir deux chaudrons d'eau. Ça m'en prend un pour laver le bébé qui arrivera bientôt, pis un autre pour stériliser mes instruments au cas où j'aurais à me servir des forceps. Asteure, je m'habille et je suis monsieur Yergeault. C'est quoi le nom de votre femme ?

— Andrée.

— OK! Toi, Sylvio, reste ici dedans pis oublie pas d'alimenter le poêle pour pas qu'on se gèle le popotin quand je vais revenir. Tu mettras le chaudron de *beans* à chauffer dessus aussi.

Anita fut prête en moins de deux minutes et elle traversa chez ses voisins avec sa valise de sage-femme. Après avoir enlevé ses bottes, son manteau et son bonnet de laine d'un brun défraîchi qu'elle avait déposés sur une chaise, elle se dirigea vers le lit, où était alitée la future maman, qui criait à tue-tête.

— Comment ça se passe, Andrée ? s'enquit la « sage-femme », une main sur l'abdomen de la patiente.

— J'ai mal ! Je voudrais aller à l'hôpital ! Si je reste ici, je vais mourir !

— Calmez-vous ! Inquiétez-vous pas, je suis capable de vous accoucher. Là, je vais vous poser *quèques* questions. Pis, contez-moi pas de menteries, c'est ben sérieux.

Andrée acquiesça avec silence.

— Êtes-vous en parfaite santé ?

— Oui, pourquoi ?

— C'est juste pour savoir. Si vous aviez eu des problèmes de cœur, j'aurais pris les forceps pour sortir le bébé de votre ventre. Y faut pas risquer d'avoir des complications quand la mère a déjà eu des troubles cardiaques, elle se fatigue vite et elle peut…

— … mourir ?

— Ouais. Mais paniquez pas pour rien, c'est pas votre cas. Vous êtes toute jeune encore. Une maman ben en santé, à ce que je vois.

— Oh ! J'ai mal, aidez-moi, madame !

La jeune mère se tortillait de douleur et tirait sur le tablier de la supposée accoucheuse.

— Écoute-moi ben, ma tite fille : la meilleure façon de gérer ton accouchement, c'est de te détendre pis de ben respirer. C'est primordial de prendre de grandes respirations pour ton oxygénation et celle du petit. Si tu respires pas bien, la tête va te tourner pis tu vas avoir mal au cœur.

— D'accord, je ferai tout ce que vous me direz de faire, madame.

— Bon. Voilà une bonne décision ! Madame Yergeault ?

— Oui, madame Bissonnette ? répondit Rose-May qui épongeait le visage d'Andrée.

— Prenez des grandes respirations, vous aussi, vous êtes blanche comme du lait. Est-ce que vous avez d'autres oreillers ?

— Non. Il y a des coussins sur le divan en bas.

— Allez les chercher. J'en aurai peut-être pas besoin, c'est juste au cas où Andrée se sentirait plus à son aise en accouchant en position assise.

Après avoir noué des cravates à la tête du lit et fait un examen à la future mère, pour vérifier où en était la dilatation du col de l'utérus, Anita releva le drap qui couvrait ses jambes et lui suggéra d'enrouler les cravates autour de ses poignets.

— Plie tes jambes, y arrive ton bébé, Andrée. Quand je te le dirai, pousse ben fort, pis oublie pas de ben respirer entre chaque douleur.

— J'ai peur, madame ! Oh ! J'ai mal !

Anita angoissait intérieurement. Il y avait longtemps qu'elle n'avait pas utilisé ses instruments et ses mains tremblaient.

— On va essayer comme ça, pis si ça fonctionne pas, je te ferai lever pour que le petit s'engage ben.

— Debout ?

— C'est juste au cas où ça marcherait pas en position couchée ! Fais-moi confiance !

— OK. Oh !

— Allez, pousse, Andrée ! Plus fort ! Respire, asteure.

Après plusieurs efforts de la future maman, le poupon de sept livres fit son entrée dans le monde. Andrée et Rose-May pleuraient de soulagement.

— Madame Yergeault ? demanda Andrée en balayant les mèches brunes collées à son visage.

— Oui, madame Nadeau ?

— Pourriez-vous aller chercher Martin ? J'ai hâte qu'il prenne sa fille dans ses bras. Aussi, pouvez-vous m'appeler Andrée ?

— Bien sûr. Moi, c'est Rose-May.

— Attendez une minute ! intervint madame Bissonnette, fière d'avoir aidé la maman à mettre son petit au monde. C'est pas terminé, y reste la délivrance.

— Quoi ?

— Le placenta, ma tite fille. En temps ordinaire, il sort 10 minutes après l'expulsion du bébé. Tu vas avoir une dernière douleur, Andrée.

— Non ! Je suis épuisée, je pourrai pas l'endurer !

— Crains rien. Elle ressemblera pas pantoute aux contractions que t'as eues, y a *quèques* minutes. Madame Yergeault ?

— Oui ?

— Trouvez-moi des ciseaux pis trempez-les dans l'eau bouillante pis l'alcool à friction avant de me les apporter. J'en aurai besoin pour couper le cordon ombilical.

— J'ai une douleur, madame Bissonnette !

— OK ! Pousse un coup, moi je vais tirer tranquillement sur le cordon.

Dans la soirée du lendemain, après que Jacques et Martin eurent libéré la voiture ensevelie sous la neige et dégagé l'entrée, les parents transportés de joie se préparaient à réintégrer leur domicile avec leur fille Justine, belle comme un ange.

— Aussitôt que j'aurai repris des forces, suggéra Andrée, toi et Jacques viendrez souper à la maison avec madame Bissonnette et son mari.

— Vraiment ? C'est gentil de votre part.

— J'y tiens, Rose-May. Je vous dois tant !

— D'accord ! Bonne chance et soyez heureux ! Oups, le téléphone sonne, excuse-moi, Andrée.

— Va répondre. On rentre. À bientôt.

Rose-May s'empara du combiné, remplie de joie et de gratitude.

— Allo !

— Bonsoir, Rose-May, c'est monsieur Frodet, le père de Flora.

— Monsieur Frodet ? Bonsoir, comment allez-vous ? Avez-vous eu des nouvelles de votre fille ?

— Oui.

— Sainte pivoine ! Elle est rentrée à La Minerve ? s'écria la jeune femme, soulagée.

— Elle est rentrée, mais elle est pas revenue à La Minerve. Elle est à Montréal depuis cinq jours.

— À Montréal ? Est-ce que vous pouvez me donner son numéro de téléphone ? Attendez, je vais chercher un papier.

— Non. J'ai son adresse, mais avant il faudrait que je te rencontre. J'ai des affaires à t'expliquer.

— Mais qu'est-ce qui se passe ? s'inquiéta Rose-May, dont toute joie avait déserté le visage.

Chapitre 16

Des nouvelles de Flora

6 mars 1971

Rose-May avait donné rendez-vous au père de Flora en après-midi. Elle était inquiète depuis l'appel de ce dernier. Pourquoi Flora s'était-elle installée à Montréal au lieu de rentrer chez elle ? Demeurait-elle dans une maison ou un logement avec ce dénommé Roger, cet homme qu'elle avait rencontré à Bethel en août 1969 ? Depuis son périple à la grande foire du rock, avait-elle mis au monde un ou deux enfants ? Pourquoi n'avait-elle pas donné de nouvelles à son retour ? Rose-May souhaitait renouer avec son amie, la prendre dans ses bras et lui dire que cette querelle et toute cette histoire étaient du passé.

— Bonjour, monsieur Frodet ! Entrez.

Rose-May prit le manteau du charbonnier pour l'accrocher dans la penderie et l'invita au salon.

— Je peux vous offrir un café, un thé, une bière, une boisson gazeuse ?

— Calme-toi, Rose-May, t'es ben énervée ! Aurais-tu une liqueur plus corsée ?

— J'ai du brandy.

— Tu m'accompagnes ?

— Oh non ! Cet alcool-là me donne le vertige. Je vais prendre un verre de jus.

— Avec ce que je suis venu t'apprendre, je te conseillerais de t'ouvrir une bière, ma fille.

Finalement, le père de Flora opta pour un café aromatisé de la liqueur ambrée.

— Vous me faites peur, monsieur Frodet ! Flora est malade ?

Vêtue d'un pantalon noir et d'un col roulé bleu pastel, Rose-May avait remonté ses cheveux pour les attacher avec une barrette brune.

— Ton mari est pas là ? demanda le charbonnier, tandis qu'il prenait place sur le Lay-Z-Boy.

— Il travaille à l'ébénisterie, aujourd'hui. Allez-vous m'expliquer ce mystère autour de Flora ? Elle a trouvé ou elle recherche un emploi à Montréal ?

— Écoute…

Le vieil homme posa son regard sur les mains de son interlocutrice, dont les doigts semblaient pris dans un étau.

— Où est Flora, monsieur Frodet ? Répondez-moi !

— À l'hôpital Douglas, à Verdun, répondit-il posément.

— Flora est pas infirmière ! Elle travaille à la cafétéria, à la buanderie ?

— Non.

— Est-ce qu'elle est dépressive ?

— C'est un institut psychiatrique.

— Je connais une partie de l'histoire du centre Douglas. C'est pour ça que je vous demandais si elle avait des problèmes de ce côté-là.

Le père de Flora se leva et arpenta le plancher de bois du salon, sous le regard de Rose-May, impatiente d'apprendre ce qui arrivait à son amie.

— Je vais commencer par le début, si tu veux bien.

— Je vous écoute.

— Son soi-disant *chum*, que j'appellerais plus son sans-cœur, l'a mise dans une ambulance à Long Island et l'a fait conduire à l'hôpital Douglas.

— Ça a pas de bon sens ! Dites-moi que je rêve ! Elle va mourir ? Qu'est-ce qu'elle a ?

— Non, elle va pas mourir, calme-toi. Mais je sais pas si elle sortira de cet hôpital psychiatrique un jour.

— Parlez, sainte pivoine !

— Le LSD, tu connais ?

— J'en ai entendu parler. C'est une drogue puissante. Pourquoi elle a consommé ça, mon amie ?

— Je l'ai vue hier et elle m'a pas reconnu. Elle m'a dit : « Tu te trompes de fille, niaiseux. Retourne baiser ta femme puis laisse-moi tranquille ! »

— Elle délire ?

Rose-May s'empara d'un mouchoir sur la table d'appoint pour éponger ses yeux rougis.

— Oui, elle a pas toute sa tête, si je peux l'interpréter comme ça. Tu comprends ben que j'ai eu un maudit choc quand je l'ai vue de même ! Je te le dis : c'était pas ma fille qui était assise dans le fauteuil roulant, c'était une personne que je connaissais pas pantoute ! Ses cheveux sont rendus courts pis elle a maigri d'au moins 25 livres. Ses yeux sont comme des miroirs pis elle marche comme une vieille femme de 70 ans, joual vert !

— Mon Dieu, mon Dieu ! Pauvre petite Flora ! Je vais demander à Jacques de me conduire à Verdun samedi.

— Comme tu veux ! Mais attends-toi pas à ce qu'elle te saute dans les bras, la prévint le charbonnier. Ma fille est partie dans un autre monde, un monde qu'on connaît pas pantoute.

— Je suis si triste pour vous !

Rose-May était sous le choc.

— Elle était aussi ta grande confidente. Y a une voiture brune qui tourne dans ton entrée, la prévint le charbonnier, le regard tourné vers la fenêtre du salon.

Le visage défait, Rose-May se leva et se dirigea vers la fenêtre.

— C'est mon ex-beau-père. C'est rare qu'il vienne à Labelle en après-midi.

Le charbonnier se leva et déposa sa tasse sur le comptoir de la cuisine.

— Je te laisse avec ton visiteur, Rose-May. Le centre psychiatrique m'a remis des papiers à remplir pour la réservation de la chambre de Flora. Si tu veux, je te les apporterai vendredi soir pour que tu puisses les apporter à l'admission de l'hôpital, samedi.

— Ça me fera plaisir de les transmettre pour vous. Ma pauvre Flo ! Qu'est-ce que tu as fait, mon amie ?

— Merci ! Appelle-moi en revenant pour me donner des nouvelles. Elle aura peut-être retrouvé sa mémoire, qui sait ?

— D'accord. Et merci pour votre visite, monsieur Frodet.

Sur le palier, le charbonnier salua le père de Victor et se rendit à sa voiture.

— Monsieur Alarie ! Comment allez-vous ? s'informa la jeune femme le regard triste.

— Bien, merci. J'avais un patient à visiter sur la rue de l'Église. Toi, est-ce que tu te serais disputée avec monsieur Frodet ? Tu as pleuré.

— Il m'a appris une triste nouvelle concernant sa fille, qui se trouve à être aussi ma meilleure amie. Venez vous installer au salon, je vous apporte un café.

— Merci. Est-ce qu'elle était présente à tes noces, ton amie ? Je l'aurais peut-être croisée ?

— Flora était pas en ville cette journée-là. On s'est pas vues depuis deux ans. Elle est hospitalisée à l'Institut Douglas de Verdun.

— Vraiment ? s'étonna le praticien. L'hôpital Douglas est un établissement où les médecins spécialisés soignent les maladies mentales, Rose-May.

— Je sais. Vous y avez déjà travaillé ?

— Bien sûr ! J'y étais en tant que résident quand j'ai entrepris mes études en 1933. Ça date pas d'hier ! Le centre Douglas s'appelait alors *Protestant Hospital for the Insane.* Il porte le nom de Douglas depuis 1965, en l'honneur du docteur James Douglas. C'est maintenant un établissement reconnu ! Depuis l'inauguration, les spécialistes font des recherches pour comprendre les mécanismes biologiques du cerveau pour pouvoir expliquer les causes des maladies mentales. Au XIXe siècle, les gens disaient des personnes atteintes de ces maux qu'elles étaient possédées du démon et les cloîtraient dans un asile. Elles continuaient ainsi de vivre jusqu'à ce que la mort vienne les chercher.

— Mon Dieu, c'est pas possible !

— C'était la réalité ! J'y ai fait mon stage en psychiatrie. L'établissement s'est agrandi depuis, d'autres pavillons ont été construits. Dans le temps, la salle de chirurgie se trouvait au deuxième étage.

— Les médecins pratiquaient des interventions chirurgicales ?

— Oui. Comme j'étudiais pour devenir généraliste et que je pouvais pas opérer, j'avais réussi à me faufiler pour assister à des opérations. Avant que les chercheurs découvrent les médicaments et les approches adéquates pour les résidents, en 1950, j'ai eu l'opportunité de voir comment fonctionnait une salle d'opération en 1946. J'ai aussi aidé des patients pour leurs traitements de malariathérapie et d'insulinothérapie.

— Vous exerciez la médecine en 1946 ?

— Oui. Je devais me mettre à jour, comme on dit. Le monde médical évolue continuellement.

— Exact. C'était quoi, ces opérations et ces traitements pour les gens atteints psychologiquement ?

— Je peux t'expliquer en deux mots, si tu veux. La malariathérapie était un traitement pour la démence, c'est-à-dire pour la personne qui était atteinte de paralysie générale. À ce moment, le médecin lui injectait le germe du paludisme.

— Ouf ! Je vous suis plus, monsieur Alarie, admit Rose-May bouleversée, alors qu'elle lui offrait une autre tasse de café.

— Le germe du paludisme était administré au mal-portant pour provoquer des crises hyperthermiques afin de guérir l'affection. Ça marchait ! Des patients avaient profité d'une rémission complète. Je me souviens aussi de l'invention de l'insulinothérapie, en 1933. J'étais alors au début de ma formation et cette trouvaille m'avait fasciné.

Rose-May buvait les paroles de son ancien beau-père, à tel point qu'elle en avait oublié ses soucis concernant Flora.

— L'insuline était pas bénéfique seulement pour les diabétiques ; elle guérissait aussi les personnes atteintes de schizophrénie.

— Oh ! Je savais pas.

— Bien oui ! Cette médication administrée aux malades avait fait ses preuves à l'Hôpital Saint-Michel-Archange, vers 1937. Ensuite, on l'a utilisée couramment dans les années 50.

Rosario Alarie fixait la bouteille de brandy, laissée sur la bonnetière derrière le divan où était assise Rose-May.

— Je prendrais bien une rasade d'alcool dans mon café, si tu veux bien.

— Monsieur Alarie, c'est pas que je désire vous dicter votre conduite, mais…

— T'as raison, je dois conduire tout à l'heure, reconnut le vieil homme avec regret.

— Voilà ! Et pour la lobotomie ?

— La première lobotomie pratiquée au Québec a eu lieu en 1946 à l'Hôpital de Verdun. Ensuite, la pratique a été introduite à l'Hôpital Saint-Michel-Archange de Québec.

— Pourquoi les chirurgiens faisaient-ils ce genre d'intervention sur les gens ?

— Pour soigner l'anxiété et l'agitation pathologiques.

— Désolée, ce sont de grands mots que je connais pas.

— La lobotomie était destinée au patient qui souffrait de démence et de troubles du comportement, particulièrement chez les aînés. Cela se manifestait par une affection dégénérative qui provoquait des pertes de mémoire et la détérioration des capacités mentales. La personne se souvenait plus de ce qu'elle avait fait la veille.

— C'est désolant de finir ses jours ainsi quand arrive la vieillesse !

— Mais elle conservait une bonne mémoire en ce qui concernait son passé. Si le malade démontrait des troubles de comportement, il était placé dans un institut. Il était insupportable pour son environnement. Il était agité, violent et il poussait des cris. Il se déshabillait n'importe où et, s'il recevait des perfusions ou s'il portait des pansements, il arrachait tout. Il devait être sous surveillance 24 heures sur 24, même dans sa chambre, où il y faisait des ravages. Il volait aussi les repas des autres patients dans la salle de séjour.

— La lobotomie guérissait ces troubles neurologiques ?

— L'intervention fonctionnait bien, mais s'avérait risquée.

— Pourquoi ?

— C'était une chirurgie délicate. Le médecin devait sectionner les nerfs qui reliaient le lobe frontal au reste du cerveau pour limiter les échanges.

— Mon Dieu ! C'est épouvantable ! Et si l'opération réussissait pas ?

— C'est que les mauvais nerfs avaient été coupés par erreur et le résultat était fatal : l'opéré entrait dans un état végétatif. Avec la venue de la psychopharmacologie dans les années 50, cette pratique a été abandonnée. Après plusieurs années, elle est réapparue sous le nom de « stéréotaxie ». Tu te rappelles ce qui est arrivé à Alys Robi ?

— Je sais seulement qu'elle chante la chanson *Tico, tico.* C'est cette intervention qu'elle avait subie ? Je me souviens de son accident de voiture en 1948, j'avais 17 ans. Elle est l'interprète préférée de ma mère.

— Après, elle a fait une dépression nerveuse et à 25 ans, elle s'était retrouvée à l'hôpital psychiatrique de Québec, l'asile Saint-Michel-Archange. Tu comprends, maintenant, ce qui lui est arrivé plus tard ?

— Elle avait eu une lobotomie.

— Oui. Après avoir absorbé des médicaments, des traitements d'insuline et des électrochocs, les spécialistes ont décidé de pratiquer cette opération sur elle.

— C'est pour ça qu'elle chante plus aujourd'hui ?

— Elle avait essayé de reprendre sa carrière, mais la pauvre avait reçu un accueil froid de son public. Il disait qu'elle était atteinte de maladie mentale.

— C'était une grande dame ! approuva Rose-May, qui venait de repenser à son amie. J'irai visiter Flora samedi, avec Jacques.

— Tu es sûre ? insista le médecin. À ta place, j'attendrais qu'elle se porte mieux et qu'elle soit sortie de l'Institut.

— Flora est mon amie, monsieur Alarie. J'ai besoin de la voir, je me suis tellement ennuyée d'elle !

— Pourquoi tu laisses pas passer du temps ? poursuivit-il, insistant. Tu te feras mal, Rose-May, elle te reconnaîtra pas. Tu as un beau souvenir d'elle ? Tu dois garder son image telle qu'elle était avant son entrée au centre Douglas.

— Oui, des beaux souvenirs ! Vous croyez que cette visite me marquera ?

— Tu es une femme sensible. Quand Victor est parti, tu l'as pleuré durant des mois.

— Flora est pas morte ! Elle a besoin de moi, même si pour elle, j'existe plus. J'ai mal dans ma tête de savoir ma compagne malade.

Rose-May aurait tout donné pour être aux côtés de Flora. Elle aurait aimé la rassurer en lui confiant que la vie ne la quitterait pas. Elle était beaucoup trop jeune pour entreprendre un si grand voyage. Lorsque les liens s'étaient rompus entre elles, en 1969, Rose-May avait ressenti de la colère envers son amie, et ce soir, elle s'interrogeait sur les raisons qui l'avaient poussée à mettre fin à cette complicité qui les unissait depuis tant d'années. Aujourd'hui, elle demandait à la Providence de guider son amie sur le chemin de la guérison.

— Quand j'ai quitté Bethel avec Jacques, elle a jamais téléphoné à la maison et j'ai rien fait de mon côté pour essayer de la contacter. J'aurais pu demander à Jacques de me conduire à Long Island. Mais comment j'aurais pu la retrouver dans cette grande ville ?

— Une amitié sincère peut pas se dissoudre à cause d'une querelle ! Ton amie reviendra, assura monsieur Alarie d'un air pensif.

Après le départ de son ex-beau-père, Rose-May profita d'un bain moussant pour se détendre de l'après-midi mouvementé qu'elle venait de passer, avant l'arrivée de Jacques.

Enveloppée dans son peignoir, elle installa un fauteuil devant la fenêtre du salon pour surveiller l'arrivée de ce dernier. Lorsqu'il se pointa enfin, elle se leva promptement pour l'accueillir.

— Te voilà ! soupira-t-elle en l'étreignant.

— Quel accueil ! Tu as pleuré, ma belle ? Qu'est-ce qui se passe ?

— Je me porte bien. C'est Flora…

— Elle est rentrée au Québec ? Tu me parais inquiète.

— Oui elle est rentrée. Elle est malade.

— Attends…

Jacques enleva ses bottes, son manteau et prit la main de sa femme en l'invitant à s'asseoir dans la berceuse avant de s'accroupir à ses pieds en lui caressant les jambes.

— Raconte-moi.

— D'accord, mais promets-moi de m'amener à Verdun demain !

— À Verdun ?

Chapitre 17

Hôpital Douglas

— On est sur le boulevard LaSalle, Rose-May. On est plus tellement loin de l'Institut.

— Regarde, le fleuve Saint-Laurent !

— Oui, sur la carte, on distingue que la bâtisse est en face du fleuve. Tiens, le voici.

— Il est gigantesque, cet hôpital !

Fondé en 1881 par Alfred Perry et un groupe des membres du clergé protestant et de citoyens de Montréal, le *Protestant Hospital for the Insane* se voulait l'établissement de santé mentale le plus reconnu au Québec.

— Oh la la ! Ça va nous prendre la journée pour trouver la chambre de Flora ! s'inquiéta Jacques.

— Selon les renseignements que monsieur Frodet m'a donnés, elle est dans le Pavillon Perry, dans la chambre 246.

Ils se rendirent à l'administration pour remettre les papiers signés par le père de Flora.

Une secrétaire au faciès agréable les salua gentiment en les invitant à s'asseoir devant un guichet vitré, où elle éleva la voix pour s'entretenir avec le couple.

— Vous venez pour madame Frodet ? demanda la femme.

— Oui. Son père m'a demandé de vous transmettre ces documents. Je peux voir Flora, madame ? insista Rose-May, qui n'en pouvait plus de laisser passer les minutes.

— Vous êtes ?

— Rose-May Yergeault, l'amie de madame Frodet. Et voici mon mari, Jacques Yergeault.

— Je vois. Je vous souhaite une belle visite.

— Elle est encore dans la 246, mademoiselle ? s'informa Jacques en se levant.

— Attendez un instant, je vérifie. Non, elle a été changée de chambre ce matin, elle est dans la 242. Je vous conseillerais de la chercher dans la salle d'activité avant, vu que l'heure du repas est terminée.

— D'accord, merci.

Jacques sentait la main de Rose-May trembler dans la sienne alors qu'ils se dirigeaient vers la salle indiquée par la secrétaire.

— Tu es certaine de vouloir la voir ?

— J'ai peur, mais je suis prête. Jamais je laisserai tomber mon amie !

— Tu es consciente que quand tu franchiras cette porte, tu trouveras une Flora transformée et que probablement elle te reconnaîtra pas.

Sur le seuil de la porte de la salle d'activité que le gardien de sécurité venait de déverrouiller pour laisser passer le couple, une femme dans la cinquantaine vêtue d'un ensemble bleu en coton molletonné les interpella en tirant sur la manche du manteau de Rose-May :

— Mademoiselle ?

— Madame ?

— C'est vos vrais cheveux ?

La patiente prit une longue mèche de cheveux dans ses mains pour la caresser.

— Bien oui, répondit Rose-May, en souriant, le cœur attendri. Pourquoi ?

— Ils sont noirs comme ceux de la sorcière qui m'a donné mon assiette à midi. Elle voulait m'empoisonner, elle avait mis de la térébenthine dans mon verre de lait. Mais je suis pas si niaiseuse, je m'en suis aperçue. La cruche ! Une vraie laideur ! Vous êtes bien plus belle qu'elle...

— Vous êtes gentille. Est-ce que vous pourriez laisser mon bras, je vais voir une amie ?

— Crisse de vache ! postillonna la patiente, hystérique.

— Pardon ?

— Viens, Rose-May, trancha Jacques. C'est une patiente et je devine qu'elle te prend pour quelqu'un d'autre.

— Je lâcherai ton hostie de manteau si tu me dis où t'as planqué mon chat ! Je t'ai vue dans ma chambre, tu l'as caché dans ta sacoche. Maudite voleuse ! La police s'en vient, tu iras en prison, niaiseuse !

Quand l'infirmière arriva pour rappeler à l'ordre la patiente agitée, cette dernière venait de cracher au visage de Rose-May.

— Je suis désolée, madame. Vous trouverez une salle de bain juste à votre droite. Vous, madame Talbot, assoyez-vous sur cette chaise et bougez pas avant que je vous en donne l'autorisation !

— Va chier, grosse folle ! De toute façon, que je sois sur cette chaise ou bien dans ma chambre, on est emprisonnés comme si on était des criminels. Y a des *barrures* partout ! Maudite marde, de maudite marde pourrie ! C'est pas un hôpital, ici, c'est un asile pour les arriérés mentaux !

Au retour de la salle de bain, Rose-May s'adressa à une personne dont le nom apparaissait sur la poche de sa veste.

— Excusez-moi…

— Oui, bonjour ! Je peux vous aider ?

— Pourquoi il y a pas d'infirmières ou de préposés sur place, alors que je remarque ces patients qui savent même pas où ils se trouvent ?

— Je suis la garde en chef, madame.

— Oh ! Je suis désolée.

— Nous ne portons pas l'uniforme, ici. Il est perçu comme une menace pour les patients. C'est plus facile pour nous de les approcher et de les entourer de soins, sans craindre qu'ils deviennent psychoaffectifs, violemment hostiles ou qu'ils refusent tout bonnement de prendre leur médication.

— Je comprends. Je vous trouve courageuse. Ces gens demandent une surveillance constante. Je serais si nerveuse de travailler ici. J'aurais peur qu'un patient tombe et se blesse.

— La salle est bien aménagée. Vu que nous sommes vêtus comme monsieur et madame Tout-le-Monde, nous ne pouvons pas avoir sur nous les instruments de premiers soins. Si je peux vous rassurer, sur votre gauche, l'armoire fermée à clef renferme ce dont nous avons besoin au cas où il surviendrait des incidents : une lampe de poche pour vérifier les pupilles des résidents, des pansements, des désinfectants, des gants, un stéthoscope. L'établissement est sécuritaire. Même les chariots de produits nettoyants pour désinfecter les chambres sont dans une pièce verrouillée. Regardez à la table bleue : une femme qui découpe du papier de construction tient une paire de ciseaux dotée d'une arête pour protéger ses doigts et la vieille dame à ses côtés dessine avec des craies de cire.

— Des craies de cire ?

— Oui. Nous ne pouvons pas leur mettre des crayons de plomb ou des stylos à bille entre les mains. Un patient en délirium pourrait piquer d'autres personnes.

— Ils sont malades et y savent pas ce qu'ils font…

— Ici, il y a des gens atteints de différents troubles : de schizophrénie, d'Alzheimer, de Parkinson, d'amnésie, de déficience intellectuelle ou physique. Excusez-moi si je ne vous regarde pas quand je vous parle, c'est parce qu'il ne faut jamais tourner le dos et quitter les patients des yeux. Ils pourraient alors s'approcher de leurs voisins pour les pousser, les mordre ou les bousculer, ce qui, rassurez-vous, arrive très rarement. En général, ils se collent aux employés pour recevoir un câlin et se sentir en sécurité.

Rose-May écoutait l'employée avec des larmes au bord des cils. Elle se demandait comment ces pauvres personnes faisaient pour se souvenir d'où elles demeuraient avant d'être internées. Est-ce qu'elles avaient été heureuses dans une grande maison entourée d'enfants, ou bien avaient-elles élu domicile ici depuis des années sans connaître les gens qui les avaient mis au monde ? Comme cette femme sexagénaire assise dans ce fauteuil roulant avec des contentions aux poignets et à la taille : avait-elle un mari qui pleurait pour elle, des enfants ébranlés et impuissants ?

La salle d'activité était chaleureuse et accueillante. Dans un recoin de la pièce, installés à la table jaune, des résidents jouaient aux cartes, tandis que trois autres patients fixaient un téléviseur sans vraiment comprendre ce que les personnages animés disaient entre eux.

— Est-ce que Flora Frodet est ici ou dans sa chambre, madame ? Je la vois pas.

— Elle est dans la salle à votre droite, c'est l'heure du bingo.

— Elle joue au bingo ? Donc, elle me reconnaîtra ? s'écria Rose-May, soulagée.

— Madame Frodet se divertit comme les autres patients, aidée du technicien en loisirs. Elle s'amuse à mettre les jetons de couleur sur les cartes. Certains arrivent à comprendre le jeu, mais pas elle. Je suis désolée.

— Je veux la voir…

— La partie sera terminée dans cinq minutes. Je vous suggère de prendre place à la table verte, là, devant la fenêtre. C'est votre première visite ?

— Oui. Je suis si nerveuse !

— Assoyez-vous avec votre mari, je vais la chercher.

— Merci. Comment je dois agir si elle me reconnaît pas ?

— Essayez de lui rappeler les moments passés auprès d'elle, sans pour autant vous braquer sur ce qu'elle vous répondra. Elle pourrait s'emporter, si vous insistiez.

— Elle est agressive ?

— Seulement lorsqu'elle est en état de crise. Si elle est calme, elle aura sûrement des périodes de lucidité.

— Ouf ! Jacques, reste avec moi, je vais m'effondrer !

— Je reste à tes côtés, mon amour.

— Madame Yergeault, madame Frodet est votre amie. Vous trouverez les mots pour l'apaiser, j'en suis persuadée.

— Merci, vous êtes gentille. Est-ce que pour Flora…

— Oui ?

— On pourra espérer qu'elle redevienne comme avant ?

— Dieu seul le sait ! Il faut prier et continuer de venir la visiter. Son médecin passera la voir en après-midi. Si vous désirez, je pourrais m'informer s'il peut vous recevoir dans son bureau.

— Vous feriez ça ?

— Bien sûr ! Ici, nous travaillons pour que nous puissions un jour, avec un grand sourire aux lèvres, regarder un ou une de nos pensionnaires franchir le seuil de ce centre pour retrouver l'amour de ses proches. Ils doivent renouer avec leur existence, là où les fleurs de leur jardin ouvrent leurs pétales à la vie, là où la neige leur chatouille le bout du nez et là où cet amour avait commencé.

— Vous êtes gentille. Quel est votre nom ?

— Garde Champagne. Mais vous, et vous aussi, monsieur, appelez-moi Sonia. Oups, le bingo de ces dames est terminé. Je reviens vous voir pour vous dire si le docteur Richer peut vous recevoir.

— Merci infiniment, Sonia.

C'était déchirant pour Rose-May d'imaginer que jamais elle ne pourrait serrer Flora dans ses bras à nouveau. Elle n'arrivait pas à réaliser que l'amitié entre elles s'était estompée au fil des années. Si Flora ne reprenait pas goût à la vie, elle éprouverait un sentiment d'abandon et était consciente qu'un chagrin inconsolable resterait ancré dans sa mémoire toute sa vie. Qu'adviendrait-il lorsque son père rejoindrait sa mère, au Paradis ? Flora deviendrait orpheline et finirait ses jours sans savoir qu'elle avait existé ?

— Je suis si triste, Jacques ! Il faut que Flora s'accroche à la vie, sainte pivoine ! Je la laisserai pas moisir dans cet hôpital. Quand j'irai visiter ma grand-mère Léda au cimetière, là où elle est enterrée, à côté de ma mamie, je lui demanderai de pas laisser mon amie les rejoindre. Je veux pas voir son nom gravé sur une pierre tombale ! Elle va guérir, et sortira de cette prison. Plus tard, elle trouvera un mari. Pas pour fonder une famille, parce qu'elle est plus une jeunesse. Mais pour qu'elle soit entourée d'attention, de tendresse et d'amour.

— Dieu seul sait ce qui arrivera à Flora, ma belle. Laissons au temps le temps de faire son temps.

— Tu as raison, mais si je peux faire quoi que ce soit pour l'aider, je le ferai.

Flora était contentionnée dans un fauteuil roulant avec une ceinture pelvienne. Son corps était tendu et sa silhouette avait atteint un tel degré de maigreur que l'on pouvait distinguer sur son visage osseux et fripé, son teint décoloré. Ses yeux étaient enfoncés et cernés, et ses lèvres craquelées montraient qu'elle avait pris l'habitude d'arracher les peaux séchées jusqu'à ce que ces dernières saignent. Elle portait un jean délavé et une chemise à motifs fleuris aux manches courtes qui laissaient voir ses poignets cerclés d'ecchymoses.

Il y a quelques années, Flora Frodet faisait preuve de beaucoup de coquetterie et souriait constamment. Aujourd'hui, la féminité l'avait quittée pour laisser place à l'agressivité et à la vulgarité. Comme si elle s'était inventé une nouvelle vie. Sonia dirigea le fauteuil de Flora vers la table où étaient installés Rose-May et Jacques.

— Vous avez de la belle visite, madame Frodet !

Flora fixa le couple comme si elle contemplait un objet quelconque.

— Bonjour madame. C'est qui, l'homme à côté de vous ?

— Bonjour, Flora. Je suis Rose-May et voici mon mari, Jacques.

— Je dois pas parler à des inconnus, c'est dangereux. Quelqu'un pourrait me sauter dessus et me violer.

Sonia reprit la parole :

— Ne soyez pas si craintive, monsieur et madame Yergeault sont des amis. Ils ne vous veulent que du bien. Ils désirent simplement discuter avec vous un moment. C'est plaisant, des visiteurs ! Votre père ne peut pas faire le trajet tous les jours, il demeure loin de Verdun. Je vous laisse avec ces gentilles personnes et je reviens vous chercher à 2 heures pour votre sieste.

La patiente soupira et mit sa tête sur ses avant-bras, dévoilant des mains aux ongles cassés et noircis.

— Flora, regarde-moi ! Je t'en prie !

La malade releva doucement la tête et fixa Rose-May.

— Tu pleures parce que tu regrettes ? lui demanda son amie, en la regardant avec un petit pincement aux lèvres.

— Pardon ? l'interrogea Rose-May, soulagée de voir que Flora vivait un court instant de lucidité.

— Tu veux t'excuser d'avoir piqué mon livre dans mon tiroir de bureau, hein ?

— Non ! Je t'ai rien pris, Flora.

— Ça vaut cher, une histoire de même ! cria-t-elle en la fixant d'un regard mauvais.

Elle était hystérique et gesticulait sans arrêt.

— C'est moi qui l'ai écrit ! C'est mon éditeur qui m'a dit de bien le cacher. Toi, t'as fait l'hypocrite, tu l'as volé pour le mettre à ton nom. Décampe, ma tabarnak ! Je vais te tuer et t'écraser comme une punaise, ma maudite !

Terrifiée, Rose-May leva la main et alerta Sonia.

— Je suis là, madame Yergeault, la rassura l'infirmière qui voyait que Flora était en pleine crise. Je crois que la rencontre est terminée, pour aujourd'hui.

— Madame ? s'écria Flora, avec maintenant moins d'agressivité, en regardant Rose-May, qui se levait pour quitter la pièce.

— Oui, Flora ?

— Vous reviendrez me voir bientôt ?

— Promis !

— Avant que vous partiez, je vous amène voir mon *chum*. Il s'appelle Guy. Vous avez juste à pousser mon fauteuil jusqu'à sa chambre.

— Pas aujourd'hui, Flora.

— Pourquoi ?

— Tu pourrais nous le présenter à notre prochaine visite ?

— OK. Mais je veux pas que tu viennes avec lui, exigea la malade, en pointant Jacques, qui s'était dirigé vers la sortie.

— Entendu, je serai seule.

Sonia avait obtenu un rendez-vous avec le psychiatre Richer et accompagna le couple dans l'étude de ce dernier, qui l'accueillit chaleureusement.

— Vous êtes l'amie de madame Frodet ?

— Oui, depuis 1946, docteur. On a passé notre enfance ensemble. Je suis Rose-May et voici mon mari, Jacques Yergeault.

— Bonjour, monsieur. Je peux vous faire un petit bilan de son état de santé et de ses agissements depuis qu'elle est arrivée ici, à l'Institut. Vous comprenez bien que je suis tenu au secret professionnel et que la personne la plus proche de madame Frodet à qui je peux donner plus d'information est son père. Lorsqu'elle se retrouve seule dans sa chambre, elle parle à des gens. Elle leur raconte des anecdotes et des souvenirs de son enfance.

— Ma pauvre Flora ! s'exclama Rose-May, d'un air triste.

— Je suis désolé, madame.

— Je comprends, docteur. Je vous remercie de m'informer, même si j'ai beaucoup de chagrin.

— Son père lui a laissé une photographie d'elle et de vous, madame Yergeault, et elle a brisé le cadre en lui criant que ces deux femmes étaient des inconnues qui la regardaient d'un air mauvais et la menaçaient de lui arracher les yeux si elle ne faisait pas son lit tous les matins. À chacune de ses visites, son père retourne à La Minerve le cœur déchiré.

— Oh ! Est-ce que Flora restera comme ça pour le reste de sa vie ? Est-ce qu'on peut garder espoir de la voir rentrer chez elle un jour ?

— La médecine a évolué, madame. Présentement, elle souffre de troubles mentaux, mais la médication joue un rôle majeur sur ses comportements, ce qui l'aide beaucoup. Depuis son entrée à notre établissement, elle nous a dit à plusieurs reprises qu'elle s'appelait Flora et qu'elle demeurait au village de Labelle.

— Flora vient de La Minerve, c'est moi qui reste à Labelle.

— Je sais où elle habite, madame. Selon moi, c'est rassurant qu'elle connaisse son coin de pays.

— Si elle a mentionné le village de Labelle, c'est qu'elle a en mémoire ses années scolaires au couvent.

— Est-ce que vous êtes au courant si un certain jour de mai a été, pour elle, un moment éprouvant dans sa vie ?

— Non, pourquoi cette question ?

— Elle répète sans cesse le mot « mai » en pleurant.

Jacques prit la parole pour la première fois de la rencontre :

— Je pense que je sais pourquoi elle pleure quand elle parle de mai.

— Expliquez-vous ! somma le psychiatre aux cheveux gris en appuyant les coudes sur son bureau.

— Le prénom de ma femme est Rose-May et elles se sont querellées en 1969 au festival de Woodstock.

— Je comprends.

— Est-ce que cette maudite drogue va sortir de son corps, docteur ? insista Rose-May, les yeux tristes.

— Elle a consommé de grandes quantités de LSD. L'acide lysergique diéthylamide est un hallucinogène puissant. Les produits qui sont vendus dans la rue contiennent rarement du vrai LSD. Il est composé de PCP.

— Mon Dieu !

— Le PCP est une poudre blanche cristallisée et inodore. Je reviens au LSD. Cette drogue est fabriquée dans des laboratoires clandestins et il est impossible de deviner la concentration de chaque dose. Votre amie n'a pas seulement inhalé ou avalé le produit, elle en a aussi injecté dans ses veines. Vous devez avoir remarqué tantôt qu'elle avait des marques de seringue sur les bras. Le LSD se présente aussi sous la forme de petits morceaux de papier buvard imprégnés de la substance.

En entourant les épaules de sa femme, Jacques murmura :

— Maudite cochonnerie !

— Vous avez raison, monsieur Yergeault. Ces substances qui agissent sur le système nerveux sont des produits toxiques.

— Combien de temps dure l'effet de la drogue ?

— Comme je vous l'ai mentionné, quand le consommateur se procure des stupéfiants, il en ignore les conséquences, vu qu'il ne connaît pas la quantité exacte de produits qui se trouve dans le comprimé. Certains effets sont à court terme : l'euphorie, les vertiges, les perceptions visuelles, auditives et tactiles. Ces effets indésirables peuvent durer jusqu'à 12 heures.

— Ça fait des jours qu'elle est hospitalisée ici et elle a pas encore retrouvé sa mémoire !

— Quand elle est arrivée ici en ambulance, sa tension artérielle et son rythme cardiaque étaient très élevés. C'est ce qui était très inquiétant.

— Pauvre Flora ! Elle a dû passer par beaucoup d'épreuves.

— Elle n'avait aucune force physique. Elle tremblait et vomissait sans arrêt. Elle avait perdu tout contact avec la réalité.

— Elle est encore comme ça aujourd'hui.

— Oui, ce sont des effets à long terme, madame.

— Elle va mourir ? demanda Rose-May en pleurant.

— Non. Notre inquiétude pour l'instant est qu'elle pourrait essayer de se mutiler ou de se suicider. C'est pour cette raison qu'elle est sous surveillance étroite.

— Pendant combien de mois elle restera dans cet état ?

— Sa convalescence peut s'échelonner sur un an.

— Un an ?

— Oui, mais parfois, la guérison peut être plus rapide. N'attendez pas des semaines pour revenir la voir. C'est bon de lui rappeler les moments de sa vie, de votre amitié. Présentement, elle est assez calme, mais préparez-vous aussi à la trouver déprimée ou absente lors de vos prochaines visites.

— Elle marche et mange sans aide, pourquoi l'attacher dans ce fauteuil ?

— Une journée durant laquelle elle me paraissait plus lucide, j'ai demandé à mon personnel de la libérer de son fauteuil roulant pour une heure, avec une surveillance accrue.

Selon le code de déontologie, le praticien ne devait pas dévoiler le geste d'égarement de sa patiente à son amie, qui était déjà bouleversée d'avoir retrouvé cette dernière dans un état inquiétant. Il attendrait d'avoir un entretien avec le père de Flora.

— Elle courait partout dans le couloir et l'une des infirmières a dû la forcer à réintégrer son fauteuil. Elle n'était pas prête à avoir cette liberté.

Chapitre 18

Un cadeau empoisonné

Mai 1971

Dans le quadrilatère encerclant la rue du Couvent, le muguet de mai se multipliait et les arbres exhibaient fièrement leurs feuillages vert tendre. C'était une journée magnifique, dont pourtant Rose-May ignorait la beauté, même si c'était son anniversaire, car elle ne pensait qu'à son amie qui refusait de revenir dans le monde réel.

Elle lui avait rendu visite à plusieurs reprises depuis leur première rencontre en mars, et chaque fois, elle rentrait à la maison impuissante et chagrinée.

— C'est déchirant, Jacques ! Elle est encore dans cet état de démence et donne aucun signe de vouloir revenir à la réalité. Si un jour, elle vivait un court moment de lucidité, je pourrais au moins m'excuser de l'avoir sermonnée à Bethel.

— Je pense pas comme toi.

— Comment ça ?

— Je vois pas pourquoi tu lui demanderais de t'accorder son pardon. Ce serait t'accuser. C'est elle qui a pris le mauvais chemin, pas toi. Tu devrais passer à autre chose, aller de l'avant et cesser de retourner dans le passé.

— Tu as raison, on s'expliquera lorsqu'elle obtiendra son congé de cet hôpital psychiatrique. Si un jour, elle a la chance d'en sortir.

— Tu es fragile depuis la première fois où tu lui as rendu visite. Je souhaite pas te ramasser à la petite cuillère. Aujourd'hui, je veux te dorloter. Quarante ans, ça se fête !

— Hi ! Hi ! Je suis rendue vieille !

— Rose-May ! Tu es resplendissante et je t'aime davantage chaque jour. Il est plus important d'aimer tous les jours que de faire la promesse d'aimer pour toujours. Quand on sera devenus des personnes âgées, on remarquera pas les sillons sur nos visages, on verra juste nos yeux remplis d'amour. Depuis le jour de notre mariage, j'ai emmagasiné nos plus beaux souvenirs dans ma mémoire. Sois assurée que je cesserai pas de te les radoter tous les jours.

— Il est romantique, le monsieur Yergeault, ce matin ! On est là à planifier notre vieillesse heureuse, mais avoue que le futur pourrait être éprouvant pour d'autres gens. Je suis aussi consciente que si je m'installe dans cette chaise berçante pour songer à mon amie Flora, les patins de cette berceuse m'amèneront nulle part, hélas ! Je dois regarder en avant et écouter ma raison. Je sais qu'un jour, on arrivera à l'hôpital et Flora nous reconnaîtra et nous recevra avec un grand sourire aux lèvres.

— Je te le souhaite de tout cœur, mon amour. Je t'aime et je suis riche, très riche !

— Comment ça ?

— C'est moi qui détiens le plus gros trésor du monde : toi, Rose-May. Je pourrais jamais vivre loin de toi !

— Je t'adore, toi !

Rose-May se colla à Jacques en l'embrassant avidement et l'invita dans la chambre à coucher pour lui démontrer qu'elle ne pourrait jamais plus, elle non plus, se passer de ses caresses et de sa tendresse.

— Qu'est-ce que tu manigances ?

— Je veux que tu me donnes un coup de main pour défaire le lit. Viens ! J'ai si envie de toi que ça me chatouille partout !

— Oh ! Vos désirs sont des ordres, madame Yergeault ! Attends ! Je vais répondre au téléphone.

— Laisse, je réponds. Ça doit être mes parents qui veulent me souhaiter un joyeux anniversaire.

Chaque fois que sa mère l'appelait, Rose-May se sentait petite comme lorsqu'elle avait 10 ans, l'époque de son enfance, où le bonheur et l'amour régnaient sous le toit paternel auprès de son frère et de ses sœurs. Elle se devait de ne jamais oublier ces beaux moments passés en famille. Ce sont ces souvenirs heureux qui l'avaient fait traverser les passages difficiles de sa vie.

— Bonne fête, ma grande fille !

— Merci, maman !

— Je pensais pas te trouver à la maison la journée de ton anniversaire. Avez-vous prévu une sortie en cette journée spéciale ?

— Oui, mais j'ignore où Jacques m'amènera ce soir. Il est muet comme une carpe. J'ai essayé de lui demander à plusieurs reprises, mais en vain. Je soupçonne un souper romantique au restaurant… Il a rendez-vous avec Rock au garage Machabée, en fin d'après-midi.

— Son auto est brisée ?

— Oui. Il m'a dit que si le coût de la réparation était trop élevé, il lui ferait faire un petit voyage au cimetière des vieux chars !

— Il s'achètera une nouvelle voiture ? demanda Rita.

— Non. Il veut regarder dans le journal avant. C'est pas une urgence. Il travaille à côté, sur la rue des Loisirs. Je te laisse, maman. Je viens de voir une auto se garer dans l'entrée.

— OK, va répondre, ma fille. Rappelle ton père, après, il aimerait bien te parler. Tes sœurs et ton frère ont téléphoné ?

— Oui, il y a environ une heure.

— Bien ! Bonne fête encore !

— Merci maman !

Le père de Flora se présenta sur le palier de la maison de la rue du Couvent.

— Monsieur Frodet, entrez ! l'accueillit la femme en ouvrant la porte.

— Bonjour, Rose-May, lança le charbonnier avec humeur, tout en inclinant la tête vers Jacques, en guise de salutation, alors que ce dernier s'esquiva pour les laisser en tête-à-tête.

— Est-ce que Flora va bien ? demanda Rose-May, inquiète. Venez vous asseoir au salon.

En voyant le visage fermé de l'homme, Rose-May vit son niveau d'angoisse augmenter, alors qu'elle venait de s'asseoir près de lui sur le divan.

— Parlez ! Flora est partie ?

— Elle est pas morte, mais c'est comme si elle venait de tuer son propre père.

— Elle a pas voulu vous recevoir ?

— Elle est toujours pareille. Y a pas de changement en ce qui concerne sa santé mentale.

L'humeur de Rose-May passa de l'inquiétude à la frayeur.

— Le docteur Richer m'a demandé de le rencontrer dans son bureau.

— Elle restera sénile toute sa vie ?

— Écoute...

— Quoi ? Vous m'inquiétez, monsieur Frodet. Parlez, sainte pivoine !

— Il y a environ un mois, l'infirmière l'a détachée pour changer son lit pis Flora s'est rendue dans la chambre d'un malade.

— Elle a été violente avec ce patient ?

— Laisse-moi parler, OK ?

— Désolée, monsieur Frodet.

— La garde-malade a trouvé ma fille assise sur ce gars !

Rose-May n'osa pas imaginer la suite. Elle tremblait.

— Vous voulez dire... Non, je pense pas qu'il ait pu se passer quoi que ce soit...

— Tu penses ça, toé ? s'énerva le charbonnier.

— Le patient aurait pu la repousser, voyons !

— Rose-May, ma fille est dans un hôpital psychiatrique. Cet homme-là a pas été admis là pour une crise de foie, câlisse ! Qu'est-ce qui te fait penser qu'il avait toute sa tête ?

— Vous voulez dire que ce patient…

— … est dans un état végétatif.

— Est-ce qu'il s'appelle Guy ?

— Hein ? Le docteur m'a pas donné son nom. Pourquoi tu me demandes ça ?

— Lors de ma première visite au centre, Flora m'a avoué qu'elle avait un *chum* et qu'il s'appelait Guy. Et elle a insisté pour me le présenter. Mais j'ai pas eu le temps de le rencontrer, on partait, Jacques et moi.

Le père de Flora prit une pause.

— Maintenant, avec ce que je vais te dire, tu ferais mieux de rester bien assise.

— Mon Dieu, vous me faites peur !

— Elle est en famille.

— Quoi ? Êtes-vous certain ?

— Le test est positif, le docteur me l'a dit.

— Ça se peut pas ! Pas dans son état ! Mon Dieu, mon Dieu ! Jacques, pourrais-tu nous servir quelque chose à boire, s'il te plaît ?

— Oui, j'y vais, ma belle, répondit ce dernier, alors qu'il était en train de feuilleter le journal dans la cuisine.

— C'est la vérité, Rose-May.

— Seigneur ! Elle peut pas mettre cet enfant au monde, elle sait même pas qu'elle est enceinte, ni même qu'elle existe !

Rose-May pleurait.

— J'ignore ce qui lui arrivera, moi, je décroche, lança le père de Flora.

— Qu'est-ce que vous voulez dire ? demanda Rose-May, en acceptant la coupe de cognac que Jacques lui tendait.

— Je la renie. Elle n'est plus ma fille, bordel !

— Vous pouvez pas faire ça !

— Pourquoi je me gênerais ? C'est une traînée ! Elle m'a déshonoré !

— C'est votre héritière ! Votre seule fille ! Vous pouvez pas la déshériter et lui laisser vivre cette situation misérable ! Elle a tellement besoin de vous, en ce moment ! Elle vit l'enfer, votre fille !

— Elle est la honte de la famille, elle existe plus pour moi ! Mon Évangeline était la meilleure ménagère jusqu'à ce qu'elle décède en mettant au monde sa p'tite Yolande ! Cette petite-là, ben est morte pas longtemps après ! Le Bon Dieu aurait pu rappeler juste Yolande pis me laisser ma femme ! Y me reste rien. Je suis fini. J'ai plus aucune famille !

— C'est pas de sa faute, elle est malade ! Il faut lui pardonner, elle savait pas ce qu'elle faisait à Bethel !

— C'était à elle de réfléchir avec sa tête pis de pas commencer à ingurgiter ces maudites cochonneries-là quand elle est partie en voyage en 1969 avec cette dénommée Estelle. Deux filles pas de tête !

— Qu'est-ce qu'il en conclut, le docteur Richer, monsieur Frodet ? demanda Jacques installé dans la bergère.

Il se leva pour remplir à nouveau le verre du visiteur.

— Qu'est-ce que tu veux qu'il en pense ? Flora va accoucher puis le docteur va donner son bébé bâtard à la crèche de Montréal.

— Vous le prendrez pas avec vous, jusqu'à ce qu'elle obtienne son congé de l'hôpital ? reprit Rose-May, les yeux mauvais. Vous êtes le grand-père !

— Es-tu folle, toi ? J'ai pas l'âge de m'occuper d'un p'tit aux couches, joual vert ! Aussi, je te défends de prononcer le mot « grand-père ». Cet enfant-là a été conçu dans le péché. Je retourne à La Minerve. J'ai laissé ton numéro de téléphone au docteur Richer. Il va t'appeler, à soir. Moi, je veux plus recevoir aucune nouvelle de cette fille qui est plus la mienne.

— Vous pouvez pas l'abandonner. C'est à vous de prendre les décisions, en cas d'urgence !

— Quelle urgence, ma fille ? Y reste juste à attendre que l'hôpital Douglas nous informe qu'elle a accouché de son bâtard. Pis, c'est pas à moi qu'ils vont communiquer la nouvelle.

Après le départ du père de son amie, installés à la table de la cuisine, d'un commun accord, Rose-May et Jacques annulèrent la réservation de 19 heures au restaurant, car cette dernière n'avait pas du tout le cœur à la fête.

— S'il coupe les ponts, je lui souhaite de pas pouvoir nager seul. Personne a le droit de renier sa propre fille, elle savait pas ce qu'elle faisait. J'en reviens pas ! Je suis consciente que ce que je te dis est inutile, ça m'empêche pas de ressentir du chagrin, tu comprends ?

— Oui, ma belle. Cesse de pleurer, tu me déchires le cœur.

— Je voudrais tellement l'aider ! Tu imagines si elle retrouve la raison ? Se réveiller et apprendre qu'elle a mis un enfant au monde, elle va devenir vraiment folle pour le restant de ses jours ! Mon Dieu ! Où ils vont envoyer le nourrisson après l'accouchement ?

— Avec les drogues qu'elle a consommées, elle serait mieux de faire une fausse couche que de mettre au monde un poupon malade.

— Et si ce bébé se révélait en parfaite santé, à la naissance ?

— S'il est normal… Qu'est-ce que tu veux dire ?

— Oui, si par miracle il naît avec aucune anomalie.

— Est-ce que tu serais prête à l'héberger ici avec nous jusqu'à ce que Flora quitte l'hôpital ?

— Nous ? Pourquoi tu me poses cette question ?

— Oublie ça. Je sais bien que ça a aucun bon sens.

— Si on le prenait sous notre aile, qui nous dit qu'après, Flora lui porterait un semblant d'attention en sortant de l'Institut ? supposa Rose-May avec le regard insistant.

— Ce serait de courir un grand risque, je l'avoue. Si son père était pas si têtu, il signerait un document à l'hôpital pour l'héberger chez lui. Il pourrait prendre une gardienne, le temps que Flora se porte mieux, si elle va mieux un jour.

— Il est âgé pour s'occuper d'un nouveau-né. Pour le bébé, ce serait mieux qu'il soit accueilli à la crèche que de vivre une enfance malheureuse auprès de cet homme indifférent, trancha Rose-May. D'une façon ou d'une autre, que ce soit monsieur Frodet ou nous qui le prenions, on ignore comment Flora réagirait à nos décisions. Son médecin nous appellera ce soir. Pour l'instant, ce que je peux offrir à Flora pour les jours à venir, c'est de la soutenir quoi qu'il arrive. Elle me reconnaît plus, mais je considère que les moments passés avec elle sont précieux. Je peux pas la laisser seule dans son malheur, elle a juste moi, maintenant… Je veux dire, nous deux, termina Rose-May.

— Tu as raison. J'y pense : est-ce que Flora aurait pu être enceinte de ce dénommé Roger avant que l'ambulance la transporte au centre Douglas ?

— Avec les tests sanguins qu'elle a subis quand elle a été admise à l'hôpital, le résultat aurait été positif. Elle était pas enceinte à son arrivée à l'Institut. Le docteur Richer l'a bien confirmé à monsieur Frodet.

— Ouin...

Le médecin soignant avait téléphoné chez Rose-May dans la soirée.

— Hier, votre amie m'a appelé par mon nom.

— Oh ! C'est bon signe.

— Cette période de lucidité a été courte. Je lui ai annoncé qu'elle attendait un bébé et elle est entrée dans une crise de panique.

— Qu'est-ce qu'elle a dit quand vous lui avez annoncé sa grossesse, docteur ?

— Que ça ne se pouvait pas, qu'elle n'avait jamais eu de relation sexuelle avec un homme. Elle a poursuivi en parlant de ses enfants, comme si elle s'était retrouvée dans le passé. Elle était mère de famille avec plusieurs rejetons. Elle s'inquiétait pour leur scolarité.

— Je suis si triste pour elle !

— J'ai espoir qu'elle vivra de plus en plus de moments de lucidité. Lorsqu'elle me racontait l'histoire de cette femme qui n'était pas elle, elle souriait calmement. Elle m'a dit qu'elle remuait ciel et terre pour les nourrir et qu'elle se prostituait pour pouvoir acheter du lait et du pain.

— J'ignore de quelle famille elle parlait.

— Je lui ai posé la question.

— Alors, qui étaient ces gens ? insista Rose-May, assise sur le tabouret de bois près du téléphone.

— Elle s'est penchée à mon oreille pour me glisser : « Chut ! Denis et Jeanne dorment, y faut pas les réveiller, ils jouent avec les anges. »

— Oh ? Denis et Jeanne…

— Ces noms vous sont familiers, madame Yergeault ?

— Ce sont les enfants de ma sœur.

— C'est encourageant, elle commence à reconnaître des visages de la vraie vie. Quel âge a Denis ?

— Vingt-cinq ans. Pourquoi ?

— Elle m'a raconté qu'ils ont eu une idylle amoureuse.

— C'est irréaliste, docteur.

— Madame Frodet a insisté en me disant que la rencontre s'était déroulée dans une forêt près d'un chalet.

— J'ai un chalet au lac Labelle, mais c'est impossible qu'elle ait eu une relation sexuelle avec mon neveu !

— Je vois.

Néanmoins, Rose-May se souvenait d'une journée passée en famille au VictoRose. Flora avait quitté les invités avec Denis pour une randonnée dans les bois. Elle se garda toutefois d'en parler au médecin.

— Aussi, je dois vous aviser que la grossesse de madame Frodet est à risque vu son âge.

— Je sais.

— Vous avez des enfants, madame Yergeault ?

— Non. Mon mari et moi avons décidé de pas en avoir. J'aurais aimé être enceinte plus jeune, mais mon premier mari est décédé deux jours après notre union en 1949.

— Je suis désolé pour vous. À 40 ans, votre amie pourrait subir une fausse couche due au vieillissement de la fonction utérine. Elle pourrait donc être dans l'incapacité de mener la grossesse à terme, déclara posément le praticien.

— Si le bébé est bien vivant et en santé au mois de décembre…

— Oui ?

— Le père de Flora…

— Je suis au courant. Il ne veut pas recevoir de nouvelles de sa fille, la journée de l'accouchement. C'est pourquoi il m'a donné votre numéro de téléphone. Écoutez… Cela ne sert à rien de s'inquiéter avant la date prévue. Désirez-vous que ma secrétaire vous appelle lorsque madame Frodet aura commencé son travail ?

— Bien sûr ! Elle a juste moi, docteur.

Même si l'appel tant attendu du psychiatre Richer avait apporté des réponses à Rose-May, cette dernière avait raccroché le combiné les larmes aux yeux. Considérant la condition de sa patiente, le médecin avait pris la décision de diminuer la posologie de ses médicaments, puisque les doses massives qu'elle consommait pourraient nuire à la croissance du fœtus.

— Et puis ? lui demanda Jacques, qui venait de la rejoindre près du téléphone.

— Ouf ! J'imaginais pas la journée de mon anniversaire aussi éprouvante !

— Viens, on va au moins siroter une petite coupe de vin, ma belle.

— D'accord. Par contre, je suis contente qu'elle ait eu quelques moments de lucidité. Et pour mon neveu Denis, j'ai de la difficulté à l'imaginer en train de faire l'amour avec Flora…

Chapitre 19

Un repas en famille

Juillet 1971

Ce matin-là, le ciel tardait à étendre ses teintes bleutées et un voile transparent dansait sur les eaux du lac Labelle. Pour Rose-May, qui se faisait une joie de recevoir ses proches, la journée ne se présentait pas aussi ensoleillée que prévu. La veille, avant de s'installer au chalet pour y passer le week-end, elle avait fait les courses avec Jacques.

— Laisse-moi pousser le panier d'épicerie, avait offert le mari galant. Est-ce que tu as fait une liste ? Il faudrait pas rien oublier, car le dépanneur du lac est là juste pour le strict nécessaire. Ils vendent pas de viande et souvent, les légumes et les fruits sont manquants ; et quand il y en a, leur fraîcheur laisse à désirer.

— Oui, j'ai fait une liste. J'ai aussi écrit qu'il fallait pas oublier d'acheter du charbon et des nouveaux ustensiles pour le barbecue.

— D'accord ! Qu'est-ce qu'on mangera, ce soir ? Des hamburgers ?

— Encore ? On en a mangé il y a trois jours !

— J'adore ça !

— J'aimerais que ce soit différent cette fois-ci, que la présentation soit plus…

— Ah ! Tu veux cuire des steaks ?

— Non, des brochettes. Tu sais, comme je les ai cuisinées la journée où on a ouvert le chalet, à la fin mai ? Je vais mariner du porc, du bœuf et du poulet.

— Elles étaient succulentes !

— On a besoin de viandes, de poivrons, d'oignons, de champignons, de sauce chili et d'une vinaigrette italienne.

— De sauce chili ?

— Pour mariner les cubes de bœuf.

— D'accord. Et pour la salade, ce serait pas préférable d'incorporer seulement un peu de mayonnaise ?

— OK pour la mayo. La vinaigrette italienne, on va quand même la prendre pour mélanger à la sauce chili.

— On a apporté des pommes de terre ?

— Oui. Pour les autres ingrédients, on a ce qu'il faut. Oups ! J'avais oublié d'écrire du papier d'aluminium pour les papillotes de légumes.

— Avec des fines herbes et des oignons verts ! En arrivant au chalet, je m'occuperai du dessert.

— Toi ?

— Je suis un excellent pâtissier ! Que désires-tu que je cuisine pour tes petites dents sucrées, ma tendre épouse ?

— Surprends-moi !

— Pas de problème ! sourit Jacques en se dirigeant vers la rangée des ingrédients à pâtisserie. Bon : de la farine, de la fécule de maïs, du Jell-O…

— Hein ? Du Jell-O ?

— C'est un secret du chef, ma belle ! J'ai carte blanche ?

— Tout à fait !

Rose-May s'approcha de son époux pour l'étreindre, et une vieille femme soupira en s'emparant d'un sac de raisins secs. Un panier de métal était suspendu à son bras, rempli de légumes et de fruits. À voir ses vêtements abîmés et sa chevelure grise ébouriffée retenue par des pinces brunes, l'on pouvait remarquer qu'elle ne portait aucune attention à son apparence physique.

— Désolée ! s'excusa Rose-May, moqueuse. C'est mon mari et j'avais une folle envie de l'embrasser !

— Pff... Vous auriez pu attendre d'être chez vous au lieu de vous donner en spectacle dans cette épicerie ! Voir si ça a du bon sens de s'exhiber de même devant le monde ! soupira à nouveau la sexagénaire, alors qu'elle se dirigeait vers la caissière d'un pas pesant.

— Oh ! s'exclama Jacques. Comme on dit : elle est à prendre avec des pincettes, la madame ! J'ai pensé lui demander si elle avait déjà aimé... mais j'aurais pas voulu la blesser. Elle est sûrement vieille fille ou veuve. Elle traîne peut-être un grand chagrin sur ses épaules, aussi.

— Tu as bien fait. On connaît pas cette personne qui donne l'impression d'être malheureuse. Comme tu dis, elle vit peut-être des moments difficiles.

En sortant de l'épicerie, Rose-May entendit crier son nom.

— Rose-May ! Madame Yergeault ! cria la femme qui poussait un landau rose.

— Madame Nadeau ! Comment allez-vous ? Elle a bien grandi, votre Justine. Elle est mignonne comme tout, en plus !

Rose-May se pencha au-dessus de la poussette pour caresser les mains potelées de la fillette qui dormait à poings fermés.

— Elle est vraiment trop *cute* !

La mère du poupon sourit tendrement en posant la main sur son ventre, comme pour protéger l'enfant qui grandissait dans son sein.

— Vous attendez du nouveau, madame Nadeau ?

— S'il te plaît, Rose-May, appelle-moi Andrée comme avant. Oui ! Mon mari et moi, on attend un petit bébé tout neuf pour la fin octobre, précisa-t-elle. La température sera plus clémente que la journée de la tempête du siècle ! ajouta la jeune femme en retirant ses verres fumés pour chercher le hochet de sa fille au fond de son sac.

— Qu'est-ce que tu t'es fait à l'œil, Andrée? C'est une méchante ecchymose, ça!

— Je suis tombée dans l'escalier, la semaine passée. Une vilaine chute, mentit Andrée.

Le coup de poing que la mère avait en fait reçu de son mari avait été si violent qu'elle s'était retrouvée sur le pas de l'escalier avec la petite Justine dans les bras qui pleurait à chaudes larmes. Le père de famille l'avait frappée parce que le café qu'elle lui avait préparé contenait trop de sucre. « Excuse-moi, Andrée, je te toucherai plus jamais, j'ai perdu le contrôle! Je recommencerai plus, je t'aime trop! » s'était excusé le fautif.

— Ouch! Tu as eu plusieurs points de suture! Tu aurais pu perdre la vue.

— J'ai été inquiète les 24 premières heures, je voyais tout noir. J'ai été chanceuse dans ma malchance, comme on dit. Et pis regarde, Justine est en santé et elle me rend la vie agréable tous les jours.

— Oui, elle ressemble à un petit ange. Comment se porte ton mari Martin?

— Il va bien.

Andrée baissa les yeux, un geste qui alerta Rose-May. Était-ce lui qui avait osé lever la main sur sa femme en lui infligeant cette douloureuse blessure?

— Ça te tenterait pas de venir passer une journée à notre chalet du lac Labelle? l'invita Jacques dans le but de faire dévier la conversation.

— Je sais pas. Martin arrête pas de se démener au travail ces temps-ci. Il est presque toujours à l'ouvrage, c'est pas facile pour lui de se libérer.

— Il travaille les fins de semaine? s'informa Jacques, qui déverrouillait le coffre arrière de la voiture, pour y déposer les sacs d'épicerie.

— Ça arrive qu'il doive s'y rendre les samedis.

Rose-May suggéra alors:

— Il pourrait venir te reconduire avec Justine le vendredi soir et vous profiteriez de la journée du samedi sur le bord du lac. Jacques et moi, on pourrait te ramener avec la petite le dimanche après-midi.

— Dormir dans ton chalet? reprit la jeune femme vêtue d'un short en jean et d'un t-shirt d'un jaune délavé. Ça me gênerait bien trop!

— Pourquoi pas? Il y a une chambre de libre. Cette fin de semaine, je reçois ma famille, mais le week-end prochain, si le cœur t'en dit, vous serez les bienvenues.

— Merci, Rose-May. Je vais en parler à mon mari. Mais, j'ai peur qu'il me dise non. Il a besoin de moi les fins de semaine pour que je lui fasse ses lunchs.

— Tu pourrais lui préparer des plats congelés. Note-moi ton numéro de téléphone, je t'appelle en début de semaine.

— Désolée, j'ai ni crayon ni papier, s'excusa Andrée, soulagée de n'avoir rien pour prendre des notes.

— Attends. Jacques, déchire un coin du sac d'épicerie pour que je puisse écrire le numéro d'Andrée. J'ai un stylo dans ma bourse.

Rose-May prit les coordonnées et salua chaleureusement Andrée avant de monter dans la voiture, tout en révisant les items inscrits sur sa liste d'épicerie, pour s'assurer qu'elle n'avait rien oublié pour la rencontre du lendemain avec sa famille.

Dans la soirée, Jacques avait attisé un feu avant d'aller se doucher et Rose-May s'était installée face aux flammes, enveloppée dans une grande couverture de flanelle.

Sur le lac, le voile à peine perceptible avait longé la grève pour se dissiper dans les boisés. Les heures d'ensoleillement de la saison estivale s'étiraient de plus en plus et les journées se passaient paisiblement au refuge du couple amoureux. Rose-May songeait toujours à Flora. Elle se faisait violence pour ne pas sombrer dans des pensées négatives depuis qu'elle savait la présence du petit être dans le sein de son amie. Il lui arrivait de fermer les yeux et d'imaginer l'enfant entrer dans la vie, mais de quelle vie parlait-on ici? Son grand-père avait coupé les liens avec sa fille et la future mère avait toujours repoussé l'idée de se rendre au pied de l'autel, pour, par la suite, élever une famille. Et si en retrouvant sa lucidité, elle avait oublié son histoire? Rose-May pourrait-elle l'aider à apprivoiser les jours à venir auprès de son petit poupon? Pourquoi la douleur de son âme se montrait-elle si déchirante quand elle se trouvait devant Flora? Rose-May souhaitait que l'avenir de son amie soit l'inverse de son passé. À bien y penser, Flora ne serait plus la confidente rencontrée au couvent: une fille souriante, généreuse et pleine de vivacité. De plus, elle ne possédait pas la fibre maternelle pour s'occuper d'un nouveau-né. Prendre la décision de devenir maman signifiait d'accepter que son cœur délaisse son corps pour entourer son enfant d'amour, ce qu'elle serait incapable d'accomplir.

Le lendemain, vers 13 heures, Urgel et Rita Cédilotte se présentèrent les premiers, suivis de près par leur fille Marthe, son mari Rock, leur garçon Denis et sa nouvelle conjointe, Claire. Une jolie jeune fille aux cheveux longs d'un brun acajou.

— Venez vous installer à l'ombre, si vous voulez. Jacques a placé des chaises près de la balançoire.

Rose-May rayonnait dans sa jupe midi noire agrémentée d'un polo lilas et de jolies ballerines à plateforme mauves. Elle avait eu le temps de faire un arrêt au salon de coiffure et elle avait opté pour des tresses françaises qui lui allaient à ravir et lui donnaient un petit air de collégienne.

— Comment ça va, ma tante? demanda Denis tandis qu'il s'approchait, arborant un pantalon à carreaux aux teintes criardes, assorti d'un t-shirt blanc incrusté de pierres brillantes.

— Très bien, Denis.

— Pourquoi ce sourire en coin?

— Si tu t'égarais dans les bois, ce serait facile de te retrouver, avec les couleurs que tu portes!

— C'est la mode, hein, Claire? Dis-lui, à ma tante Rose-May, que c'est toi qui m'as aidé à choisir mon linge.

— C'est vrai! confirma la nouvelle conquête, vêtue d'un *hot pants* jaune fluo et d'une camisole orangée dévoilant la rondeur de sa poitrine généreuse.

Le père de Rose-May se mêla aussitôt à la conversation:

— Bâtard, Claire! T'étais aussi ben de rien porter pantoute!

— Comment ça, monsieur Cédilotte? Vous aimez pas ce que je porte?

— Tes shorts sont ben trop courts, tu sais ben que tu vas attraper de la fraîche!

— Hi! Hi! C'est un *hot pants*, grand-papa, le nouveau short à la mode, précisa Denis. Vous allez en voir à tous les coins de rue, cet été. Et en passant, on est en juillet. Ça me surprendrait que Claire attrape de la fraîche, comme vous dites.

— Je veux ben te croire que c'est la mode, mais c'est plus court que court, cette affaire-là! T'aurais pu en choisir des plus longues pour cacher un peu tes cuisses!

— Grand-papa, reprit Denis, arrête de critiquer tout ce que tu regardes, voyons! On dirait que t'as pas évolué depuis plusieurs années, le taquina-t-il encore en lui faisant une œillade.

— Toi, Denis, mêle-toi pas de ça, c'est trop grave!

— Claire est ma blonde, j'ai le droit de la défendre. Arrive en ville! On est en 1971. Toi, t'es resté accroché aux vieilles traditions.

— Bon, bon ! lança Rita pour faire diversion. Jacques, on a apporté le filet de badminton. Serais-tu assez aimable de l'installer au bout du terrain ?

— Avec plaisir, belle-maman ! Assoyez-vous sous le gros arbre, vous avez déjà le bout du nez rouge, je m'occupe du filet. Avant, qui voudrait une bonne bière froide, ou une limonade ?

Chaque fois que Rita ne voyait plus sa fille dans les environs, elle partait à sa recherche pour prendre des nouvelles et jaser en tête-à-tête. Elle déclina l'offre de Jacques et partit rejoindre Rose-May à l'intérieur du chalet.

— Qu'est-ce que tu fais ? demanda la mère en entrant sur la pointe des pieds dans la cuisine.

— Ah ! Je trouve pas le papier d'aluminium pour envelopper les pommes de terre. J'en ai acheté à l'épicerie, j'étais certaine de l'avoir rangé dans le tiroir du poêle.

— Regarde sur le comptoir, ma fille. Tu as dû le sortir dans un moment d'inattention.

— Bien oui ! Viens t'asseoir, j'ai presque fini de couper les crudités. Frimousse, en bas, ma belle !

Rita s'installa à la table en prenant bien soin de placer correctement sa robe imprimée de motifs floraux et de repousser les quelques poils collés sur la chaise. Elle avait mis une touche de rose sur ses lèvres et sa coiffure était formée de jolies bouclettes.

— Tu es belle, maman.

— T'es bien fine, Rose-May. Sur la route, j'ai vu qu'il y a une nouvelle construction, pas loin de chez toi. Le lac Labelle est toujours aussi populaire !

— Les chalets poussent comme des champignons. Chaque printemps, de nouvelles familles s'y installent et d'autres vendent ou lèguent leur bien en laissant la place à leurs descendants.

— Ça a changé ! Des gens que je connaissais sont disparus, et de nouveaux commerces ont ouvert leurs portes. Ton père et moi avons pas eu le bonheur de posséder un chalet bien à nous. Mais depuis les années 50, on est venus visiter des amis à plusieurs reprises.

— C'est une roue qui tourne, maman. C'est la vie…

— Des souvenirs de vacances, on en a à la tonne. Le plus triste était de laisser ces gens quand arrivait le temps de fermer leur chalet à l'automne. Rares étaient ceux qui avaient la chance d'y revenir l'hiver. C'était pas tous les résidents du lac qui pouvaient profiter de l'électricité. On est venus quelquefois durant la saison froide, mais c'était impossible d'y dormir : les intérieurs étaient pas isolés.

— C'est si magnifique en cette période de l'année !

— Monsieur Alarie vous avait fait un beau cadeau en vous donnant son bien, reprit sa mère. Tu es bien installée et tu manques de rien. Est-ce qu'on peut dire que c'est ton petit paradis d'été, ce chalet, ma fille ?

— J'y suis si bien ! Parfois, je pense à nos promenades dans les sentiers, mais pas parce que je m'ennuie de Victor, car aujourd'hui, j'aime Jacques de tout mon cœur.

— Je sais que tu l'aimes, ça se voit quand tu le regardes. Tu sais, une mère voit tout.

Vingt-deux ans avaient glissé doucement et Rose-May n'aurait pu oublier ses promenades dans les sentiers enneigés auprès de Victor. Rose-May plongea dans ses souvenirs de l'hiver 1948.

Les hauts sapins recouverts d'un bonnet blanc pliaient l'échine comme s'ils exécutaient une révérence à chacun des passages des randonneurs.

— Comme c'est magique, Victor ! On dirait une forêt enchantée !

— C'est quasiment trop beau !

— Est-ce que tes parents feront installer l'électricité dans le chalet ? Il me semble qu'ils seraient plus confortables. Ils auraient plus besoin de remplir les lampes à huile et se soucier d'avoir assez de bois pour traverser les temps froids.

— Je sais pas, ils m'en ont pas parlé. Depuis que Duplessis a donné son accord pour l'électrification, c'est le sujet de l'heure ici, au lac Labelle. Mais je pense pas que mes parents feront installer l'électricité. Ils aiment leurs lampes à gaz et leur vieux poêle à bois. Le seul inconvénient, c'est les latrines : elles sont pas très accommodantes, surtout en hiver.

— C'est pas évident de s'y rendre avec ces monticules de neige.

— Ils pourraient au moins se moderniser un peu comme au chalet de mon grand-père. Il y a pas de bécosse à l'extérieur.

— Comment ça ? Ils ont des pots de chambre ? demanda Rose-May, surprise et démontrant un petit air douteux, pour ne pas dire dédaigneux.

— Ha ! Ha ! Quand mon pépé l'a construit, il a eu la bonne idée de l'ériger près de la source naturelle, qui venait directement de la montagne. Elle approvisionne le chalet en eau potable. Mes grands-parents ont jamais eu de toilettes sèches à l'extérieur.

— Le grand luxe !

Rose-May s'accrocha au bras de son amoureux, souriante.

— Tu es drôle, mon amour. Je vois seulement tes yeux. Ton foulard dissimule complètement ta figure. Une vraie momie !

— Je suis au chaud, je suis bien.

— Cet été, je t'amènerai visiter le côté ouest du lac.

— Pourquoi ce côté-là ?

— Parce qu'il y a pas de chalet. Les jeunes s'y rendent pour grimper les rochers et plonger dans le lac. On surnomme cet endroit le rendez-vous des copains. Je te présenterai à mes amis, et, si on en a la chance, on profitera d'une excursion en chaloupe au clair de lune.

— Ce serait romantique de glisser sur l'eau, seuls tous les deux !

— Oui, ma belle. Marcelin et sa blonde Claudine ont bien hâte de te connaître.

— Ah oui ?

— Marcelin m'a dit: « On a-tu hâte de la voir, ta flamme! Après, tu vas arrêter de nous casser les oreilles, sacrifice ! »

— Hi ! Hi !

— Tu en croiseras quelques-uns à la chapelle Bastien, dimanche matin. Je te présenterai à l'abbé Pilon, c'est lui qui célèbre la messe de 10 heures. Après l'homélie, des connaissances et amis se rencontrent à l'auberge La Clairière. On y est reçus à bras ouverts par les frères Genet. Des bons gars avec le cœur sur la main, comme on dit. J'ai une fringale, on va manger? Le souper est sûrement prêt, maman a mijoté un ragoût. Ça faisait longtemps que je lui demandais, je m'ennuyais de ce plat. Je suis certain que tu te régaleras!

— Miam ! Je suis affamée !

— Demain après-midi, on ira patiner sur le lac.

— Je t'aime, Victor !

Rita courba la tête et fixa les yeux de sa fille:

— Coucou, Rose-May !

— Oh ! Excuse-moi, maman, je me trouvais au chalet des parents de Victor.

— Tu étais égarée pas à peu près !

— Je pensais à une merveilleuse soirée. Le décor était si féerique que j'aurais aimé m'y promener toute la nuit. Je me souviens du repas qu'on avait mangé pour souper, quand monsieur Alarie nous avait annoncé qu'il nous donnait son chalet en cadeau de mariage. Madame Alarie avait fait un ragoût de boulettes avec de la sauce aux canneberges.

— Aujourd'hui, on est assises dans ce refuge en train de nous remémorer tes souvenirs. Les beaux moments passés en bonne compagnie vivent dans nos cœurs pour l'éternité.

— Tu as raison, maman, ils nous réchauffent l'âme. Et quand je serai une vieille dame et que Jacques aura les cheveux tout blancs, on aura plein d'anecdotes à nous rappeler.

— Parle-moi de Flora, ma fille. J'ai hâte qu'elle se porte mieux et qu'elle puisse venir nous voir à nouveau.

— Par moments, elle a des périodes de lucidité. Je lui rends visite une fois par semaine avec Jacques.

— Elle te reconnaît, maintenant?

— C'est arrivé à deux reprises. Si tu savais comme j'étais heureuse!

— Je suis contente pour toi. Qu'est-ce qu'elle t'a dit?

— Juste des banalités. Une journée qu'elle était perdue dans son petit monde, elle m'a vue pleurer et m'a lancé: «Pourquoi pleurniches-tu, Rose-May?» Crois-moi que j'ai sursauté! J'ai répondu que je l'aimais et espérais qu'elle rentre chez elle à La Minerve bientôt.

— Où est-ce qu'elle s'installerait, à La Minerve? Pas chez son père, quand même? Tu m'as dit qu'il voulait plus la voir, qu'il l'avait reniée.

— Je sais pas où elle ira, ma chère maman. Ça me bouleverse. Je peux pas imaginer qu'elle lui présentera jamais son bébé.

— … si elle veut de cet enfant. Ça a été quoi, sa réponse, quand tu lui as dit que tu avais hâte qu'elle rentre à La Minerve?

— Elle était déjà retournée dans sa bulle. Elle m'a dit: «Vous m'avez apporté de la tire éponge, madame?»

— C'est trop triste! Comment elle fera pour mettre son bébé au monde si elle est pas consciente de son état?

— Le docteur Richer m'a dit de pas m'inquiéter. Il y aura pas de complications. Le moment venu, l'instinct maternel de Flora fera en sorte qu'elle aura pas le choix de laisser naître le petit qui poussera.

— Pleure pas, ma fille, ça va s'arranger. Le docteur Richer signera les documents pour placer l'enfant à la crèche jusqu'à ce que Flora quitte l'hôpital?

— Jacques et moi en avons discuté sérieusement.

— Vous désirez le garder avec vous?

— C'est une option envisageable.

— Seigneur! Vous êtes conscients que cet enfant chamboulera toute votre vie? Jacques a peut-être accepté de le prendre pour te faire plaisir, pour que tu souffres moins de l'état de Flora… Lui as-tu demandé ?

— Tu te trompes, maman. C'est lui qui me l'a suggéré. Au début, j'ai dit non, et plus les jours passent, plus je me questionne sans arrêt.

— Écoute-moi, Rose-May. Si tu l'héberges sous ton toit pour quelques semaines, tu t'y attacheras. Tu vas te crever le cœur si Flora décidait de le reprendre avec elle et je doute que tout se passerait bien, elle est encore si fragile.

— Je sais, j'en aurais le cœur déchiré. Mais j'aimerais quand même courir ce risque. Je l'aurai aidé et ma conscience sera tranquille. Ce petit bébé aura été bercé durant des mois dans les bras de sa tante Rose-May. Il aura pas été laissé à lui-même dans son berceau à entendre les autres enfants pleurer parce que les sœurs responsables manquaient de temps pour lui apporter la chaleur d'une mère. Mais je me console en sachant que les orphelins mangent à leur faim et sont pas négligés. Lorsque plus tard ils sont adoptés, ils se présentent dans leur nouvelle famille en santé et bien portants.

— … mais c'est pas comme être cajolé et aimé d'une personne qu'ils appelleront maman leur vie durant. Prends-le quand il naîtra.

— Oh, maman ! Tu me comprends si bien !

Les deux femmes s'enlacèrent tendrement avant de ressortir du chalet, les bras chargés des plateaux de crudités et de hors-d'œuvre.

Rien ne valait une journée dans la nature, que ce soit pour une randonnée dans les bois en humant l'arôme épicé des conifères ou en fixant les flammes qui dansaient dans l'âtre du foyer de pierre. Cette expression, « l'art de se la couler douce », reflétait bien la vie rustique. Urgel avait roupillé dans le hamac, Denis avait invité Claire pour une excursion en chaloupe, Marthe, Maria, Rock et Bobby avaient délaissé le jeu de pétanque lorsque le cochonnet avait roulé pour choir dans les eaux du lac.

Le soleil fut au rendez-vous et le souper convivial s'avéra délicieux. Les conversations et les anecdotes des années passées furent joyeuses et les proches de Rose-May purent mettre de côté leur train-train quotidien.

Sous le ciel d'encre imprégné d'étoiles brillantes, le boisé s'endormait doucement, alors que la stridulation aiguë des grillons et les cris graves des ouaouarons persistaient.

— Les cris des oiseaux sont tolérables, mais les ouaouarons ont quelle utilité dans la nature ? On dirait un beuglement de taureau, bâtard ! C'est quasiment épeurant de les entendre, se plaignit Urgel.

— Moi, ils me font ni chaud ni froid, monsieur Cédilotte, trancha Bobby qui retirait une guimauve des flammes.

— Y sont hideux comme ça se peut pas ! À part ça, y sont gros comme des chats.

Rock prit la parole :

— C'est vrai qu'ils sont énormes et qu'ils ont une couleur bizarre. Quand je suis allé me promener avec Marthe, y en a un qui m'a marché sur les pieds. Il était vert olive avec des taches noires. Pas très appétissant, je dirais.

— Ouach ! s'exclama Maria, qui jeta un œil peu rassuré vers les boisés.

— Inquiète-toi pas, la belle-sœur. Ils viendront pas jusqu'ici pour te chatouiller les orteils !

— T'es bien drôle, Rock Tellier !

— Si on changeait de sujet ? proposa Rita.

— Je peux sortir ma guitare de la voiture, si ça vous tente ? offrit Denis en se levant, prêt à tourner les talons pour se diriger vers le stationnement, sur le côté du chalet.

— T'aurais pu le dire avant que tu avais apporté ta guitare, au lieu de laisser le monde parler de maudites bibittes !

Quoi de plus agréable qu'un instrument de musique et le crépitement de la braise pour représenter la saison estivale ?

Denis grattait la guitare en fredonnant et d'autres invités lançaient des bouts de bois dans les flammes.

— *Il aimait tapocher les gars du quartier*
Son nom c'était Méo Penché
À 12 ans fort comme un homme
Il n'avait peur de personne
Touche pas à Méo Penché [7]

— C'est ben beau Les Jérolas pis Johnny Farago, mais tu sais pas jouer des *tounes* westerns, Denis ? demanda son grand-père, en sortant un harmonica de la poche de sa chemise.

— Veux-tu que je joue *J'ai ta photo dans ma chambre*, grand-papa ?

— Encore Johnny Farago ? Non, une vraie chanson western, comme celles de Paul Brunelle.

— Paul Brunelle ?

— Bâtard que tu connais rien à la bonne musique, toi ! Il chante *Mon enfant je te pardonne*... Connais-tu Marcel Martel ?

— Qu'est-ce qu'il chante, lui ?

— Plusieurs succès. Ça s'appelle comment, sa chanson, Rita ?

— Laquelle, mon vieux ?

— Attends... *Un coin du ciel, où l'on vivra tous deux ma chérie. Un coin du ciel, où l'on s'aimera toute la vie...*

— Elle s'appelle *Un coin du ciel*, Urgel.

— C'est ben certain ! Ça prend pas la tête à Papineau pour deviner que c'est le titre ! Puis, Denis, sais-tu la jouer ?

— Désolé, j'aime pas les chansons westerns.

— Ouin. C'est ben évident que tu sais pas de qui je parle. Tu connais personne, bâtard ! Willie Lamothe ?

— Ah, bien oui, grand-père ! Écoute bien...

Ma vie est un long chemin sans fin
Et je ne sais pas très bien où je m'en vais
Je cherche dans les faubourgs et les villes
C'est dans l'espoir d'accomplir mon destin

... et la famille entonna le refrain :

---

7 *Méo Penché :* paroles et musique de Jérôme Lemay (1961).

Mille après mille, je suis triste
Mille après mille, je m'ennuie
Jour après jour sur la route
Tu ne peux pas savoir comme je peux t'aimer[8]

8 *Mile After Mile* (1969) : paroles et musique de Gérald (Gerry) Joly. Interprétée en français par Willie Lamothe.

CHAPITRE 20

Naissance d'un ange

Décembre 1971

Fébriles, Jacques et Rose-May s'apprêtaient à quitter la maison pour une randonnée de motoneige.

Jacques s'était acheté une nouvelle machine Bombardier et avait offert à Rose-May les vêtements appropriés : casque jaune et habit de neige noir.

— Je ressemble à un bourdon, Jacques ! Mais j'aime beaucoup ! Je risque pas d'avoir froid, le rassura-t-elle alors qu'il se trouvait près de la porte du hangar, en train d'enfiler de grosses mitaines rembourrées de laine de mouton.

— Ça te va bien, ma belle ! Tu es prête ? J'ai hâte de démarrer ce bolide, pour voir ce qu'il a dans le ventre !

— Je te préviens, Jacques Yergeault : si tu conduis en fou, ce sera ma dernière *ride* avec toi !

— Inquiète-toi pas, je roulerai sur le *péteux*, comme on dit.

— Allez, j'ai chaud avec cette salopette. Mes bottes sont tellement lourdes, aussi !

La randonnée s'avéra des plus agréables.

Rose-May avait conduit la motoneige sur les sentiers enneigés et en avait retiré un grand plaisir. Les amoureux avaient fait une pause à la grange du père Villiard (une étable transformée en maison de relais pour les motoneigistes, les adeptes du ski de fond et les raquetteurs) pour siroter un café parfumé de cognac.

Le paysage était féerique et, dans les clairières, les conifères égayés de glaçons translucides arboraient fièrement leurs pelisses blanches.

En apercevant la pente abrupte qui s'élevait devant eux, Rose-May fit signe à Jacques de s'arrêter, en lui tapant sur l'épaule.

— Qu'est-ce qu'il y a ?

— Tu as pas l'intention de grimper en haut de cette côte ?

Jacques se tourna vers elle et la trouva jolie avec son nez rougi et ses yeux mouillés par le vent frisquet.

— Le *ski-doo* est conçu pour gravir les côtes, Rose-May. Tu es inquiète ?

— Elle est à pic ! Si on tombait à la renverse ? J'ai peur !

— Il y a pas de risque. Ce bolide est robuste et peut monter n'importe quelle pente. Accroche-toi à ma taille et vois ce qu'il peut accomplir.

Arrivés au sommet de la côte, des flocons commencèrent à tourbillonner dans tous les sens et Rose-May y découvrit un paysage à couper le souffle.

— Comme c'est beau !

— Tu as pas eu peur ?

— Non, mais à un moment, j'ai craint que tu y arrives pas.

— Ha ! Ha ! Fais-moi confiance, Rose-May. On descend, maintenant ? proposa-t-il en souriant, impatient de glisser sur la pente glacée.

— D'accord, on est pas loin du chalet. Mais, vas-y doucement, s'il te plaît.

Plus loin, la route utilisée par les résidents du lac Labelle était déneigée et bien battue. Quand ils arrivèrent à destination, Jacques ferma le contact de la motoneige et ils se dirigèrent vers le chalet glacé.

— Tu as pas eu trop froid ?

— Non. Mais je serais partante si on lançait deux ou trois bûches dans le poêle, suggéra-t-elle, souriante, tout en se frictionnant les mains.

— D'accord, je m'occupe du feu. Tu peux retourner à l'extérieur pour chercher notre sac de nourriture ?

— Tu veux dire : nos provisions santé, dont les croustilles, le chocolat et le thermos de café ? Imagine si on avait préparé des sandwichs.

— Ha ! Ha ! On en apportera à notre prochaine randonnée.

— Pourquoi ? Tu aimerais croquer dans du pain gelé ?

— Les sandwichs grillés sont excellents ! Ça me rappelle quand j'étais jeune. Mon père rôtissait les tranches de miche de campagne sur le poêle à bois. J'oublierai jamais cet arôme qui flottait partout dans le chalet. De beaux souvenirs de p'tit gars.

Après la collation arrosée de café tiédi, sous le ciel blafard, ils regagnèrent la maison de la rue du Couvent à 4 heures.

— Ouf ! Je me ferai pas prier pour dormir ce soir !

— C'est ça, une journée de plein air, ma belle ! Donne-moi ton habit et tes bottes, je vais les suspendre dans la cave. On peut ranger les casques sur la tablette de la garde-robe d'entrée.

— D'accord !

La sonnerie du téléphone résonna et fit sursauter Rose-May. Chaussée de bas de laine, elle s'élança pour terminer sa course en glissant.

— Allo !

— Bonjour, je parle à madame Yergeault ?

— Oui, c'est moi. Qui est à l'appareil ?

— Je suis le docteur Richer de l'hôpital Douglas.

— Bonjour docteur. Flora va bien ?

— Oui, et le nouveau-né aussi.

— Mon Dieu ! Jacques ! Flora a eu son bébé. Comment l'accouchement s'est passé ?

— Assez bien.

— Pourquoi ce « assez bien » ? Il y a eu des complications ?

— J'ai dû utiliser les forceps, les efforts de poussée de madame Frodet étaient insuffisants. Elle aurait été épuisée. Étant donné que le bébé était mal engagé dans le bassin, en me servant des forceps, j'ai pu éviter l'usage de la ventouse.

— Je comprends. Elle va bien, maintenant ? Je peux lui parler ?

— Elle est fatiguée. Aussitôt que la garde l'a reconduite à sa chambre, elle s'est endormie.

— Est-ce qu'elle était… ?

— … consciente, vous voulez dire ?

— Oui, répondit Rose-May, émue, en se tournant vers Jacques qui encercla ses épaules de son bras.

— Elle l'était par moments, affirma le médecin. Lorsque les contractions de madame Frodet ont commencé, elle était lucide. Elle m'a demandé pourquoi elle avait ces douleurs au ventre et je l'ai informée qu'elle allait mettre son enfant au monde et qu'elle devait se montrer courageuse. Mais sa réaction s'est avérée déchirante. Je vous cite ses paroles. Elle m'a dit : « Un bébé ? Un vrai bébé ? Voyons, vous, je suis célibataire ! Vous vous trompez de femme. Moi, j'ai juste un petit mal de ventre. Je vais être correcte demain. » Je lui ai demandé si elle était consciente d'être à l'hôpital psychiatrique Douglas de Verdun et, en criant, elle m'a demandé ce qu'elle faisait dans un hôpital. Je lui ai répondu qu'elle était arrivée à l'Institut en état de crise.

Et il relata à Rose-May la suite de la conversation qu'il avait eue avec son amie.

— Quelle crise ?

— La drogue, madame Frodet. Le LSD.

— Misère ! Bethel, Woodstock… Où est Rose-May ?

— Madame Yergeault est chez elle, à Labelle. Elle viendra sûrement vous rendre visite demain.

— Vous vous trompez, docteur, son nom de famille est Alarie. Je connais pas de madame Yergeault.

— Je vous assure que madame Yergeault est votre amie, madame Frodet.

— Elle est mariée ?

— Oui.

— Yergeault... Jacques ! Elle était avec lui à Woodstock. Elle s'est mariée sans m'en parler ? J'ai pas été invitée à ses noces ? Pourquoi elle m'a fait un coup pareil ? Je suis son amie pourtant !

— Depuis combien de temps vous n'avez pas vu madame Yergeault ?

— Je sais pas... Oh ! J'ai mal ! J'ai l'impression que mon ventre va éclater. C'est si douloureux, je crois que je fais une crise d'appendicite !

— Non, madame Frodet, c'est votre bébé qui arrive. Installez-vous sur la civière, une garde viendra vous chercher pour vous conduire en salle d'accouchement.

— Pas question !

— Vous dites ?

— Je veux pas de ce bébé-là ! cria-t-elle en repoussant l'infirmière qui s'apprêtait à l'aider à revêtir une jaquette. Laissez-moi tranquille, grosse insignifiante !

— S'il vous plaît, ne parlez pas ainsi à garde Rocheleau. Elle est ici pour vous aider. Et que vous le vouliez ou non, vous mettrez cet enfant au monde, madame Frodet.

— C'est vous qui m'avez volé mes cigarettes ?

— Je ne vous ai rien volé, madame.

— Mon paquet était sur le lit à côté de mon chat.

— Ici, il est défendu de fumer et je ne vois pas de chat sur votre lit.

— Faites-moi passer pour une folle, un coup parti ! Vous l'entendez pas miauler ? Il a faim, c'est l'heure de son souper. Donnez-moi sa bavette sur le bureau. La soupe aux tomates tache les vêtements. Retournez manger vos œufs, j'ai pas besoin de vous pour nourrir mon chat, je suis capable toute seule. De toute façon, si vous essayez de l'approcher, il va vous mordre.

Rose-May écoutait le praticien, le visage couvert de larmes.

— Elle a eu…

— Une fille de sept livres et quatre onces.

— Oh ! Elle est en santé ?

— Oui, en parfaite santé. J'ai compté 10 doigts, 10 orteils et elle est aussi très jolie. Une petite blondinette aux yeux bleus. Est-ce que vous pourrez venir visiter madame Frodet dans les prochains jours ? Naturellement, je ne vous demande pas de faire le voyage à Verdun durant les Fêtes.

— J'y serai dans la journée de demain.

— Je vous en suis reconnaissant. Elle sera contente de vous voir, j'en suis persuadé.

— Je l'espère. Merci de m'avoir prévenue.

— C'était ma responsabilité de vous contacter, madame Yergeault. Étant donné que le père de madame Frodet m'a demandé de ne pas communiquer avec lui, je devais me retourner vers vous.

— Vous avez bien fait.

— Même si ce sera la veille de Noël, demain, je serai au centre. À votre arrivée, arrêtez-vous à l'admission pour me faire appeler par l'interphone. J'aimerais vous recevoir à mon bureau, avant que vous rendiez visite à madame Frodet.

— D'accord. Merci et bonne soirée.

— Bonne soirée à vous aussi.

Rose-May se jeta dans les bras de son mari.

— Jacques, elle a accouché d'une fille !

— Elle va bien, la petite ?

— Selon le médecin, elle respire la santé.

— Tant mieux !

Le couple prit la route en direction de Verdun à 13 heures. Rose-May n'avait gardé aucun souvenir d'être passée aux abords du fleuve Saint-Laurent ni du temps écoulé entre Labelle et Verdun. « Pauvre enfant ! Naître dans un pareil climat familial ! » songeait-elle.

Le psychiatre les reçut dans son étude, en les remerciant de s'être présentés.

— Bonjour, comment allez-vous ?

— Dans les circonstances, je vous avoue qu'on est inquiets du déroulement des choses, répondit Jacques en s'assoyant à la gauche de sa femme, devant le praticien, qui s'emparait des documents laissés à la droite de son bureau. Comment va Flora aujourd'hui ? ajouta-t-il, en tenant la main de sa femme.

— Ce matin, elle m'a reconnu comme son médecin.

— Lui avez-vous glissé un mot pour le bébé ? demanda Rose-May.

— Je lui ai parlé de sa fille. Elle m'a confié qu'elle n'avait pas eu de relations sexuelles avec un homme depuis très longtemps, que je me trompais de patiente.

— Est-ce que vous doutez qu'elle vous ait dit ça pour pas reconnaître son bébé, docteur ?

— C'est une hypothèse. Écoutez, madame Yergeault, même si le père de madame Frodet m'avait demandé de ne pas communiquer avec lui, j'ai pris l'initiative de lui téléphoner hier soir pour lui apprendre la naissance de l'enfant. Malheureusement, sa réponse fut celle dont je me doutais. Je n'ai pas eu le temps de lui annoncer qu'il avait une petite-fille, il avait déjà raccroché.

— Croyez-vous qu'il pourrait changer d'avis, docteur ?

— Je ne pense pas. Il m'a aussi recommandé de ne pas envoyer le bébé chez lui à sa sortie de l'hôpital.

— C'est si triste !

— Je vais laisser du temps à madame Frodet pour réfléchir. Elle démontre de plus en plus de moments de lucidité, mais il n'est pas question qu'elle se retrouve seule dans une maison ou en logement. Ce serait risqué. Je la garde ici encore quelques semaines et nous verrons par la suite.

— Je suis soulagée ! Je serai moins inquiète. Merci, docteur.

— Pour l'enfant, il faudrait que vous communiquiez avec le père de madame Frodet pour l'inciter à venir signer les documents.

— Quels documents ?

— Vous comprenez que nous ne pouvons prendre la responsabilité d'un nouveau-né dans cet hôpital psychiatrique.

— Ces documents sont pour placer le bébé ?

— Oui. J'ai déjà amorcé une démarche à la crèche d'Youville sur Côte-de-Liesse, à Montréal. Les sœurs seraient prêtes à l'accueillir.

— Elle a une bonne réputation, cette crèche? Depuis combien de temps est-elle ouverte ?

— Plus de 200 ans, dans les faits.

— Oh ! J'ai jamais eu vent de l'existence de cet orphelinat. J'ai déjà entendu le nom Saint-Vincent-de-Paul à Québec.

— La crèche se trouvait à l'Hôpital général de la maison-mère des Sœurs Grises, à Pointe-et-Callière. En 1871, elle a déménagé sur la rue Guy et fut active jusqu'en 1925. Après elle a ouvert sur Côte-de-Liesse, où elle est encore aujourd'hui. Voilà, c'est pour cette raison qu'il me faut l'autorisation de monsieur Frodet pour transférer le bébé.

— C'est cruel ! s'écria Rose-May en pleurant. Et si Flora décidait de reprendre son enfant quand elle serait complètement rétablie ?

— Il faudrait qu'elle se prononce assez rapidement, car sa fille ne restera pas éternellement à la crèche. Elle sera transférée dans un foyer nourricier jusqu'à son adoption.

C'était triste pour Rose-May de savoir que cette enfant rejetée du monde ne connaîtrait pas sa maman et ne bénéficierait pas de soins maternels adéquats. Elle se consolait toutefois un peu en pensant que le poupon recevrait des Sœurs Grises les soins appropriés à sa croissance. D'ici quelques semaines, elle serait prise sous l'aile de gens dévoués qui l'alimenteraient et verraient à son éducation.

— Je vous sens inquiète, madame Yergeault.

— J'ai tellement de peine pour cette petite, docteur !

— Vous savez, les Sœurs Grises s'en occuperont de leur mieux, selon leurs compétences. La crèche d'Youville est dotée de services médicaux spécialisés. S'il arrivait un incident au bébé de madame Frodet, elle obtiendrait les soins requis.

— Elle sera adoptée par des Québécois ?

— Je ne peux pas vous confirmer que la petite gardera sa nationalité québécoise. Ce que je peux vous assurer, c'est qu'elle sera placée dans une bonne famille. Il n'y a pas que des familles québécoises qui peuvent adopter les bébés orphelins. Plusieurs demandes d'adoption viennent aussi de l'extérieur du Québec, comme des États-Unis, de la France, du Mexique ou de l'Argentine.

— C'est légal ?

— Oui, ces adoptions s'effectuent en toute légalité. L'adoption internationale est bien connue au Québec. C'est simplement qu'une telle démarche ne vous est jamais arrivée à vous, à vos proches ni à des gens de votre entourage, sauf à madame Frodet qui, malheureusement, a traversé une douloureuse expérience.

— Je vais communiquer avec le père de Flora. C'est trop triste de penser que mon amie reverrait plus jamais son enfant si elle était adoptée par des étrangers.

— Merci. C'est une bonne idée. Est-ce que vous désirez voir la petite ?

— Pas aujourd'hui, j'en ai pas le courage. Je vais passer voir Flora quelques instants.

— C'est comme vous voulez, mais je vous informe qu'à votre prochaine visite, la fille de madame Frodet sera à la crèche d'Youville. Ici, c'est un hôpital psychiatrique, comme je vous l'ai expliqué tout à l'heure. Nous pouvons garder un nouveau-né deux ou trois jours, pas une semaine !

— C'est trop triste ! Alors je vais me rendre à la pouponnière avant d'aller à la chambre de Flora. C'est la seule fois que je pourrai la voir. Pauvre petite poupée !

— Le bébé est à la chambre 275, il n'y a pas de pouponnière dans ce centre. Aussi, madame Frodet a été transférée à la chambre 279.

— Merci, docteur. Tu viens, Jacques ?

— Oui. Merci de nous avoir accordé ces minutes, docteur.

— Je suis ici pour vous écouter, monsieur Yergeault. Au revoir et à bientôt. Madame Frodet aura besoin de vous, ne l'oubliez pas.

— Oui, docteur. Merci pour tout.

Tourmentée, Rose-May demanda à son mari de l'accompagner dans la chambre de Flora, alors qu'elle sentait le poids de la responsabilité de l'avenir de cet enfant sur ses épaules.

Chapitre 21

Évangeline

Le nourrisson au duvet blond dormait paisiblement. D'un geste lent, Rose-May caressa sa joue avec les larmes aux yeux.

— J'ai l'impression d'effleurer une rose, tellement sa peau est douce. Elle est si mignonne !

— Un ange… Regarde, elle sourit.

— Beau petit cœur ! souffla Rose-May, en larmes, en caressant la petite tête arrondie.

— Est-ce que je peux la prendre, mademoiselle ? demanda-t-elle à l'infirmière qui venait de changer les langes du nouveau-né et de la déposer dans son petit lit.

— Bien sûr, madame. Un petit bébé a besoin d'être bercé et cajolé.

Le regard attendri, l'infirmière sortit de la pièce pour laisser le couple seul avec le poupon.

— Arrête de pleurer, Rose-May, tu me brises le cœur !

— Je suis désolée. Je peux pas croire que cette enfant soit rejetée par sa mère ! Pourquoi la vie nous envoie autant d'épreuves ?

— Je sais pas. Tu en as traversé des souffrances, toi aussi, au cours de ta vie, alors que moi…

— Tu as jamais pleuré ?

— J'ai déjà pleuré, oui. Est-ce que tu viens voir Flora ?

— Donne-moi une minute, je veux la bercer.

— Prends le temps qu'il te faut, je t'attends dans le corridor.

— Merci.

La journée précédente, Sonia Champagne s'était procuré des aiguilles à tricoter et une pelote de laine, pour que Flora puisse essayer d'occuper ses temps libres, sous la surveillance accrue du personnel médical. L'infirmière fut agréablement surprise de voir l'ébauche d'un foulard. Flora faisait aussi sa toilette quotidienne, sans omettre d'apposer sur ses lèvres une touche de rose, avec un petit bâton de rouge à lèvres reçu en cadeau d'une bénévole qui, avec le temps, s'était attachée à la patiente. Elle était inquiète de savoir où elle se retrouverait lorsque le docteur Richer signerait son congé. Où irait-elle ? Elle avait placé des économies à la caisse populaire, mais elle devait prendre soin d'elle avant de partir à la recherche d'un nouveau travail. Si Dieu était généreux, il parlerait aux anges pour qu'elle puisse travailler à Labelle. Garde Champagne lui avait confié : « Nous avons tous une petite valise, madame Frodet, mais personne ne sait sur quel paillasson elle se posera. » Flora pleurait lorsqu'elle songeait à son escapade à Bethel avec Estelle, sa voisine d'enfance, au festival de Woodstock. Une si belle amitié s'était brisée ! Son médecin, avait qui elle avait régulièrement des rencontres, lui avait conseillé de cesser de se remémorer les moments tristes de son passé, car elle gaspillerait l'avenir qui s'offrait à elle.

— Je gagnerai beaucoup de sous pour m'acheter une maison à Labelle. Une petite maison modeste, mais assez grande pour m'y sentir confortable.

— Madame Frodet, il y a des gens qui ne voient que l'argent et qui ruinent leur santé à travailler, en oubliant de s'accorder des moments heureux pour les passer avec leurs proches. Conclusion : vous devriez garder cet argent ramassé pour recouvrer votre forme physique.

— Vous avez pas tort, docteur.

— Pourquoi ne pas commencer par un appartement ?

— C'est ce que je vais faire, je suis toute seule. Merci.

— N'oubliez pas que les belles années de votre vie sont celles qu'il vous reste à vivre et que vous devez en profiter.

— C'est bien vrai. Vous savez, si je possédais votre expérience, il y en aurait pas de problèmes. Tout serait si facile !

— Vous ne devriez pas vous comparer à d'autres gens. Parfois, le bien paraître ne signifie pas toujours que la personne est heureuse. Donnez-vous une chance et lorsque se présenteront des moments plus sombres, n'essayez pas de tuer le temps en vous enfonçant dans votre passé, ce temps finira par vous enterrer.

— Ouf ! C'est facile à dire pour vous. Quand vous terminez votre travail, il y a une maison qui vous ouvre ses portes, ce qui sera pas le cas pour moi, en quittant le centre Douglas. Je me retrouverai toute seule et peut-être sans travail. Les journées vont être interminables !

— Pourquoi vous demanderiez pas à votre amie de vous apporter *L'Étoile du Nord* ? Vous pourriez regarder les petites annonces avec elle pour vous trouver un logement.

— Quelle bonne idée ! Elle pourrait le choisir pour moi, avant ma sortie de l'hôpital. Ainsi, je quêterais pas le gîte à qui que ce soit. Et je lui fais entièrement confiance, elle a du goût.

— Vos yeux brillent, madame Frodet, avait constaté le praticien en quittant la nouvelle pièce où elle avait été transférée, sans oublier de lui rappeler qu'une infirmière viendrait la chercher à 7 heures pour lui permettre d'assister à la messe du 24 décembre à la chapelle.

Après que Rose-May eut quitté le nouveau-né qui dormait profondément, accompagnée de son mari, ils se présentèrent dans la nouvelle chambre de son amie, avec une boîte de chocolats et une jolie robe de nuit couleur pastel pour les offrir à leur amie.

— Rose-May ! Tu peux pas t'imaginer comme je suis contente de te voir ! Bonjour, Jacques !

— Comment tu vas, Flora ? demanda le mari de Rose-May, debout au pied du lit.

— De mieux en mieux ! Je prends du mieux de jour en jour.

Flora se leva et s'installa dans le fauteuil en cuir bleu installé près de la fenêtre verrouillée à clef.

— Assoyez-vous sur mon lit, vous serez plus à l'aise. Vous êtes gentils de venir me voir en cette veille de Noël.

— C'est la moindre des choses, ma belle ! Tu es resplendissante, Flora, la complimenta son amie, tandis qu'elle prenait place près de Jacques, sur le lit recouvert d'un édredon bleu.

— Est-ce qu'à ta prochaine visite tu pourrais m'apporter le journal, Rose-May ?

— Tu penses pas qu'un bon livre serait meilleur compagnon que la gazette ? J'en ai une pile à la maison que tu as pas encore eu le temps de lire.

— Hi ! Hi ! Je sais. Est-ce que tu m'aiderais à trouver un logement ?

— À La Minerve ?

— Non ! Je veux pas me retrouver face à face avec mon père. Je sortirais jamais par peur de le rencontrer et qu'il me fasse la morale.

— Tu lui as parlé dernièrement ?

— J'ai téléphoné ce matin. Il veut pas me voir parce que j'ai consommé de la drogue à Bethel. Tu imagines ! Il comprend pas que tout être humain a droit à ses erreurs. Et crois-moi que je suis consciente du mauvais chemin que j'ai pris quand on est allées à ce festival.

— Qu'est-ce que tu as décidé pour ta petite fille, Flora ? Je l'ai prise dans mes bras tantôt, elle est mignonne.

La convalescente se leva en apposant les mains sur son visage.

— Que Dieu me pardonne, mais malgré les bons conseils de mon docteur, je serai jamais capable de m'occuper de cette enfant que j'ai pas voulue ! Tu m'entends ?

— Flora, écoute-moi !

La jeune mère respirait avec difficulté.

— Non !

Jacques intervint :

— Flora, il faut que tu prennes conscience que tu es maintenant la maman d'une petite fille.

Elle changea encore d'humeur. Son joli sourire avait disparu.

— Je suis fatiguée, je vous demanderais de me laisser me reposer et de revenir une autre fois.

— D'accord, accepta Rose-May, en prenant le bras de son mari pour quitter la chambre.

Rose-May était chagrinée et s'en voulait intérieurement de laisser son amie seule en cette veille de Noël.

— Il y a cinq minutes, j'avais retrouvé ma Flora souriante, telle que je l'avais connue au couvent... et voilà qu'elle me chasse !

— Je suis désolé. Viens à la cafétéria. Un café corsé sera le bienvenu avant de retourner à Labelle. Ça servirait à rien de rester, elle va dormir durant quelques heures.

— Jacques...

— Oui, ma belle ? répondit ce dernier, alors qu'il prenait place devant elle, à la table de la cafétéria, avec deux cafés.

— Je veux pas que le bébé de Flora passe ses nuits à la crèche d'Youville.

— Ça t'inquiète ?

— Je suis certaine que les Sœurs Grises auront pas le temps de la prendre dans leurs bras pour la bercer, comme une vraie maman le ferait. Pauvre petite ! Ça me serre le cœur !

— Tu voudrais qu'on la garde avec nous ?

Jacques contemplait sa femme dans les yeux.

— On en avait parlé. Es-tu toujours d'accord ?

— Oui et on fera de notre mieux pour qu'elle manque de rien.

— C'est merveilleux ! Je t'aime ! On la ramène à la maison, tout de suite ?

— J'aimerais bien, mais son plus proche parent est son grand-père. C'est à lui de décider.

— Il en veut pas !

— Je sais, Rose-May. La réalité, c'est que tu peux pas installer le bébé à la maison parce que tu l'as décidé. On va retourner voir le docteur Richer pour qu'il prépare les documents qu'on fera signer à monsieur Frodet. Si naturellement il est d'accord pour qu'on prenne la petite à la maison.

— Il a besoin de pas s'interposer, ce sans-cœur-là ! En espérant qu'il ait pas quitté La Minerve pour aller fêter dans sa parenté !

— Calme-toi, ma belle, ça sert à rien de t'énerver.

— Il a renié Flora ! Ce sera une dure bataille que de l'inciter à apposer son nom sur ces papiers. Dis-moi qu'il acceptera !

— J'aimerais te dire oui, mais je peux pas te répondre.

— Il renie cette enfant qui souhaite juste être aimée !

— Rose-May… un cœur de pierre fond pas.

— Je vais le lui casser à coups de marteau !

— On lui rendra visite ce soir.

La soirée s'annonçait bouleversante. Rose-May souhaitait que le grand-père de la petite lui dise ce qu'elle désirait entendre.

— Où est cette paperasse pour transférer ce bâtard avec les sœurs ? insista l'homme, en s'ouvrant une bière, sans en offrir une à Jacques.

— Ils sont dans mon sac, monsieur Frodet, répliqua Rose-May, en déboutonnant son manteau.

— C'est quoi, ces papiers-là ?

— Jacques et moi, on voudrait prendre l'enfant avec nous jusqu'à ce que Flora sorte de l'Institut. Inquiétez-vous pas, quand elle ira mieux, elle sera mise au courant que vous nous avez donné votre autorisation pour la garder chez nous, à Labelle.

— Êtes-vous malades, ciboire? jura le vieil homme, en ajoutant un rire sarcastique à son commentaire désobligeant.

— Non, on va bien. On veut vraiment s'occuper du bébé.

Rose-May s'avança pour lui remettre le document d'une main tremblante.

— On a besoin de votre signature pour aller chercher la petite. Vous seul pouvez acquiescer à notre demande.

— La petite?

Le teint du charbonnier devint livide.

— Vous êtes grand-père d'une petite fille, avoua Jacques en caressant le dos de sa femme qui tremblait de tous ses membres.

— Monsieur Frodet? insista Rose-May en lui présentant les papiers.

— Elle s'appelle comment?

— Elle porte aucun prénom, pour l'instant. Vous comprenez que dans l'état où se trouve votre fille, ça aurait été difficile de lui demander de choisir un nom, elle renie son bébé.

— Je suis au courant de tout ça! Quand elle m'a téléphoné, je lui ai raccroché la ligne au nez. J'avais rien à lui dire.

— Et maintenant? demanda Rose-May, le regard attendri.

— Je sais pas. Tout est flou dans ma tête. Ce qui est coulé dans le béton, c'est que je rencontrerai jamais cette enfant, vous m'entendez? Si Flora est incapable de voir à ses responsabilités de mère de famille, je veux plus rien savoir d'elle, bâtard!

Embarrassé par l'attitude du charbonnier, Jacques reprit la parole:

— Monsieur Frodet, si vous avez tassé Flora de votre vie, c'est parce que vous ressentiez de la colère.

— Je le suis encore, en colère !

— Ça a été votre première réaction. Aujourd'hui, la situation est différente, vous êtes grand-papa. Songez à votre femme. Je suis certain que de son ciel, son vœu le plus cher serait de pouvoir passer sa main à travers les nuages pour caresser le duvet blond sur la tête de sa petite-fille.

— Essayez pas de m'attendrir, ça marchera pas ! lança le grand-père avec humeur.

— Vous aimez votre fille, monsieur Frodet. Vous éprouvez de la colère, mais je sais que vous l'aimez encore.

— Elle m'a fait mal, ben mal !

— À moi aussi, poursuivit Rose-May. Elle a pris des cochonneries qui lui ont fait juste du tort et lui ont fait perdre la tête. Cet après-midi, on a parlé comme si rien était arrivé et j'ai remarqué le désespoir dans son regard quand elle m'a dit qu'elle vous avait téléphoné.

— Où est-ce qu'elle va rester, quand elle sortira de cet hôpital ? demanda le vieil homme plus doucement.

— Flora va de mieux en mieux et on lui cherchera un quatre et demi à Labelle.

— Ouin…

— Est-ce que vous voudriez choisir le nom de votre petite-fille ?

— Moi ?

— Pourquoi pas ? Cette enfant-là est venue au monde sans l'avoir demandé. Croyez-vous vraiment qu'elle mérite d'être mise à l'écart de sa famille ?

— Elle a pas de père, joual vert ! Ce Guy saura jamais qu'il a un enfant, vu son état anormal.

— C'est vrai, mais vous devriez pas bouder votre fille. Malgré ce qui s'est passé depuis son voyage à Bethel, elle a pas cessé de vous aimer. Au fond de moi, je sais que vous vous inquiétez pour elle. Attendez pas trop pour renouer avec elle. Un jour, vous pourriez vous réveiller et vous rendre compte que vous avez tout perdu, et ça, en vous berçant dans cette chaise jusqu'à la fin de vos jours.

Rose-May pointa la poitrine de l'homme du doigt.

— Sous votre carapace, vous cachez un cœur de père. Je sais que vous vous ennuyez de votre fille.

— J'ai mal… Elle m'a fait trop de mal.

— Je sais… Votre douleur est enfermée dans votre corps depuis des mois, et il y a pas de remèdes miracles pour soulager ce que vous ressentez. Laissez le temps au temps de glisser vers des jours meilleurs.

— Évangeline.

— Quoi ? questionna Rose-May.

— La petite… elle va s'appeler Évangeline, comme ma femme. Ma fille veut pas de sa fille, c'est à moi, son grand-père, de choisir son nom. Qu'elle vienne me contredire, maintenant !

Chapitre 22

Adaptation

Avril 1972

Voilà quatre mois qu'Évangeline demeurait chez Rose-May et Jacques. Son grand-père l'avait visitée à plusieurs reprises à l'insu de sa fille Flora, qui n'était pas prête à la rencontrer, comme elle disait. En mars, à sa sortie de l'hôpital Douglas, elle s'était installée dans la maison familiale à La Minerve, sous condition de se présenter à l'Institut de Verdun toutes les semaines pour un suivi serré avec le docteur Richer. Malgré les frictions qui subsistaient toujours entre le père et la fille, ce dernier lui avait offert de s'installer dans la maison où elle avait grandi, en espérant qu'un jour, elle ressentirait le besoin de prendre sa fille avec eux. Mais depuis son arrivée, le climat était parsemé de heurts.

—J'ai eu un moment d'égarement quand je suis allée à Bethel avec Estelle. Aujourd'hui, je regrette et te demande pardon. Mais si t'arrêtes pas de me rappeler ce passage amer, comment veux-tu que je reprenne goût à la vie et qu'on vive dans une bonne entente?

— T'as raison, ma fille. Écoute, comme tu le sais depuis ta sortie du centre, ça fait quatre mois que ta petite habite chez Rose-May.

— Mon amie a le cœur grand comme la Terre et s'occupe très bien de ma fille. J'ai pas la force nécessaire pour qu'on la prenne avec nous. En tout cas, pas maintenant. Si j'avais pu deviner dans quel merdier je m'embarquais avec Roger à Bethel… Disons que le jour de notre rencontre, une brique m'était tombée sur la tête, à mon insu.

— Tu peux te féliciter d'avoir reçu juste une brique, ma fille ! Remercie le Bon Dieu que le reste du mur ait pu tenir le coup. As-tu reparlé au père d'Évangeline après ton accouchement ?

— À Guy ? Cet homme repose dans un état végétatif ! À quoi ça servirait ? J'ai même aucun souvenir de m'être rendue à sa chambre.

— C'est pour ça que quand ta petite a été baptisée, elle a pris le nom de Frodet. Évangeline Frodet. Je pouvais pas attendre ta sortie de l'hôpital ; s'il lui était arrivé un malheur, en étant pas baptisée, elle serait partie dans les limbes.

— Tu as fait le bon choix. Tu aimerais la connaître un jour ?

— Heu… Elle est belle, ta fille.

— Tu l'as rencontrée ? demanda Flora, surprise.

— Je la vois les jeudis après-midi quand je vais faire l'épicerie à Labelle.

— Tu fais tes courses à Labelle ?

— Ça me donne une bonne raison pour arrêter la voir. C'est pas parce que toi tu l'ignores que je devrais passer à côté de l'opportunité de profiter de ma vie de grand-papa, tu comprends ?

— Je l'ignore pas, papa ! Je pense à elle plus souvent que tu le penses.

— J'ai voulu te le cacher... mais j'en pouvais plus de te conter des menteries. La première fois que je l'ai vue sur la rue du Couvent, j'ai demandé à Rose-May de pas t'en parler. Je lui ai dit : « Ce qui se dit à la table se plie avec la nappe. » Alors, on a gardé ce secret précieusement, Rose-May et moi.

— Ça fait quatre mois que tu vois ma fille sans m'en parler ?

— Tu m'empêcheras pas de voir ma petite-fille, Flora ! Le seul regret que j'ai, c'est que ta mère pourra jamais cajoler ni bercer ce petit ange. Est-ce que tu viendras avec moi, jeudi prochain ?

— Non ! cria Flora en se dirigeant vers le comptoir, pour se préparer un café.

— Pourquoi ?

— Tu es mou de la feuille, ou quoi ?

— Mais tu m'as dit que tu pensais à elle !

— Oui, je pense à elle ! Je pense à elle tous les jours !

— Bon, enfin ! Une réponse qui a du bon sens !

À la même époque, sur la rue du Couvent, Rose-May adorait Évangeline et refusait de songer qu'un jour, elle se départirait de cette enfant si attachante. Aurait-elle la force de vivre dans ce monde où Évangeline aurait laissé ses rires et ses pleurs ? Elle accepterait difficilement que la Providence lui retire ce qu'elle lui avait alloué pour un court laps de temps, cette Providence qui lui déroberait ses moments de bonheur « prêtés temporairement ».

La voisine de Rose-May, qui avait accouché la jeune Andrée dans la soirée de la fameuse tempête du siècle, en mars 1971, se présenta à la porte d'entrée, souriante.

— Bonjour, madame Bissonnette ! Entrez ! l'invita Rose-May, qui venait de brancher la bouilloire électrique.

— Je veux pas te déranger, Rose-May.

— Je me préparais un café, je vous en offre un ?

— Hum… je dirais pas non. Où est la petite ? Comment c'est qu'a va, la belle fille ?

— Elle fait une sieste. Elle est en parfaite santé et elle sourit à cœur de journée.

— Zut ! Je l'ai manquée. Je t'ai apporté des galettes au gruau. J'aurais aimé ça, la bercer un petit brin. Ce sera pour une autre fois, je crois ben !

— Comme vous êtes aimable ! répondit Rose-May, en s'avançant pour prendre les biscuits. Venez vous asseoir, avec moi, on va jaser.

— Avec plaisir. Avez-vous vu madame Nadeau, dernièrement ?

— Andrée ? Non. Vous l'avez rencontrée ?

— Oui. Je l'ai vue à la pharmacie, elle m'a paru ben triste. Elle était avec ses deux enfants, Justine et Marco.

— Comment est-ce qu'on pourrait oublier ce bel événement de la soirée du 4 mars 1971 ! « La tempête du siècle ! » disaient les présentateurs, à la télé. L'accouchement s'était bien déroulé grâce à vous, madame Bissonnette.

— Ben non ! Elle aurait été capable de la mettre au monde sans problème, sa fille. Justine est arrivée sans complications.

— C'est vrai que ça a été une naissance facile. Malgré notre invitation à passer une journée à notre chalet, elle s'est jamais présentée au lac. Elle aime peut-être pas la vie au grand air, qui sait ?

— Je veux pas faire ma grande langue sale, mais…

— Qu'est-ce qu'il y a ? Me cachez-vous quelque chose que je devrais savoir ?

Rose-May se leva pour prendre le sucrier et le crémier.

— Ce que je vous ai pas dit, c'est qu'elle avait la lèvre gonflée et son œil gauche était bleu-mauve.

— Encore ?

— Comment ça, encore ?

— Quand je l'ai croisée à l'épicerie, quand elle était enceinte de son dernier, son visage semblait triste et son œil était si enflé ! J'ai eu peur qu'elle ait perdu la vue.

— Croyez-vous que son mari lève sa main sur elle ? s'inquiéta la femme corpulente, qui venait d'incorporer quatre cuillères à thé de sucre à son café.

— Qu'est-ce que vous en pensez?

— Ben, quand je lui ai demandé ce qu'elle avait à son œil, elle m'a répondu qu'elle était tombée dans les marches de l'escalier.

— Sainte pivoine! Une défaite!

— Quoi?

— Elle m'avait lancé la même réponse à l'épicerie. Une fois, ça aurait pu passer, mais deux chutes dans l'escalier de sa maison, je suis sceptique.

— C'est *presquement* pas croyable, hein? Le chien sale! Je m'en vais *dret-là* chez eux! Y va apprendre comment je m'appelle, le grand innocent!

— Attendez! Vous pouvez pas vous présenter chez elle n'importe quand!

— Beau dommage! Pourquoi je me retiendrais?

— Si c'est monsieur Nadeau qui lui a infligé ces blessures, il se gênera pas pour vous remettre à votre place.

— Ouin... Je suis de ton dire, ma fille. La police, d'abord? On le signale aux autorités?

— Il faut détenir des preuves pour faire accuser une personne, madame Bissonnette. Il faudrait aussi vérifier si Andrée désire porter plainte. Si elle nie ce qui s'est passé, y aura rien à faire, malheureusement.

— Je vais aller la voir demain matin, quand son Martin le pas fin sera parti travailler.

— Vous voulez lui poser directement la question, à savoir si c'est son mari qui la bat?

— Ben *quins*! C'est assez, l'hypocrisie! Y mérite pas sa femme, ce gars-là! Ni ses enfants, maudit!

— Elle niera. Je pense que c'est lui qui lui a défendu de venir passer la journée au chalet avec Justine.

— Si elle me conte des menteries, ça va paraître comme le nez au milieu de la face. Moi, je le vois quand une personne dit la vérité. On est ben mieux de régler ça *tu* suite. On attendra pas de la trouver morte, hein?

— Si c'est la vérité et que les autorités arrêtent son Martin, comment elle se débrouillera pour nourrir ses enfants ? Elle travaille pas et son mari doit dépenser ses payes en alcool.

— Ben, elle ira calmer son appétit ailleurs. Tu sais ce que je veux dire, Rose-May ?

— Voyons ! Ce serait pas le style d'Andrée de se chercher un autre homme pour nourrir ses enfants si son mari se retrouvait en prison ! C'est pas une solution !

— Alors, comme dit le dicton : « Assis sur les genoux d'une mère pauvre, l'enfant est riche. » Mon vieux père demandait à ma mère de pas s'inquiéter quand a pouvait mettre juste des patates pis du pain sur la table. Y disait que demain était un autre jour. Ce serait mieux pour Andrée un petit logement où elle serait ben qu'une maison où elle pleure tout le temps. Y va falloir qu'a déménage, la madame. A peut pas rester avec un batteur de femmes. Le curé sera pas du même avis qu'elle, mais c'est pas lui qui va décider si elle doit se laisser battre ou pas.

— Vous avez bien raison !

— Si j'étais à sa place, je me vengerais, sainte ritournelle !

— À quoi ça servirait ? La vie s'en chargera. Vous connaissez la loi du retour ?

Dans la soirée, le mari de Rose-May n'était pas d'humeur à faire des blagues.

— Je te reconnais pas, Jacques. Tu as changé, tout à coup.

— Pourquoi tu dis ça ? l'interrogea ce dernier, qui déposait ses ustensiles dans son assiette inachevée.

— Tu me fais rire d'habitude, quand on soupe devant la télé. Tu es soucieux ?

— Je viens juste de perdre mon emploi à l'ébénisterie.

— Ah non ! Qu'est-ce qui s'est passé ?

— Monsieur Robillard m'a remercié pour mon travail et m'a promis de me rappeler quand les commandes et livraisons de meubles seraient plus nombreuses.

— Donc, il t'a pas renvoyé…

— Disons qu'il m'a mis à pied, si tu préfères. Mais je pense pas qu'il me rappellera. Il peut suffire à la production tout seul.

— C'est différent d'un congédiement, chéri.

Jacques avait perdu son emploi et ne pouvait se fier aux faibles revenus que lui allouait monsieur Létourneau à l'imprimerie, vu qu'il aidait à la reliure de livres seulement quatre ou cinq heures par semaine. Même si Rose-May bénéficiait de l'assurance-vie de son défunt mari, il n'était pas question pour lui de vivre aux crochets de sa femme.

Jacques désirait discuter avec son épouse de nouveaux projets, mais comment lui expliquer qu'elle ne serait pas du voyage, puisqu'il devait s'éloigner pour quelque temps ? Lui-même se posait la question : partir à grande distance de sa bien-aimée lui briserait-il le cœur ?

Rose-May se leva de table pour s'asseoir sur les cuisses de son mari et le serra dans ses bras.

— J'aimerais te parler de mon projet, Rose-May. Et si tu es contre, je le laisserai tomber.

— Quel projet ?

— Il y a un mois, j'ai rempli des formulaires d'embauche avec mon ami Fred, qui était présent à notre mariage.

— Fred Couillard ?

— Oui.

— Mais pourquoi avoir rempli des formulaires avant que monsieur Robillard décide de se passer de tes services ? Tu aimais pourtant ton travail.

— À cause du salaire trop bas.

— Ah bon ! Et tu souhaites occuper quel type d'emploi, mon chéri ?

— Notre demande a été acceptée dans deux villes différentes.

— Pour quel genre de travail ? récidiva sa femme, qui se leva promptement pour ranger les restes du souper et plier la nappe.

— Dans le gisement.

— Quoi ? s'exclama Rose-May, en se tournant vers lui pour le fixer intensément.

— Écoute…

— Pas dans une mine ? Je rêve !

— Rose-May ! Tu me connais, je suis toujours prudent.

— Je sais. Où sont ces mines ?

— À Fermont et Val-d'Or.

— Fermont, c'est à l'autre bout du monde ! C'est sur la Côte-Nord, Jacques ! Oh, mon Dieu ! Tu imagines le trajet en voiture ? Quand est-ce qu'on se verrait ? Tous les six mois ?

Évangeline s'était mise à crier dans sa bassinette.

— Bouge pas, je reviens avec la petite.

Rose-May s'installa dans la berceuse avec l'enfant sur ses genoux.

— Elle est si belle ! s'exclama Jacques en lui caressant la joue doucement.

— Oui. Et si tu prenais cette décision inimaginable de partir si loin, elle te chercherait partout dans la maison !

— Sûrement ! Pour Fermont, le trajet se ferait pas en voiture, mais en avion. La ville est en construction, il y a pas encore de route. Le gisement du mont Wright est opéré par Québec-Cartier qui paie le vol du *FiFo.*

Rose-May resta silencieuse, incertaine de vouloir connaître la suite.

— Ça veut dire *Fly in Fly out.* On appelle ces travailleurs « le personnel volant », précisa Jacques.

— Tu es bien renseigné, à ce que je vois, lança-t-elle, du bout des lèvres.

— Oui, c'est Fred qui m'a remis les documents en lien avec l'embauche.

— Mais pourquoi t'exiler si loin ?

— Pour le salaire, Rose-May. Je gagnerais 15 à 20 dollars de l'heure, alors qu'au Québec, le salaire minimum est d'une piastre et demie. C'est plus que je l'espérais ! La personne responsable du projet à Labelle nous a informés qu'on travaillerait cinq mois par année pour gagner l'équivalent de 12 mois de travail. Les premières semaines, je serais pas sur le gisement, j'aurais pour tâche d'aider à la finalisation de l'assemblage des maisons qui arrivent en deux parties par avion.

— Où est-ce que tu resterais, avec Fred ?

— On serait logés dans des campements provisoires et à la fin septembre, on déménagerait dans une maison.

— Ouf ! Tu m'as parlé de deux villes.

— L'autre mine où on a reçu une réponse positive est Val-d'Or, en Abitibi.

— C'est moins loin que Fermont.

— Oui, c'est à cinq heures de Labelle. Je pourrais venir vous voir, toi et la petite, une fin de semaine sur quatre.

— C'est mieux qu'une fois tous les cinq mois. Et puis ?

— Quoi ?

— Tu as choisi Fermont ou Val-d'Or ?

— Tu me laisserais partir ?

— Oui, mais pas pour des années. Je mourrais sans toi !

— Je t'aime tellement ! J'appelle Fred !

— Pour aller où ?

— À Val-d'Or.

— Je suis quand même soulagée, avoua en souriant Rose-May, les yeux rougis. Tu partiras quand ?

— Le plus tôt serait le mieux. Tu sais, le temps passera très vite. Je serai de retour à la maison à la fin novembre.

En compagnie de son ami Fred, Jacques quitta Labelle le 30 avril, en laissant derrière lui sa femme, le cœur gonflé de tristesse.

Chapitre 23

Une amitié renouvelée

Début novembre 1972

Flora aurait aimé visiter son amie d'enfance plus régulièrement, mais la moindre sortie à l'extérieur de la maison l'épuisait. Elle s'ennuyait de ses petits protégés à l'école de La Minerve, mais elle devait suivre les directives du médecin Richer à la lettre. Elle pourrait probablement reprendre l'enseignement à la prochaine rentrée scolaire. Si Rose-May n'avait pas été présente pour elle lors de son séjour à l'hôpital Douglas de Verdun, elle n'aurait pas fait preuve d'un si grand courage pour sortir de cet état d'esprit de l'année 1969. Durant les moments difficiles, Rose-May avait su la diriger vers la maison paternelle.

Alors que madame Bissonnette s'occupait d'Évangeline, Rose-May s'était rendue chez Flora à La Minerve et elles étaient installées devant un café à la table de la cuisine.

—Je suis consciente que tu trouves mes mots bizarres et qu'ils te passent 10 pieds au-dessus de la tête, mais je te lâcherai pas, mon amie ! Souris, ma belle. Le rire élimine les microbes du cœur.

— J'aimerais vivre et m'amuser à nouveau, Rose-May, mais on dirait que ma bouche m'appartient plus, qu'une personne est venue la coudre durant la nuit pour m'empêcher de faire disparaître mes regrets et ma honte.

— Tu vas t'en sortir, Flora. Dans 30 ans, quand tes cheveux châtains et ma crinière noire seront parsemés de fils argentés, on sera toujours les meilleures amies du monde.

— Hi ! Hi ! T'es gentille.

— Je suis sincère. Notre amitié est solide comme le roc.

— Je te parlerai en branlant la tête et tu me répondras en nettoyant le parquet, car la tasse de café que tu tiendras entre tes mains aura pas cessé de s'agiter dans tous les sens !

— Oui. On se racontera mille anecdotes joyeuses qu'on radotera tous les jours.

Rose-May avait conservé ses souvenirs de jeunesse en mémoire. Son âme reflétait la douceur et la paix intérieure. Quant aux larmes retenues au fond de son cœur, le temps avait su les assécher.

Jacques se trouvait à l'écart de sa routine de Labelle, mais elle le soupçonnait heureux et fier de se lever tous les jours pour se rendre au travail. Depuis son départ pour le village minier de Bourlamaque, près de Val-d'Or, il rentrait à Labelle une fin de semaine par mois et elle recevait de ses nouvelles chaque semaine. Ces lettres, elle les enrubannait d'une ficelle dorée et elle les déposait jalousement sous les dentelles soigneusement rangées dans le grand coffre en chêne, placé au pied de son lit.

Dans l'après-midi, en rentrant de sa visite à Flora, elle avait trouvé une nouvelle missive de son mari dans la boîte aux lettres et s'était précipitée au salon pour s'installer confortablement pour en faire la lecture.

Bonjour, ma belle,

Je m'ennuie de toi, je t'aime. Comment se porte la jolie Évangeline ? Elle a sûrement encore grandi depuis que je l'ai vue en septembre. Ici, à la mine Lamaque, on se démène de la barre du jour jusqu'à ce que la noirceur tombe. J'ai appris des autres ouvriers que le premier filon d'or avait été trouvé en 1923 et que la Lamaque Gold Mines avait commencé à exploiter le gisement en 1935. Ça date pas d'hier!

Je me suis lié d'amitié avec un pionnier des mines. Il s'appelle Rosaire Lajeunesse. Il a 50 ans et travaille ici depuis l'âge de 22 ans. Un homme courageux et bien serviable. Je peux te dire que t'as pas à t'inquiéter concernant la sécurité. Avant, les hommes portaient pas de bouchons dans les oreilles et, faute d'appareils modernes, ils traînaient des allumettes de bois dans leurs poches pour tester le niveau d'oxygène dans l'air. Une chose que j'ignorais, quand le feu de l'allumette s'éteignait, ils sortaient immédiatement de la mine.

Avant de revenir y travailler au printemps, je garde une fin de semaine pour t'amener à Val-d'Or, mon amour. Toi qui te captives pour l'histoire des villages du Québec, tu seras charmée en visitant le village de Bourlamaque avec toutes ses maisons construites en bois rond et datant de 1935.

Hier, Fred a eu la frousse de sa vie! Je me trouvais dans la galerie et je savais qu'il me suivait de près. J'ai éteint la lampe sur mon casque et lui ai lancé: «Hé, salut!» J'ai failli recevoir son poing en pleine figure! J'ignore s'il sera du voyage le printemps prochain, il s'ennuie, dans ce coin perdu.

J'ai hâte de te serrer dans mes bras, tu me manques.

Je t'aime comme un fou!

Jacques xx

Alors que Rose s'apprêtait à répondre à la lettre de son mari, celui-ci anticipait avec joie le moment de se retrouver auprès d'elle. Il travaillait sans relâche.

— Viens t'asseoir, Jacques, l'invita son collègue de travail. Y faut que tu prennes ta pause si tu veux continuer de travailler jusqu'à ce soir.

— Justement Rosaire, j'aurais aimé finir la *job* avant la noirceur.

— Inquiète-toi pas, l'ouvrage va t'attendre, il se sauvera pas.

— Le travail est ardu, mais le *foreman* voit à notre sécurité.

— C'était pas comme ça dans les années 50. Les galeries étaient juste supportées par des poteaux de bois. Les plafonds, surtout, étaient dangereux.

— Comment ça ? s'inquiéta le nouveau mineur, en levant les yeux vers la voûte.

— Y avait des risques d'effondrement. C'est pour ça qu'on devait toujours sonder les plafonds avec notre barre à écailler. Mais y en avait des pas fins qui le faisaient pas. Résultat : quand les gars foraient, des pans de roches tombaient sur eux. Comme la fois où j'ai été ben chanceux…

— Qu'est-ce qui t'était arrivé ?

— Une grosse quantité de pierres m'était tombée sur le dos ! Une chance que j'avais mis mon stock dans mon sac à dos ! Ça m'avait fait comme un coussin et ça avait amorti le choc.

— Ton *pack sac* t'a sauvé la vie, Rosaire !

— Ouais ! Je remercie encore le Bon Dieu tous les jours, taboère ! J'ai vu des pères de famille mourir écrasés sous des montagnes de roches. Des histoires désolantes.

— C'est bien triste, en effet, compatit Jacques en déposant sa boîte à lunch à ses pieds.

— C'était aussi dangereux pour les explosifs. À l'époque, c'est nous autres, les mineurs, qui les allumions et on restait sous terre, en attendant que les explosions finissent. C'était pas des farces ! On avait deux minutes pour faire sauter 25 trous ! C'était risqué en taboère ! Aujourd'hui, c'est bien différent. Y a bien moins d'accidents mortels. C'est dommage que la rentabilité du gisement soit plus ce qu'elle était avant, par contre.

— Comment ça ? insista le compagnon, en ouvrant sa boîte à lunch pour y sortir son thermos à café et le reste de son sandwich au Paris pâté.

— T'as pas entendu parler des rumeurs qui disent que la mine va fermer ?

— Hein ? Non, je viens juste d'arriver !

— T'as été embauché parce qu'il y a des hommes qui sont partis travailler dans d'autres villes, mon jeune. La recherche de nouveau minerai a diminué de moitié, taboère ! Le minerai que tu vois ici, y provient souvent d'autres gisements. Une chance que le prix de l'or a augmenté, ça permet à la mine de continuer le traitement.

— Où je vais me retrouver, si ça ferme ? Avoir su, je serais allé à Fermont.

— Des mines, y en a un peu partout, mon gars ! Je suis pas inquiet pour toi. Quant à moi, à l'âge de pépère où je suis rendu, je pense pas être engagé dans une autre mine.

— C'est toute ta vie, Rosaire !

— Bah ! Ça va me donner plus d'années pour garder mes petits-enfants puis prendre soin de ma femme, ce que j'ai pas pu faire pendant toutes ces années.

— Combien t'as d'enfants ?

— Sept ! Ils sont tous en Abitibi ! Trois à Val-d'Or, deux à Amos, un à Rouyn-Noranda et une à Ville-Marie.

— Quelle richesse !

— J'ai quatre petits-enfants et un cinquième en route. C'est-tu ça qu'on appelle une vie comblée, mon Jacques ? Moi, je pense que oui. Arrive, on va au *lunch room.*

— Je viens de finir de manger !

— Moi, j'ai pas encore avalé mes sandwichs au rôti, tu pourras me tenir compagnie !

∾

Sur la rue du Couvent, le soleil s'estompait et la nature s'éteignait doucement. On ne distinguait que le bruit des feuilles craquelées charroyées par le vent automnal, ces feuilles que les arbres n'arrivaient plus à nourrir.

Flora sortit de la voiture de son père, qu'elle avait empruntée, en poussant un soupir nostalgique. Sur la pointe de ses escarpins raidis par le froid, elle grimpa les trois marches de la demeure de Rose-May, là où vivait sa fille.

Vêtue du vieux manteau de Jacques, Rose-May ouvrit la porte de sa maison pour se retrouver devant son amie qui tremblait.

— Flora ! J'allais sortir les poubelles ; tu m'as surprise ! Qu'est-ce que tu fais là ?

— Bonjour Rose-May.

— Entre ! Tu es gelée comme un glaçon, sainte pivoine !

— Non ! Je voulais juste te saluer et voir comment tu allais.

— Comment ça ? Viens prendre un café, voyons !

— Je veux pas rencontrer Évangeline maintenant. Elle est dans la cuisine ? demanda-t-elle en fixant la porte entrouverte, derrière son amie.

— Oui, elle joue avec ses poupées. Reste pas là, s'il te plaît, insista Rose-May qui lui tendait la main. Inquiète-toi pas.

— Tu lui diras pas que je suis sa mère ?

— Bien non, voyons ! En tout cas, pas avant que tu sois prête.

— D'accord, j'entre. Ça me fait chaud au cœur de te revoir ! Merci de me recevoir.

Évangeline s'approcha de Rose-May d'un pas incertain. Elle portait un bonnet blanc dans la main, décoré d'un ruban rose.

— Bébé ! babilla l'enfant.

— Tu veux le mettre sur la tête de ta poupée, ma chérie ? Donne-le-moi, je vais t'aider. Regarde, on a de la visite ! C'est mon amie Flora.

Évangeline fit quelques pas vers la visiteuse en souriant, les bras levés vers le ciel, pour garder un semblant d'équilibre.

— Elle est trop *cute* ! lança la maman en apposant une main sur sa bouche, les yeux brouillés de larmes.

Flora aurait donné sa vie pour la prendre dans ses bras pour la serrer très fort sur son cœur. « Comment j'ai pu être aussi cruelle pour te rejeter, toi, la chair de ma chair? Ma petite fille! Me pardonneras-tu un jour de t'avoir abandonnée? »

— Papa m'a dit que ses cheveux étaient pâles, mais je pensais pas qu'ils étaient si blonds. constata-t-elle avec un trémolo dans la voix.

— Viens t'asseoir, je te sers un café, l'invita Rose-May, émue de constater que son amie soit ébranlée à la vue de sa fille.

Vêtue d'un jean et d'un long tablier rouge qui dissimulait un col roulé aussi noir que sa chevelure d'ébène, elle se dirigea vers le comptoir pour brancher la bouilloire.

— Ça va toujours bien, chez ton père, Flora?

— Assez bien, malgré les prises de bec. Depuis mon retour, il arrête pas de me pousser à rendre visite à la petite. Chaque fois qu'il revient de voir Évangeline, il respire le bonheur.

— Tu devrais le voir quand il est avec elle: il devient complètement gaga, ton père. Tu vois tous ces jouets?

— C'est lui qui les a donnés à la petite, j'imagine? supposa-t-elle, en regardant sa fille.

— Exactement! J'ai plus de place pour les ranger. Ton père adore Évangeline. Je crois qu'il serait bien triste de plus lui rendre visite.

— Je sais. Il me suggère souvent de venir la chercher, mais...

— Qu'est-ce que tu en penses, toi? risqua Rose-May.

— Elle me connaît pas, je suis une inconnue pour elle. J'ai le cœur chaviré! Je l'ai laissée à elle seule dans son petit lit à l'hôpital. Elle avait besoin de moi, de mes bras et je les lui ai refusés!

— T'allais pas bien, Flora! Arrête de te culpabiliser, tu me vires à l'envers! Laisse passer les journées. La glace est brisée, maintenant que tu l'as rencontrée.

— Elle est si belle! Toi aussi, j'aimerais te voir plus souvent.

— Moi aussi, tu me manques! Pour Évangeline, prends le temps qu'il te faut pour réfléchir. Toi seule peux décider de son avenir. Mais je te préviens!

— Quoi?

— Si un jour ton père arrive ici pour récupérer ton enfant, compte pas sur moi pour remplir sa valise rose. Ça m'attristerait trop qu'elle reçoive aucune preuve d'affection de sa mère. Tu m'entends ? Je ferai sa valise seulement si c'est toi qui me le demandes, parce que tu ressentiras le besoin de l'avoir avec toi.

— OK, j'ai bien compris. Inquiète-toi pas.

— Sais-tu que ton père pourrait la prendre n'importe quand, vu qu'il a signé les papiers de l'hôpital ?

— C'est pour ça que je tenais à te voir. On doit en parler.

— Ah bon ?

— J'aimerais retourner à Verdun pour rencontrer le docteur Richer et faire corriger le document, étant donné que je vais beaucoup mieux et aussi pour le remercier des soins qu'il m'a prodigués lors de mon séjour à l'Institut.

— Quelle merveilleuse idée ! Il sera heureux de ta visite avec la petite.

— Non, je propose d'y aller seulement toi et moi. Pour Évangeline, je suggère un autre rendez-vous plus tard.

— Comme tu veux. Quel genre de papier veux-tu signer pour elle ?

— Je veux refaire le document et que mon nom soit apposé dessus au lieu de celui de mon père.

— Oh ! J'en suis bien heureuse, mon amie, vraiment !

Ravie, Flora avait fait manger sa fille et lui avait donné son bain pour ensuite la border dans son petit lit de princesse, en lui promettant de revenir lui rendre visite.

Libérées pour la soirée, qui s'était avérée riche en émotions, les deux femmes en avaient bien profité. Un café, deux cafés, trois cafés plus tard, et Rose-May sortit l'album photo où on les voyait vêtues de leur uniforme du couvent.

Flora raconta à son amie son périple à Long Island avec les larmes aux yeux.

— L'enfer ! J'ai vécu un calvaire, Rose-May !

— C'est trop triste ! Même si j'avais essayé de te ramener sur Terre, tu étais déjà partie dans un autre monde. Je te reconnaissais plus ! J'ai eu beaucoup de chagrin de te voir aussi changée quand on est arrivés à Woodstock.

— Je suis tellement désolée ! Je t'ai fait de la peine et je le regrette. Je me souviens même plus de sa maison, à Roger, à Long Island... Parfois, j'ai comme des flashs qui me reviennent, comme un film qui se déroule dans ma tête.

— Comme quoi ? Qu'est-ce que tu vois ?

— Son cousin Bob qui dormait avec nous dans la Volkswagen.

— Tu m'inquiètes, là !

— Je vois son visage…

— Où ?

— Dans ce *camper* sur le lit.

— Tu veux dire…

— Peut-être qu'il m'a violée, mais c'est trop flou dans ma tête. Je suis incapable de me rappeler tout ce qui s'est passé.

— Mon Dieu ! Es-tu certaine que ce serait pas l'un d'eux qui serait le père biologique de la petite ? Quand t'es allé demeurer chez Roger après avoir quitté Bethel, peut-être que tu te souviens pas de tout ce qui s'est passé avec ces deux hommes.

— Impossible. Le docteur Richer m'a confirmé que j'étais pas en famille quand j'ai été admise à l'Institut. C'est vraiment ce gars à qui j'ai rendu visite à sa chambre.

— OK.

— Quand je suis tombée enceinte, lui et moi, on en était au même point.

— C'est-à-dire ?

— Le temps durant lequel j'ai été hospitalisée, j'ignorais que j'attendais un bébé et Guy a jamais su qu'il m'avait fait un enfant étant donné son état.

— Aujourd'hui, à l'heure où on se parle, on est conscientes que cet homme la rencontrera jamais et qu'Évangeline connaîtra jamais son père biologique.

— Moi, Flora Frodet, j'ai retrouvé ma lucidité, mais pas lui, c'est certain. J'ai une petite fille merveilleuse et je souhaiterais tellement l'aimer et lui avouer être sa maman avant qu'il soit trop tard !

— Il sera jamais trop tard pour ça, Flora.

— Elle est si petite, si délicate. J'ai peur que…

— Qu'est-ce que tu veux dire ?

— Si je laisse les mois s'écouler, lorsqu'elle aura trois, quatre ou cinq ans, comment je vais pouvoir lui annoncer que je suis sa mère biologique ? Et si elle me demandait qui est son papa ?

Chapitre 24

Le retour de Jacques

— Allo, mon amour, je suis là ! T'es où, Rose-May ?

— Jacques ! Enfin, t'es là ! s'écria sa femme, qui sortit de la chambre précipitamment pour l'accueillir à bras ouverts.

Jacques posa sa valise sur le tapis de l'entrée et la souleva dans ses bras pour l'embrasser.

— Tu m'étouffes ! Tu m'as manqué !

Il rit aux éclats, tout en la gardant lovée contre lui.

Rose-May leva son regard vers son beau visage et s'exclama, surprise :

— Une moustache ? C'est nouveau ?

— T'aimes pas ça ?

— J'adore ! Tu as aussi rasé tes boucles blondes ?

D'un air guilleret, elle lui retira sa casquette noire pour le scruter davantage.

— Wow ! Ils sont plus courts et j'aime beaucoup. Tu étais pas censé arriver demain ?

— J'étais plus capable d'attendre, tellement je m'ennuyais de toi ! J'ai apporté des photos de la mine. Tu pourras voir Rosaire, sa femme, mon *foreman* et d'autres personnes avec qui je travaille. Où est Évangeline ? Elle m'a manqué, elle aussi !

— Il est 7 heures, elle est couchée pour la nuit.

— Va la réveiller, j'ai un toutou pour elle.

Jacques sortit de son sac à dos un joli *Teddy Bear* en peluche rose.

— Comme il est mignon ! On le lui donnera demain. Ça m'a pris du temps pour l'endormir. Si je la réveille, elle voudra plus retourner dans son lit après.

— D'accord ! Ça veut dire qu'on a la soirée devant nous ? Juste nous deux ?

— Oh, que oui ! Tu as mangé ?

— Oui, mais à 2 heures à la cantine de Val-d'Or. J'ai avalé un ragoût de bœuf beaucoup trop salé ; j'ai pas arrêté de boire sur la route.

— Je te prépare un sandwich au poulet ?

— Tu serais gentille. Je vais prendre une douche et je reviens tout de suite.

Le tête-à-tête des amoureux réunis s'était avéré sensuel et avait fait écho à leurs rires. Sur l'oreiller, Rose-May avait aussi décrit à son mari ses retrouvailles avec Flora et son intention de l'accompagner à Verdun pour rencontrer le docteur Richer.

Dans la soirée, après avoir revêtu leurs peignoirs, ils descendirent à la cuisine pour se préparer un café et des rôties tartinées de confiture.

— Tu as encore faim ? J'aurais dû te faire deux sandwichs tantôt !

— Tu m'as fait travailler tellement fort que j'ai encore l'estomac dans les talons !

— T'es drôle ! Viens, on va s'installer au salon avec nos assiettes.

Jacques sortit les photographies de son sac à dos pour les étaler sur la table basse devant eux.

— Il y en a plusieurs, j'ai pris deux films de 24 poses.

— J'ai hâte de les voir ! Colle-toi, j'ai froid !

— Ça, c'est Rosaire et sa femme. Tu t'en souviens? Je t'avais écrit dans ma lettre qu'il m'invitait à souper des fois? Ils sont très gentils et bien hospitaliers.

— Ils ont un air sympathique.

— Ils le sont. Rosaire m'a informé des rumeurs selon lesquelles la mine Lamaque fermerait ses portes prochainement.

— Vraiment? C'est pas une bonne nouvelle!

— Tu imagines, ça fait juste sept mois que j'y travaille! Ils auraient pu me prévenir avant que je prenne la route!

— Remarque, je serais déçue pour toi, mais je serais heureuse de t'avoir avec moi ici.

— Oui, je sais. Mais c'est pas à Labelle que je vais pouvoir trouver un travail aussi payant.

— Tu as l'air soucieux.

— Tout serait à recommencer... Remplir des formulaires de demande d'emploi, attendre les réponses...

— Tu chercherais encore du travail aussi loin?

— Si je dois repartir pour gagner un salaire appréciable, je partirai. Tu pourrais vendre la maison et venir avec moi?

— Wow! Un instant, monsieur Yergeault! Je quitterai pas Labelle, moi! Qu'est-ce que je ferais de mes journées dans une ville minière? Je m'ennuierais sans bon sens, quand tu serais au travail!

— Les gisements sont éloignés des villes, mais je serais à la maison avec vous deux tous les soirs.

— Évangeline a besoin de nous et je me verrais pas la déraciner dans une autre ville. Son grand-père qui l'aime tant approuverait pas notre décision. Il s'en remettrait jamais s'il devait voir sa petite-fille seulement une fois tous les deux ou trois mois.

— C'est pas ta fille! Tu agis comme si tu étais sa mère biologique!

— C'est méchant, ce que tu viens de me dire!

— Excuse-moi, ma belle.

Blessée, Rose-May se leva et se rendit à la cuisine d'un pas décidé. Elle se retourna brusquement et lança à son mari :

— Tu as raison, Évangeline est pas ma fille. Mais je l'aime. Parfois, je souhaite que Flora la reprenne, mais qu'on s'en partage la garde.

— Je m'en doutais bien.

— Qu'est-ce que tu veux dire ?

— Que je savais que tu t'attacherais à elle comme si elle était de ton sang.

— C'est bien évident ! Quand on l'a amenée ici, elle avait juste quatre jours. Elle a grandi avec nous depuis tout ce temps-là.

— Cette enfant a une maman, qui se nomme Flora.

— Je sais. Et si jamais elle décidait de nous la confier en adoption ?

— Ça veut pas dire qu'on pourrait l'adopter, Rose-May. Il existe des lois. Son grand-père pourrait la prendre à charge aussi.

— Flora demeure chez son père ! Évangeline a besoin d'un jeune père pour évoluer dans la vie. Monsieur Frodet est trop avancé en âge pour courir ou s'amuser avec elle. Un grand-papa est présent pour donner des cadeaux et amener ses petits-enfants faire une balade en voiture ou jouer au parc. Pour ce qui est de l'éducation, monsieur Frodet est pas allé à la même école que nous. C'était une autre époque. Il pourrait pas la soutenir dans ses leçons et ses devoirs.

— Qu'est-ce que tu veux dire ? Tu aimerais que je reste avec toi pour jouer au parc avec la petite et lui faire faire ses devoirs tout en levant le nez sur un salaire intéressant ?

— Laisse tomber, je suis fatiguée. On en rediscutera un autre jour, je vais dormir. Bonne nuit, fit Rose-May en montant l'escalier pour se diriger vers la chambre à coucher.

— T'as pas vu toutes les photos ! Reviens t'asseoir à côté de moi…

— Non, on finira de les regarder demain. Ça me tente plus, là.

— Mon amour, je suis désolé. Si je t'ai parlé comme ça, c'est parce que si Flora décidait de venir chercher sa fille, ça me briserait le cœur de te ramasser à la petite cuillère.

— Tu as raison. Je crois que je m'en remettrais pas.

— Laissons à Flora le temps de prendre une décision. On verra après.

— Si elle se sent inapte à s'occuper d'Évangeline, elle sera placée dans un foyer d'accueil en attendant d'être adoptée.

— Je l'aime autant que tu peux l'aimer, cette princesse aux cheveux blonds. C'est juste que présentement, la situation est différente pour moi. Je dois travailler et si tu es prête à m'attendre, on pourrait avoir une vie meilleure tous les trois. Enfin, si on a la chance de garder la petite avec nous pour de bon.

Durant la nuit suivante, les premiers flocons givrés s'étaient étalés sur la nature en enrobant les dernières feuilles tombées et les toitures recouvertes d'une carapace d'un blanc moelleux brillaient sous le soleil timide. Pour les plus jeunes, cette première neige signifiait des moments de pur bonheur pour les mois à venir. En attendant son amie Flora pour se rendre à Verdun, le nez collé à la fenêtre du salon, Rose-May considérait le paysage féerique en revoyant la petite fille heureuse qu'elle était lorsqu'elle vivait avec sa famille à La Conception.

— À quoi tu rêves, mon amour ? lui demanda son mari en s'approchant pour l'embrasser sur la joue.

— Allo, toi ! Je pensais à quand j'étais jeune et que les jours d'hiver, je sortais pour rejoindre mon père à l'extérieur, sur la ferme. Je le suivais partout ! Quand arrivait la neige et que les bêtes se trouvaient bien au chaud à l'étable, la routine moins laborieuse qu'en été se répétait chaque jour : la traite des vaches, l'attelage de notre belle jument Fafouine et le chargement des bidons de lait dans la voiture pour les acheminer au village. Le travail déplaisant, c'était mon frère Normand qui en écopait ! Hi ! Hi !

— Qu'est-ce qu'il devait faire ?

— Il bourrait la brouette de fumier et la vidait au bas des fenêtres de la cave pour pas que les carottes, les navets, les choux et les pommes de terre gèlent durant l'hiver. Moi, j'étais trop jeune pour aider et manier la pelle. Je regardais mon frère en souriant et ça le fâchait.

— Moqueuse, en plus ! Le travail était éreintant pour les cultivateurs dans les années 30.

— Mon père voyait à ce qu'il manque rien sur la table. Il fallait finir notre assiette pour devenir forts et en santé ! Tu veux manger une omelette ?

— Va t'habiller, je prépare le déjeuner, ma belle. Et je vais m'occuper d'Évangeline quand elle se réveillera.

— Tu es gentil. Tu peux faire plus de café, s'il te plaît ?

— Oui, Flora sortira pas d'ici avant d'en avoir bu deux tasses. Vous serez prudentes, sur la route ?

— Promis !

Rose-May était tout de même inquiète pour son amie. Comment réagirait-elle en franchissant le seuil de l'Institut psychiatrique Douglas ?

Chapitre 25

Verdun

Sonia, qui, avec le temps, était devenue « une bonne connaissance », reçut chaleureusement Flora et Rose-May en les invitant dans le salon des visiteurs peint en bleu pour attendre le docteur Richer.

— Aimeriez-vous que je vous apporte un café, mesdames ?

— C'est gentil, Sonia, on en a déjà pris beaucoup trop depuis ce matin ! répondit Rose-May, sans se soucier si son amie avait encore envie de rassasier son besoin de caféine.

Dès son entrée, la mère de famille avait ressenti une détresse et avait agrippé le bras de son amie. Elle ne se souvenait que des derniers mois passés à l'Institut. Des images défilaient à toute allure dans sa tête et lui faisaient revivre des moments passés traumatisants. Elle devait lutter contre l'anxiété et la peur qui l'habitaient.

— Tu te sens pas bien ?

— Ça va aller. Je devais m'attendre à ce que mon entrée ici soit pas des plus agréables.

Flora transpirait et respirait péniblement.

— Ça me fait drôle et en même temps, je suis soulagée. Mes dernières semaines passées dans ce centre ont été olé

olé, tu comprends ? Je vais passer au travers, car tu es à mes côtés et ça me rassure.

— Tu as été courageuse ! Je suis fière de toi.

— Quand mon père est venu me chercher, j'avais une boule dans la gorge. Je voulais pas pleurer, j'avais peur qu'il me sermonne durant le voyage de retour.

— Mais il l'a pas fait.

— Non. Mais c'était aussi dur. On a pas échangé un seul mot durant tout le trajet. Je me suis demandé s'il était heureux ou déçu que je revienne à la maison. Est-ce qu'il avait vraiment envie de me prendre avec lui, ou est-ce qu'il avait pas le choix, vu que je suis sa fille.

— Je suis certaine qu'il était heureux de te ramener chez lui. Ton père a un sale caractère, même si on sait qu'au fond de lui il cache un cœur tendre.

— Tu as raison. Quand j'étais jeune, il me taquinait et se préoccupait de moi avant de prendre soin de lui. Il faut pas oublier que parfois il me punissait quand je faisais un mauvais coup ! Le coin du mur entre la salle de bain et la chambre de mes parents, je l'ai côtoyé plus souvent qu'à mon tour ! Mais, sous sa solide carapace, il sentait qu'un gros morceau manquait dans la maison et parfois, j'étais triste de penser qu'il avait perdu maman le jour de la naissance de Yolande.

— Tu me rappelles le couvent. Tu te souviens de sœur Sanschagrin ?

— Oui, elle était surveillante à la cafétéria. C'est elle qui m'avait placée dans le coin parce que j'avais refusé de nettoyer les grandes tables. « Mademoiselle Frodet, c'est à votre tour de nettoyer les tables. Allez-y ! » qu'elle m'avait demandé. Je lui avais répondu : « Prenez la guenille et lavez-les vous-même ! Je veux bien décrasser l'endroit où j'ai mangé, mais pas celui des autres pensionnaires. Si elles s'empiffraient pas comme des goinfres, leur coin ressemblerait pas à une poubelle ! »

— Hi ! Hi ! J'imagine son regard sévère. Elle était très autoritaire.

— Je t'avoue que j'avais eu peur et que j'avais été soulagée de me retrouver à genoux dans un coin à la cafétéria. Elle pouvait pas me punir plus que je l'avais été !

Le docteur Richer, vêtu d'un sarrau blanc, se présenta devant elles, souriant :

— Bonjour, mesdames ! Heureux de vous revoir. Comment allez-vous ?

— À merveille ! répondit Flora, en se levant pour lui serrer la main.

— Vous êtes rayonnante, madame Frodet. Pourquoi avez-vous demandé à me rencontrer ?

— J'aimerais signer un document concernant la garde de ma fille Évangeline, docteur.

— Ah ! Expliquez-moi…

— Je voudrais avoir le même papier que mon père a signé quand Évangeline est venue au monde, sauf que je le signerais. Pour les prochaines décisions concernant la petite, ce serait à moi de les prendre.

— Vous avez raison, madame Frodet. Est-ce que ça se passe bien, chez votre père ? demanda le praticien en s'assoyant sur une chaise face aux visiteuses.

— Oui, inquiétez-vous pas. Je suis consciente et bien heureuse qu'il ait signé ce document pour que mon amie Rose-May s'occupe de mon… enfant.

— Par contre, si un jour vous reprenez votre fille, vous n'êtes pas dans l'obligation d'en rédiger un nouveau.

— Évangeline restera encore chez Rose-May pour un petit bout.

— Ah bon ?

— Pour l'instant, j'ai pas encore pris ma décision.

— Je comprends.

— Docteur ?

— Oui ?

— Heu… Même si je suis plus votre patiente, est-ce que je pourrais me rendre à la cafétéria, à la salle de séjour et à la salle d'activité ? Histoire de revoir les lieux et les infirmières qui ont été bien patientes de m'endurer dans mes moments de crise et mes faiblesses ?

— Vous ne craignez pas de revivre des moments malheureux, en vous rendant dans ces pièces ?

— Oui, je suis craintive d'y retourner, mais je dois y aller une dernière fois, pour enfin tourner la page complètement. Vous comprenez ?

— D'accord, mais ce sera votre dernière visite au centre. En dehors de ces murs, la vie est plus joyeuse et vous apporte plus de réconfort. Maintenant, vous êtes avec votre père et vos amis, et c'est bon pour vous. Madame Yergeault, prenez bien soin de votre amie, recommanda le praticien avec un petit sourire.

— Vous pouvez compter sur moi, docteur, acquiesça Rose-May, émue. Je vais me rendre à la cafétéria pendant que vous signerez les documents, proposa-t-elle, en s'apprêtant à quitter le salon bleu.

— OK, ma belle, lui dit Flora avant de poursuivre sa conversation avec le docteur Richer.

— C'était mon chez-moi « temporaire ». Je vous remercie de m'avoir redonné ma vie, docteur Richer. Sans vous…

— Tsut, tsut ! C'était mon travail. Je vous avoue que votre passage fut pour moi un mélange de moments professionnels et aussi de moments amicaux.

— Comment ça ?

— Avec vous, c'était facile de sourire, je savais que vous sortiriez de cet endroit sereine et en santé. Tandis qu'avec d'autres patients, je me sens impuissant, je ne peux que leur apporter du réconfort et de l'attention. Je suis conscient qu'ils ne retourneront jamais à l'extérieur de cet établissement pour aller vers une nouvelle vie. Ils sont ici pour…

— … achever leur route, glissa Flora, les yeux tristes.

— Et parfois sans que personne vienne les visiter.

— Comment vous faites pour leur accorder tant d'attention, en sachant qu'ils ont connaissance de rien ? Vous êtes vraiment un homme charitable, lui avoua la jeune femme avec un regard admiratif.

— Je prends toujours un ton normal quand je m'adresse à eux. Je pourrais leur parler avec pitié, mais je ne peux pas. Je les taquine et lorsque je reçois un sourire en retour, je suis le médecin le plus heureux de la Terre. C'est certain que ce n'est pas toujours facile : les soirs, je rentre à la maison épuisé. Si au moins j'avais une femme qui m'attendait avec un ou deux enfants qui me sauteraient dessus pour me faire oublier ces journées éprouvantes !

Flora éprouvait une grande amitié pour cet homme si bon.

— Vous vous êtes jamais marié ? reprit-elle.

— Quand j'ai terminé mes études et que j'ai commencé à travailler comme psychiatre, à l'extérieur de l'Institut, c'était comme si le temps s'était arrêté. Je n'ai pas vu les années passer... J'ai oublié d'inviter une femme au restaurant ou au cinéma.

— C'est triste ! Vous êtes vraiment un homme dévoué pour vos patients.

Flora était touchée par les paroles de cet homme si humble.

— Il est trop tard pour moi, pour commencer à chercher un semblant de vie heureuse en dehors de ces murs. Je vais finir mes jours ici, avec mes patients. Mais je ne regretterai jamais d'avoir donné toutes ces années aux gens qui ne demandaient que de l'attention et une petite caresse sur la joue à l'occasion.

— Qu'est-ce que vous diriez de venir souper à la maison, un de ces soirs, disons à la mi-décembre, juste avant les Fêtes ?

— Pardon ? Ai-je bien compris ?

— Méprenez-vous pas, docteur, l'invitation vient aussi de mon père. Il désire vous parler et s'excuser de sa conduite lors de mon séjour ici.

— Oh ! Merci, c'est bien aimable de sa part. Mais vous me paraissez songeuse, Flora. Que se passe-t-il ?

Elle lui répondit en faisant la moue :

— Je sais même pas votre prénom.

— Je m'appelle Jean-Philippe.

Flora le fixa intensément en songeant: « Il est si gentil, cet homme ! »

— Vous n'aimez pas mon prénom, Flora ?

— Oui, c'est un beau prénom.

— J'aimerais bien accepter l'invitation de votre père, mais il faudrait que ce soit un samedi et que je ne sois pas de garde le lendemain. La Minerve est à deux heures de route de Verdun.

— Bien sûr ! Mon père sera ravi de vous voir. Vous pourriez arriver en après-midi. Aimez-vous patiner ?

— Ça oui ! J'ai patiné sur tous les lacs et toutes les patinoires de mon quartier avec mes frères quand j'étais au primaire.

— Parfait ! Il y a une grande patinoire près de l'hôtel de ville, sur la rue Mailloux. Je vous écris notre adresse sur un bout de papier ?

— J'ai une très bonne mémoire ! C'est quoi ?

— 121, chemin des Fondateurs. La maison est facile à trouver. Il vous suffira de chercher le clocher de l'église Sainte-Marie, c'est tout près, l'informa Flora en enlevant son manteau et son foulard coloré.

— Parfait ! Donc, nous disons la deuxième semaine de décembre ?

— On va vous attendre avec plaisir, docteur. Je cuisinerai un pain de viande irlandais et une tarte aux pommes.

— Miam ! Et si nous nous rendions à mon bureau pour signer ce fameux papier dont vous m'avez parlé tantôt ?

— Je vous suis.

Revenue de la cafétéria, Rose-May attendait son amie dans le couloir. Assise sur un long banc de bois, elle regardait passer les visiteurs qui tenaient soit une boîte de chocolats, une gerbe de fleurs ou des biscuits faits maison.

— Te voilà !

— Désolée, on a discuté. J'ai pas vu les minutes passer.

Flora resplendissait.

— Tu as l'air bizarre, remarqua Rose-May.

— Jean-Philippe viendra souper à la maison, en décembre, avoua-t-elle, le visage rougi.

— Qui ?

— Le docteur Richer.

— Hein ? Je savais pas qu'il s'appelait Jean-Philippe.

— Moi aussi, je l'ai toujours appelé docteur. Il est charmant, cet homme ! C'est mon père qui m'a chargée de lui transmettre l'invitation. Je pense qu'il aimerait lui prouver sa reconnaissance pour m'avoir donné de si bons soins. On ira même patiner avec mon père, car il arrivera à la maison en début d'après-midi.

— C'est bien !

— Tu m'accompagnes à la salle d'activité avant de partir ? Je vais demander à Sonia de nous débarrer la porte et de nous accompagner.

— D'accord !

À l'entrée de la grande pièce, Flora reconnut les patients qu'elle avait croisés lors de son hospitalisation. Quelle tristesse de voir ces gens qui n'auraient pas la chance de retourner dans leur famille, dans leur réalité de tous les jours ! Madame Boulay, atteinte de la maladie d'Alzheimer, tenait une poupée dans ses bras, probablement pour revivre les années révolues où elle avait eu le bonheur de bercer ses enfants. Elle reconnut Arthur, cet homme qui se battait contre des hallucinations auditives, qui le faisaient chuter dans des situations d'insécurité cauchemardesques. Flora expliqua à Rose-May que la dame qui ne cessait de les fixer d'un regard vitreux était madame Saint-Laurent, de son prénom Yvonne. Cette femme dans la mi-quarantaine répétait sans cesse : « Voulez-vous ben me dire qu'est-ce que vous faites, encabanés dans la maison au lieu d'aller jouer dehors, avec vos maudites balles de baseball ? Vous m'avez cassé une vitre, à matin ! »

— Ouf ! soupira Rose-May, les yeux humides.

— Viens, mon amie, on repart à Labelle.

— Oui, c'est une bonne idée. Il est déjà 3 heures et on en a pour deux heures avant d'arriver chez nous. C'est qui cet homme, Flora ?

— Où ça ?

— Là, à côté de l'entrée de la salle du bingo.

L'individu assez maigre fixait ses mains prises de soubresauts. Il était contentionné à son fauteuil roulant et n'était pas du tout en contact avec la réalité.

— Vous êtes sur votre départ, mesdames ? demanda l'infirmière, qui tenait une pomme et un sac de fromage en grains.

— Oui, Sonia, lancèrent en chœur les deux femmes.

— Tout s'est bien passé avec le docteur Richer, madame Frodet ?

— Oui, très bien.

— Vous avez un nouveau patient ? lui demanda Flora en jetant un œil vers la salle de bingo.

— Vous le reconnaissez pas ?

— Je devrais le connaître ?

— C'est Guy.

— Oh ! Avant, il portait pas la barbe. Est-ce que sa santé s'est améliorée ? demanda Flora qui le fixait intensément, le cœur serré.

— Monsieur Guy repose dans un état d'inconscience chronique. Je crains que sa santé ne s'améliore jamais.

— Pauvre lui ! murmura Flora en inclinant la tête. J'ai aucun souvenir de m'être rendue à sa chambre. Je suis si désolée !

— Arrêtez de vous culpabiliser, voyons, glissa doucement l'infirmière. À ce moment-là…

— Je sais, j'avais pas toutes mes facultés mentales. Lui, il a aucune chance de s'en sortir, vous en êtes certaine ?

— Même s'il a les yeux ouverts, il ne peut pas s'exprimer.

— Il vient de cligner des paupières, madame, remarqua Rose-May, le regard triste.

— Ça arrive qu'il batte des cils et bouge les yeux. Lorsqu'il est arrivé au centre, le neurologue avait bien espéré le sauver, mais avec les années, ses chances de retrouver la conscience se sont éteintes. Un matin, il y a trois ans, à défaut de paroles et de gestes, j'avais cru voir son regard s'illuminer lorsque je lui avais dit qu'à l'extérieur le soleil brillait et que les fleurs printanières commençaient à s'épanouir. Après, plus rien.

— Il est emprisonné dans son corps, soupira Rose-May.

— Exactement. Et il ne retrouvera jamais la clef de la délivrance. C'est triste.

Les deux visiteuses remercièrent l'infirmière en lui serrant la main.

— Si vous passez dans le coin, n'oubliez pas de faire un arrêt ici, madame Frodet ! Je serai toujours heureuse d'avoir de vos nouvelles, vous savez.

— J'y manquerai pas. Rose-May, où tu vas ? La porte est juste ici, derrière nous.

— Je sais, mais même si je connais pas cet homme, je tiens à lui dire bonjour. Il y a plein de visiteurs ici, et personne le regarde, ni même le salue. Il fait pitié sans bons sens, tout seul dans son coin !

— Je t'attends dans le corridor…

Cinq minutes s'écoulèrent et Flora discutait toujours avec Sonia.

— Qu'est-ce qu'elle fabrique ? s'impatienta soudainement la mère de famille.

— Je ne sais pas. Elle parle peut-être avec un autre patient.

— Je vais la chercher, sinon, on arrivera à Labelle bien tard. Bonjour et à bientôt, Sonia.

Flora mit à peine le pied à l'intérieur de la salle d'activité qu'elle cria à tue-tête :

— Rose-May ! Rose-May ! Garde Champagne, vite, j'ai besoin d'aide !

Chapitre 26

Un malaise pour Rose-May

Alarmée par les cris, Sonia se précipita vers Flora, agenouillée près de son amie, qui gisait sur le sol, inerte.

— Elle s'est évanouie ! lança l'infirmière.

— Oui. Aidez-moi, Sonia ! Il faut la relever, s'il vous plaît.

— Je cours immédiatement récupérer une civière pour l'amener à l'infirmerie et j'appelle le médecin.

Rose-May resta inconsciente durant plusieurs minutes. Lorsqu'elle ouvrit les yeux, elle vit Flora, Sonia et le docteur Richer à son chevet. Elle avait été installée dans un petit local près de la réception où il n'y avait qu'un lit et une bibliothèque remplie de livres de médecine.

— Qu'est-ce qui s'est passé ? Ouch ! J'ai mal à la tête. Je crois que j'ai glissé et que je suis tombée. Je m'en souviens pas exactement...

Le docteur Richer se prononça :

— Vous vous êtes frappée en chutant dans la salle des visiteurs, madame Yergeault. Ne bougez pas, j'examine votre tête pour m'assurer que vous êtes correcte. Vous avez une méchante bosse sur le front.

— Je suis tombée ? Où est-ce que je suis ?

— À l'infirmerie de l'hôpital Douglas, l'informa Flora, inquiète. Rose-May, est-ce que tu me reconnais ?

— Oui, tu es Flora Frodet. Ah ! Je me rappelle ! Non ! Oh, non !

Rose-May semblait effrayée.

— Calme-toi, murmura Flora en s'avançant vers elle. Elle a une commotion, Jean… docteur ? Pourquoi tu cries comme ça, Rose-May ? Qu'est-ce qu'elle a, mon amie ?

— Je ne sais pas. Madame Yergeault, que se passe-t-il ? Me reconnaissez-vous ?

— Oui ! Docteur Richer, Flora, Sonia ! Je vais mourir ! éclata Rose-May.

— Tu vas pas mourir ! la secoua Flora. Écoute-moi !

— Victor ! Oh, non ! continua de plus belle la femme éprouvée.

— Qui est Victor ? s'informa le praticien, en examinant les pupilles dilatées de Rose-May.

— Son premier mari. Il s'est noyé en 1949, l'informa Flora.

— Il est pas mort, vous m'entendez ? intervint Rose-May.

— Qu'est-ce que tu dis ? Elle déraisonne, la pauvre…

— Victor est ici, Flora ! Je l'ai vu, il est assis dans un fauteuil roulant près de la salle d'activité. Mon Dieu !

— Rose-May, écoute-moi ! Misère, elle est pas avec nous…

— Je délire pas, je suis saine d'esprit ! Je veux y retourner !

— Détendez-vous, madame Yergeault, l'encouragea le médecin.

— Comment voulez-vous que je me calme quand je viens de voir mon mari que je croyais décédé ?

Flora récidiva en prenant les mains de son amie et lui parla doucement :

— Victor est mort noyé, Rose-May. L'homme que tu as aperçu dans la salle d'activité est Guy. Tu te rappelles quand le médecin t'a raconté que je m'étais rendue à sa chambre ? C'est ce patient que tu as vu tantôt…

— C'est mon mari, je te dis ! J'ai reconnu ses yeux ! Lâchez-moi, je suis pas folle ! Docteur ?

— Oui ?

— Quel est le nom de famille de cet homme ?

— Seul son prénom est écrit dans son dossier. Désolé, je ne peux pas vous aider, en ce qui concerne l'identité de ce patient.

— Il doit bien y avoir des gens qui sont venus le voir depuis qu'il est hospitalisé ?

— Non, il n'a jamais reçu de visiteurs, à part le docteur qui l'a admis ici et qui lui fait un bilan de santé une fois par mois.

— Quel médecin ? Il détient sûrement des renseignements sur le nom de famille de son patient !

— Je ne peux pas vous dire son nom, c'est confidentiel. C'est bien écrit dans le code de déontologie. Je dois aller voir un patient et je reviens. Sonia, restez près de madame Yergeault. Elle vient de subir un traumatisme crânien. Je ne voudrais pas qu'elle se lève et chute à nouveau.

— Je m'en occupe, docteur, le rassura l'infirmière en s'approchant de Rose-May, qui transpirait de façon excessive, prise de frissons incontrôlables.

Rose-May secouait la tête dans tous les sens, les mains agrippées aux ridelles du lit d'appoint.

Après quelques minutes, le psychiatre revint à son chevet.

— Docteur ! cria Rose-May. Je dois savoir le nom de ce médecin !

— Désolé, il m'est défendu de vous le donner. Tout ce que je peux vous dire, c'est que Guy est arrivé chez nous le 15 août 1949.

— Misère ! cria Flora en saisissant la main de son amie, qui, à l'instant, pensa à la petite Évangeline.

Rose-May vociférait à tue-tête :

— Non !

— Pourquoi criez-vous comme ça, madame Yergeault ? lui demanda doucement le médecin, sans rien comprendre de l'état de frénésie dramatique dans lequel cette dernière se trouvait depuis sa chute dans le salon des visiteurs.

— Victor s'est noyé le 15 août 1949 !

— Pourquoi aurait-il été transporté ici, à Verdun ? Il y a des hôpitaux dans le coin de Labelle.

— C'est lui ! C'est Victor !

Flora pleurait.

— Pourquoi il y a pas de nom de famille d'inscrit dans ce dossier ? demanda nerveusement la femme ébranlée.

— Parce que le patient n'avait pas de papiers d'identité sur lui à son arrivée.

Rose-May s'emporta :

— Qui est cet homme ? Qui ? Donnez-moi le nom de ce médecin qui s'occupe de Victor !

— Garde, pouvez-vous aller chercher un sédatif au dispensaire pour madame Yergeault, s'il vous plaît ?

— J'y vais tout de suite, docteur.

— Merci.

Rose-May tournait encore la tête dans tous les sens.

— Je veux pas de votre tranquillisant !

— Essayez de relaxer, madame Yergeault...

— Non, non et non ! hurla Rose-May, anéantie.

Flora paniquait.

Rose-May regarda son amie et comprit tout de suite la gravité de la situation en voyant son visage devenu livide.

— Misère ! Les parents de Victor sont pas au courant que leur fils respire encore !

— Mon Dieu !

Rose-May s'évanouit à nouveau.

Le docteur Richer laissa les deux femmes quitter l'Institut, à la condition que ce soit Flora qui conduise la voiture. Quelques heures plus tard, Rose-May rentra à la maison, complètement démolie. Le docteur Richer lui avait remis des cachets en lui recommandant de les prendre pour calmer son stress. Elle était habitée d'une grande angoisse et il avait fallu deux heures avant qu'elle puisse dévoiler à Jacques la source du chagrin et de la colère qui lui rongeaient le cœur. Elle discutait avec lui sans vraiment le regarder. Elle revoyait tout ce qui s'était passé depuis le jour où le père de Victor leur avait légué le chalet du lac Labelle en guise de cadeau de mariage.

La semaine précédente, elle avait parcouru les cartes de condoléances qu'elle avait reçues au moment du décès de Victor avant de les brûler pour les faire disparaître à tout jamais, dans un geste symbolique. Ainsi, ces paroles réconfortantes venues de ses proches et de ses amis avaient été acheminées au Paradis, vers l'homme qu'elle avait chéri jadis.

Rose-May et Jacques passèrent une partie de la nuit à discuter. C'était une véritable bombe qui venait de leur tomber sur la tête et ils étaient épuisés. À voir sa femme si désemparée depuis qu'elle avait reconnu Victor à l'hôpital, Jacques se demandait quelle était la place qui lui revenait dans la vie de celle qu'il aimait. Même s'il comprenait que sa femme soit traumatisée d'avoir retrouvé son mari après tant d'années, il se sentait rejeté.

— Tu as l'intention de le visiter régulièrement ?

— C'est mon mari, Jacques !

— Et moi, une connaissance ?

— Tu es aussi mon mari…

— Bois ce cognac, tu es si tendue. Tu devrais aller te reposer dans la chambre, tu es épuisée.

— Je peux pas boire d'alcool, je suis sous l'effet des tranquillisants.

— Parle-moi, Rose-May. À quoi tu penses présentement ?

— Je suis si fatiguée !

Rose-May se sentait impuissante et colérique. La tête lui tournait. Elle aurait aimé téléphoner à sa mère pour avoir son soutien, pour lui raconter pourquoi elle était si chavirée. Mais son mari essayait de la soutenir du mieux qu'il pouvait et elle avait remis l'appel téléphonique qu'elle voulait faire au petit matin.

— Pourquoi tu as ce regard ? reprit Jacques en s'approchant près d'elle, sur le divan.

— J'en veux au médecin qui a reconduit Victor à l'Institut de Verdun !

— Rose-May ! Victor est vivant, mais son cerveau fonctionne plus. Oui, il est en vie, mais y a juste son cœur qui le retient dans son lit d'hôpital. Et vu qu'il avait aucune pièce d'identité sur lui, le médecin a tout de même fait son devoir.

— Arrête ! Victor s'est noyé au lac Vert, près de la mine. Pourquoi il est à Verdun ? Il est isolé et sait même pas où il est.

— Qu'est-ce que tu as l'intention de faire ? Le ramener à la maison ?

Attristé, Jacques se sentait impuissant et ne savait plus quoi penser. Aimait-elle toujours Victor au point de mettre son second mari de côté ?

— Non... Victor est un cas lourd et requiert trop de soins. Je comprends pas pourquoi tu me poses toutes ces questions ! Tu es mon mari, tu devrais pas m'interroger ainsi. C'est toi que j'aime et si je suis bouleversée comme ça, c'est que je m'attendais pas à le revoir après tant d'années ! Et surtout pas dans cette condition. Il sait même pas qu'il vit encore, il est dans un autre monde.

— Sois honnête. S'il était paraplégique et qu'il avait conservé toutes ses facultés mentales, tu le prendrais à la maison ?

— Si tu étais dans la même situation que moi, qu'est-ce que tu ferais ?

— D'accord ! soupira Jacques en se levant, épris d'une affliction évidente. J'ai compris !

— Où tu vas ?

— Faire mes valises.

— Quoi ? Tu es sérieux ?

— Il le faut, Rose-May. Je peux pas demeurer ici, tant que je me sentirai comme l'homme que tu as épousé pour cicatriser ton cœur. Je t'ai posé une question, j'ai eu ma réponse.

— Jacques, je t'aime ! Essaie de me comprendre, voyons !

Rose-May s'agrippa à lui en espérant qu'il la console, qu'il lui dise qu'il l'appuyait de tout son cœur. Il s'éloigna plutôt en lui lançant d'une voix ferme :

— Tu veux dire que tu croyais m'aimer. La situation est différente, maintenant.

— Où t'as l'intention d'aller? Tu peux pas me quitter comme ça !

— Je vais louer une chambre à l'hôtel de la Gare. Ce serait plus simple si l'hiver était terminé, je partirais pour Fermont.

Chagrinée et épuisée, Rose-May s'étendit sur le divan après le départ de Jacques et, malgré les somnifères avalés, elle ne ferma pas l'œil de la nuit.

Chapitre 27

Rosario

Le lendemain de sa dispute avec son mari, après avoir laissé Évangeline chez sa voisine, les yeux rougis, Rose-May avait réservé un taxi pour se rendre au village de L'Annonciation, voir son ancienne belle-famille. En visite chez son paternel, Jérémie l'accueillit chaleureusement en l'embrassant, mais cette dernière l'ignora et se mit à chercher la silhouette du père de Victor, prête à lui dévoiler la découverte de son fils.

Depuis que Jérémie connaissait Rose-May, jamais qu'il ne l'avait vue aussi soucieuse et impatiente. Des larmes voilaient son regard.

— Quelle belle surprise ? Comment tu vas, Rose-May ?

Cette dernière éclata en sanglots.

— Qu'est-ce qui se passe ? s'enquit l'ancien beau-frère, inquiet, en la conduisant dans la cuisine, où sa mère préparait le petit déjeuner.

— Ma visite est personnelle, Jérémie. Bonjour, madame Alarie.

— Bonjour, ma fille. Je suis contente de te voir ce matin ! Assis-toi, je te verse un café. Mais, tu pleures, ma belle ?

— Ça va passer. Merci pour le café, mais j'en ai pas pour longtemps. Votre mari est ici ? prononça Rose-May d'un ton neutre.

— Il est dans son bureau, il prépare son horaire pour ses rendez-vous de la journée. Est-ce que tu vas bien ? Tu me parais fatiguée et inquiète.

— Vous avez raison. Je suis fatiguée « moralement ».

— Comment ça ?

— Est-ce que je peux voir votre mari, oui ou non ? insista la femme, le regard implorant. Désolée, je suis pas d'humeur à faire la jasette, ce matin.

— D'accord, répondit la femme, déçue. Jérémie, conduis Rose-May dans le bureau de ton père.

— Merci, madame Alarie.

D'un pas assuré, Rose-May suivit son beau-frère dans le corridor.

Devant la porte capitonnée d'un cuir sombre, elle leva la main pour frapper et prit une pause. Comment s'adresser à un homme qui a eu la peine de sa vie en perdant son fils qu'il aimait tant ?

Elle prit une grande inspiration et frappa. Elle entendit le praticien répondre d'une voix agacée :

— Qui est là ?

— L'ex-femme de votre fils…

Rosario Alarie se précipita à la porte pour lui ouvrir, le regard souriant.

— Rose-May ? Quelle belle surprise ! s'exclama le médecin en refermant doucement la porte derrière lui. Voudrais-tu qu'on prenne un café dans la cuisine avec les autres ?

— Non. Je veux rien du tout, merci. C'est à vous que je veux parler, et à personne d'autre !

— Ça a pas l'air de bien aller ?

— Non, je suis souffrante, très souffrante !

— Ah ! Je comprends. Tu désires que je t'examine ? Viens t'asseoir. Qu'est-ce qui se passe ? Tu as des douleurs ?

— Oui, j'ai le mal de Victor.

— Tu penses à lui souvent, pauvre petite. Moi aussi, j'y pense tous les jours.

Le généraliste prit place dans son fauteuil, inquiet de voir son ex-bru si différente.

— Il est vivant ! cria-t-elle en le fixant.

— Pardon ? De qui tu parles ? Assis-toi dans ce fauteuil.

— Non, merci, je vais rester debout. Je viens de vous dire que Victor est vivant !

— Quoi ? Est-ce que tu délires ? Victor est mort depuis l'été 1949, glissa le père accablé, avec un trémolo dans la voix.

Il glissa les mains dans les poches de son veston pour dissimuler ses tremblements.

— Je délire pas ! Je l'ai vu, il est hospitalisé à l'Institut Douglas de Verdun.

— Tu dois avoir vu un homme qui ressemble à Victor.

— Oh, que non ! L'homme que j'ai vu est bien mon mari ! cria Rose-May, tremblante.

— Tu l'aimais et c'est bien normal qu'un jour tu croises une personne qui te fasse penser à lui, comme la couleur de ses cheveux, de ses yeux...

— Arrêtez, monsieur Alarie ! Pourquoi vous voulez pas me croire ? Prenez les clefs de votre voiture, on va aller à l'hôpital Douglas.

Rosario s'impatienta :

— Voyons, Rose-May !

— Comment je pourrais vous le prouver si vous venez pas le constater vous-même ? Je vous jure que c'est votre fils que j'ai retrouvé... Mon mari !

Rosario Alarie laissa son fauteuil, prit une grande inspiration et avoua à son ancienne bru :

— C'est moi qui l'ai trouvé le jour de la noyade et qui l'ai transporté au centre psychiatrique...

— Quoi ? Dites-moi que je rêve ! Je vais devenir folle ! Comment avez-vous pu signer les papiers pour le faire enfermer en laissant croire à votre famille qu'il avait jamais été retrouvé ? Pourquoi cette méchanceté gratuite à l'endroit de tous vos proches… et de MOI, sa femme ?

Les cris de Rose-May faisaient écho dans la maison.

Dans la cuisine, Lucienne Alarie était inquiète ; elle enleva son tablier et le lança sur le comptoir.

— J'y vais.

— Maman ! s'interposa Jérémie en se levant pour se placer devant elle. Elle voulait discuter seule avec papa.

— T'as pas entendu le nom de Victor, toi ?

— Oui. Laisse-les… On saura bien assez vite ce qui se passe entre eux.

Rosario Alarie, le visage en sueur, fit une nouvelle fois signe à Rose-May de se calmer.

— Parlez ! Si vous me dites pas tout, je cours à la cuisine informer votre femme et Jérémie !

— Si tu t'en souviens, la journée de la noyade, on avait retrouvé sa casquette et son portefeuille sur la grève du lac Vert.

— Oui.

Le père de Victor se leva, le regard triste.

D'un pas lourd, Rose-May s'avança vers le bureau.

— Les documents que vous avez signés de votre main pour interner votre fils dans cet établissement psychiatrique de Verdun, j'ai pas pu les voir ! Vous venez d'avouer et je vais vous en vouloir pour le reste de ma vie !

Pris d'un vertige, le médecin agrippa le dossier de sa chaise.

— Vous allez tout me raconter, cher « beau-père ». Je sors pas de ce bureau avant que vous m'ayez détaillé ce qui s'est passé cette journée du 15 août 1949.

— Je suis désolé ! Tellement désolé !

Rosario laissa le dossier de son fauteuil et se prit la tête entre les mains. Rose-May s'aperçut qu'il pleurait… Il venait de craquer.

— J'aimerais vous voir souffrir autant que je souffre ! s'écria la pauvre femme, en reculant.

— D'accord, je vais tout t'expliquer.

Rose-May se tut et cessa de remuer les bras. Le dos appuyé contre la porte capitonnée du bureau, les yeux inondés de larmes, elle fixait le père de Victor. Il était planté devant la fenêtre, par où un léger rayon de soleil venait de s'infiltrer pour éclairer timidement la pièce. Muet, il retourna à son bureau, se versa un verre de cognac qu'il but d'un seul trait, avant de se rasseoir.

— On était des dizaines à le chercher au fond de ce maudit lac Vert, monsieur Alarie !

— Est-ce que je peux poursuivre, Rose-May ?

— Allez-y, je vous écoute.

— La journée du drame, expliqua Rosario, je m'étais rendu chez un collègue. Ce médecin avait pris sa retraite quelques mois auparavant et c'est moi qui le remplaçais pour les appels d'urgence à la mine. J'avais à le rencontrer pour prendre des documents et je devais aussi aller à la mine pour soigner la blessure d'un travailleur. Ce médecin passait l'été à son chalet du lac Vert. Quand je suis arrivé, il y était pas. Il m'avait laissé une note sur la table de la cuisine, où il avait écrit qu'il était parti au dépanneur chercher du lait. Je suis donc rentré dans son chalet et me suis ouvert une bière. En attendant son retour, je suis allé sur le quai. J'ai remarqué au loin des gens qui semblaient chercher quelque chose au fond du lac. C'est là que…

— Que quoi ? Continuez !

— Que j'ai aperçu un corps près du baril flottant accroché au quai. Le visage du noyé était gonflé et couvert d'algues.

— Mon Dieu ! s'écria Rose-May en pleurant.

Rosario prit une pause et sortit un mouchoir de la poche de son pantalon pour éponger ses yeux.

— Il respirait plus ! J'ai paniqué. Quand j'ai reconnu mon fils, tout de suite, je t'ai imaginée à la morgue en train d'identifier son corps. Je voulais pas ça ! Tu l'aurais pas reconnu tellement sa figure était changée. J'étais bouleversé, je criais à Victor de revenir parmi nous ! Et j'ai pensé à toi et à ma femme Lucienne : vous seriez jamais passées à travers cette épreuve, car je croyais vraiment qu'il était décédé. C'est quand je l'ai extirpé du lac et allongé sur la grève que j'ai remarqué qu'il respirait encore, mais avec difficulté.

— C'est tellement triste !

— C'est à ce moment-là que j'ai décidé de lui retirer son portefeuille pour le jeter sur la grève.

— Et sa casquette ?

— Je l'ai retrouvée agrippée à un jonc quand je suis retourné près du lac le lendemain, avoua le père ébranlé.

— J'en reviens pas ! Vous qui êtes médecin, vous avez pas pu lui administrer les premiers soins pour qu'il sombre pas dans cet état végétatif ?

— Il l'était déjà, dans cet état, Rose-May. C'est pour ça que je l'ai transporté dans ma voiture pour le conduire au centre Douglas et que j'ai signé son admission. Vu qu'il avait aucune pièce d'identité sur lui, on lui a donné ce prénom de Guy.

— Pourquoi l'avoir envoyé si loin ?

— Pour que les gens qui le connaissaient pensent qu'il avait pas été retrouvé, avoua l'homme, honteux.

— Voyons ! Les médecins de l'hôpital Douglas doivent avoir fait des recherches et mentionné la présence de Victor aux médias !

— Les médias avaient juste le nom de Guy, Rose-May. Ils pouvaient tout de même pas lancer des recherches à la télévision avec la photo d'un homme mort !

— Qu'est-ce que vous avez dit au personnel de l'Institut quand vous y avez amené Victor ?

— Que je l'avais trouvé sur la grève du fleuve Saint-Laurent, pas loin de l'hôpital, et qu'il avait pas de papiers sur lui.

— Dites-moi que je rêve ! s'emporta Rose-May, prise d'un vertige.

— J'ai posé ce geste pour t'épargner de la souffrance !

— Mon œil ! J'aurais dû être la première personne à en être informée ! C'est mon mari ! Si vous aviez appelé l'ambulance, Victor serait peut-être lucide aujourd'hui !

— Je pratique la médecine depuis plusieurs années, tu sais. Il s'était évanoui. Je savais que ses voies respiratoires étaient remplies d'eau et qu'il avait manqué d'oxygène. Son visage bleuissait. Le cerveau est constitué de neurones qui ne supportent pas d'être sous-oxygénés.

— Il y a aucune chance que Victor retrouve la mémoire ? reprit plus doucement Rose-May, portée par un nouvel espoir.

— Non. S'il avait été sauvé après une immersion dans l'eau d'une à trois minutes, il aurait pu s'en sortir avec une diminution de ses facultés de 10 à 15 pour cent. À voir l'état dans lequel il se trouve depuis le jour de sa quasi-noyade, je dirais qu'il a perdu 95 pour cent de ses facultés.

Devant le regard défait du médecin, Rose-May pleurait à chaudes larmes.

— En agissant ainsi, vous étiez assuré que je signerais pas de constat de décès ! Je vais contacter les autorités, vous serez arrêté !

— Non ! Fais pas ça, Rose-May !

— Je suis tellement confuse, j'ai deux maris ! Le jour où je vous ai annoncé mon mariage avec Jacques, vous étiez pas d'accord, parce que vous saviez que Victor était vivant. Comment vous avez pu me laisser faire ? Me laisser passer toutes ces années à me remémorer chaque date importante depuis notre rencontre. Ça m'a pris tant de temps à guérir ! Je pleurais sans arrêt, mon cœur avait si mal ! Moi qui croyais aujourd'hui que mes blessures étaient cicatrisées. Elles viennent de se rouvrir et je ressens la même douleur qu'en cet été 1949 !

L'atmosphère s'alourdissait de plus en plus. Rose-May devait-elle se ruer sur cet homme et le marteler de coups, ou se rendre à la cuisine pour informer la famille ?

— J'ai perdu Jacques. Il pense que j'aime plus Victor que lui. Et là, je viens de perdre mon amie Flora.

— Vous vous êtes querellées ?

Rose-May tremblait, elle ne pensait qu'à son amie, la mère d'Évangeline, la fille de Victor !

— Écoutez-moi bien : quand Flora était hospitalisée à l'hôpital Douglas, elle est tombée enceinte.

— Es-tu sérieuse ? Comment une chose comme celle-là est possible dans un tel établissement ?

— C'est arrivé, monsieur Alarie. Une journée, elle s'est rendue dans la chambre d'un patient. En 10 minutes, elle a eu le temps d'avoir une relation sexuelle et elle est tombée enceinte.

— J'en reviens pas ! Elle a gardé son bébé ?

— Oui, et non. Pour l'instant, son enfant demeure chez moi. Elle a accouché d'une fille et son grand-père Frodet lui a donné le prénom d'Évangeline.

— Je sais plus quoi te dire, Rose-May. Le père de l'enfant est sorti de l'hôpital ?

— Il sortira pas de cet institut.

— Dommage.

— Bien dommage, en effet. Il se nomme Guy. Je vous annonce que vous êtes le grand-père d'une petite fille, monsieur Alarie.

— Quoi ? Oh, mon Dieu !

Rosario Alarie était désespéré et les larmes inondaient son visage. Il pleurait son garçon, qui ne connaîtrait jamais son enfant.

Un silence régnait dans la pièce.

— Comment j'ai pu me montrer aussi cruel envers vous ? demanda-t-il à Rose-May, en fixant une photo de famille accrochée à la droite de son bureau.

— Le docteur Richer m'a dit que vous visitiez Victor tous les mois ? l'interrogea son ex-belle-fille, d'une voix maintenant un peu plus apaisée.

— C'est exact. C'est un déchirement chaque fois. Je m'assois et bavarde avec lui. Je lui parle de toi, de sa mère Lucienne, de ses frères, Jérémie, Jules et Aimé. À chaque visite, je ressors de l'Institut le cœur en morceaux. Je sais bien que pour vivre, une personne doit avoir du sang qui coule dans ses veines et de l'oxygène pour respirer. Victor a tout ça. À chacune de nos rencontres, j'espère voir apparaître une lueur brillante dans ses yeux, mais je me heurte toujours à du vide.

— Quand est-ce que vous allez annoncer à vos proches que Victor est vivant ? Vous êtes conscient que les laisser dans l'ignorance est pas un service que vous leur rendez. Croyez-vous que Dieu est d'accord avec votre décision, celle d'avoir gardé le silence, depuis tant d'années ?

— Ils me pardonneront pas mon geste. Ils m'en voudront éternellement !

— Et Victor, il peut même pas donner signe de vie à sa mère et sa famille pour leur dire : « Venez me voir, je vous espère depuis si longtemps. » C'est à vous de réparer votre erreur, sinon, je me gênerai pas pour le faire. Victor peut pas se prononcer à votre place et il le pourra jamais.

— Mon fils ignore qu'il respire, Rose-May. Après l'avoir conduit à l'hôpital Douglas, durant des mois, j'ai espéré qu'il retrouve une conscience normale mais c'est pas le cas.

— C'est arrivé, chez certains malades ?

— Oui. Des médecins ont déjà observé des éveils chez certains de leurs patients après quelques semaines. Pour Victor, ce serait un vrai miracle s'il montrait des signes de lucidité après tant d'années. C'est pour ça que je l'ai emmené à l'Institut Douglas, qui est renommé pour ses recherches dans le domaine de la psychiatrie. Parfois, je me dis qu'il est enfermé dans son corps, mais qu'il entend le son de ma voix. Depuis ce mois d'août 1949, je vis d'un espoir irréaliste. J'ai jamais baissé les bras, mais je vois pas comment je pourrais annoncer ça à ma femme, elle m'en voudrait à mort de lui avoir caché que Victor est toujours en vie. Elle voudrait qu'on le prenne en charge et nos âges avancés nous le permettent pas.

— Victor est mon mari, monsieur Alarie. S'il y a une personne qui doit s'en occuper, c'est moi, sa femme.

— Je suis médecin et je me sens incapable de le prendre, Rose-May. Comment tu pourrais l'installer chez toi ? Il est confiné à un fauteuil roulant. T'es pas assez forte pour le soulever et le mettre au lit ni l'installer dans une baignoire. Il est plus souvent nourri à la sonde qu'à la cuillère. Aussi, as-tu pensé à comment Jacques réagirait ?

— Je suis déchirée, monsieur Alarie ! Jacques est mon mari et je l'aime, mais c'est tellement éprouvant pour moi de voir Victor comme ça !

— Ce que je peux te conseiller, c'est de le visiter et de lui parler comme s'il était assis à la même table que toi. De lui raconter ce qui s'est passé depuis sa quasi-noyade. Les années se sont écoulées et je suis certain que s'il entendait ta voix…

— Ma voix ?

— Oui. Tu lui ferais du bien et tu te ferais du bien à toi-même, tu comprends ? Même si Victor se trouve dans cet état pauci-relationnel, le docteur Richer suggère qu'on communique avec lui.

— Oui, je sais. Il est conseillé de parler aux patients dans cet état. J'ai tellement de choses à lui dire, je me sentirais le cœur soulagé.

— Il y a une dame à l'hôpital, madame Dubreuil. Elle accompagne les familles en détresse. Selon elle, l'amour d'un proche pourrait faire revenir un patient à la vie, mais dans le cas de mon garçon, j'en doute. Même s'il y a pas d'espoir pour Victor, l'affection qui lui est donnée permet de mettre un baume sur le cœur des personnes qui l'entourent. Je suis toutefois conscient de la difficulté émotionnelle que tout ça te causerait.

— C'est déchirant de savoir qu'il est peut-être incommodé par des maux et qu'il peut pas exprimer ce qu'il éprouve. Je lui parlerai doucement, pour que son cœur entende bien mon message : que je serai là pour lui, et combien il m'a manqué durant toutes ces années.

— Oui, notre rôle est d'agir comme s'il y avait espoir de guérison pour lui. Son corps existe toujours. Regarde-le et touche ses mains. Parle-lui du temps qu'il fait à l'extérieur, fredonne-lui les mélodies qui pourraient lui rappeler les beaux jours.

Avec des larmes dans les yeux, Rose-May poursuivit :

— Je pourrais lui avouer que j'ai continué de l'aimer de tout mon cœur, même si je me suis remariée avec Jacques.

— C'est une bonne idée. Même s'il réagit pas à ta voix, dis-toi que son cœur bat toujours.

Après avoir salué monsieur et madame Alarie, Rose-May avait accepté que Jérémie vienne la reconduire chez son amie, à La Minerve.

Ce dernier avait stationné sa voiture devant la petite maison où demeurait Flora et après avoir toqué à la porte, Rose-May avait refusé d'entrer pour s'entretenir avec la mère d'Évangeline.

— Voyons Rose-May ! Entre ! T'es pas pour rester sur la galerie, tu vas te geler les pieds !

Rose-May ne bougeait pas, ses pieds restaient bien ancrés sur la couche de neige noircie.

— Non. Ce que j'ai à te dire prendra juste quelques minutes.

Elle prit une profonde inspiration avant de se lancer, tout en sachant qu'elle mettait en péril sa précieuse amitié avec Flora.

— C'est monsieur Alarie qui a retrouvé Victor, gisant près d'un baril accroché à un quai du lac Vert.

— Quoi ? s'écria Flora, troublée.

— Est-ce que tu fais le lien, maintenant ? Parle ! Je t'en veux tellement !

— J'y suis pour rien ! Je savais pas ce que je faisais ! s'excusa son amie ébranlée par les propos dévoilés par le père de Victor.

— Flora, je suis consciente que tu étais pas saine d'esprit quand tu as conçu Évangeline. Mais maintenant, je sais que je me suis pas trompée et que Guy est bien Victor. C'est tout ce que j'avais à te dire !

— Voyons ! Entre avec moi. Tu peux pas me laisser tomber pour un geste que j'ai commis dont j'ai aucun souvenir ! Je vois que tu es venue avec ton beau-frère Jérémie. Dis-lui de partir, je vais aller te reconduire à Labelle tantôt.

— Écoute-moi, poursuivit Rose-May en fixant son amie, qui venait de prendre son bras pour l'inviter à entrer dans la maison. Tu as couché avec MON mari et présentement, je m'occupe de TA fille ! L'enfant de mon MARI ! VOTRE fille !

— Ton ex-mari, Rose-May. Tu le croyais décédé depuis des années. Pourquoi m'en vouloir, alors que j'étais inconsciente à mon arrivée au centre Douglas ? Aussi, on était certaines toutes les deux qu'il s'était noyé !

— Je saisis tout ça, Flora, mais essaie aussi de me comprendre ! C'était pas à toi de mettre l'enfant de Victor au monde, mais à moi ! ragea-t-elle avec un trémolo dans la voix. OK, j'accepte ton café, je commence à avoir un peu froid, plantée comme un piquet sur ta galerie.

La semaine suivante, la mère de Victor était sortie de l'hôpital psychiatrique en pleurs, après une visite. Elle venait de retrouver son fils, un fils qui avait les yeux ouverts, mais l'esprit absent.

Décembre

Rose-May n'avait reçu aucune nouvelle de Jacques et elle s'ennuyait beaucoup. Aujourd'hui, alors qu'elle regardait les doux flocons danser à la fenêtre de son salon, elle vit le facteur déposer une petite enveloppe blanche dans sa boîte aux lettres.

— Enfin ! murmura-t-elle, souriante.

Elle monta à sa chambre, ouvrit l'enveloppe et sauta sur son lit.

Bonjour Rose-May,

Cette lettre est pour t'informer que je quitterai Labelle le 15 décembre pour travailler au mur-écran de Fermont. J'ignore la besogne qui m'attend là-bas, mais je sais pertinemment que le gros ouvrage m'aidera à pas penser à toi. Je reviendrai pas avant l'automne.

Prends soin de toi et embrasse la petite pour moi.

Jacques

Rose-May était très déçue de la lettre de son mari. Il lui en voulait encore, pensa-t-elle. Elle descendit à la cuisine, s'empara de son papier à lettres dans le tiroir du buffet et s'installa à la table pour lui expliquer son état d'âme.

Bonjour Jacques,

J'ai du chagrin en sachant que tu seras si loin de moi. Tu es en colère et je te comprends. Je suis désolée de t'avoir blessé, je m'en veux. J'ai jamais cessé de t'aimer et tu me manques énormément. Le fait de plus sentir battre ton cœur près du mien et entendre tes rires s'avère pour moi la plus terrible des douleurs. J'aimerais inventer des mots nouveaux pour que tu reviennes à Labelle. Les seuls que je connaisse sont ceux qu'on se disait quand on s'aimait tous les jours. Je sais plus dans quelle époque je vis présentement, mais je sais que mon monde a besoin de toi. Je crains qu'un jour tu cesses de m'aimer… Tu étais le mari, l'amoureux qui me donnait la force d'avancer. Ta lettre est pour moi un au revoir difficile, car on s'est pas expliqués après ton départ de la maison. Je peux pas te demander de comprendre ce que j'ai ressenti lorsque j'ai vu Victor, je le comprends pas moi-même. Tu sais, le père de Victor m'a avoué être celui qui l'avait retrouvé au lac Vert. Ce que je veux te dire, c'est que la fille de Flora est aussi la fille de Victor. Je t'expliquerai un jour si on a la chance de se croiser. Je suis pas retournée à l'hôpital, j'en suis incapable. Peut-être que pour retrouver une paix intérieure, je devrais m'y rendre pour libérer ma conscience. Je me sens lâche, concernant Victor. Je sais que ma présence auprès de lui servirait à rien, mais je souhaiterais qu'il me dise de tourner la page, que les années ont passé et qu'il me souhaite d'être à nouveau heureuse dans tes bras. J'aurais aimé te revoir avant ton départ ! Je remuerais ciel et terre pour être avec toi, mais ta décision est prise depuis longtemps. Je sens que notre relation s'éteint doucement. Me pardonneras-tu, un jour ? Bonne chance dans ton nouveau travail, Jacques.

Ta femme (si je peux me permettre de l'écrire encore ainsi).

Rose-May

Depuis quelque temps, Rose-May avait pris entente avec le grand-père de la petite Évangeline pour lui confier l'enfant, les samedis et les dimanches, même si Flora s'était opposée à la décision de son paternel.

Un samedi matin, alors que le charbonnier remplaçait un collègue de travail, ce qui n'arrivait que très rarement, puisque toutes ses fins de semaine étaient consacrées à sa petite-fille, Flora s'était retrouvée seule avec la fillette dans la maison familiale.

— Misère ! Comment tu veux que je sache comment m'occuper de toi ? J'ai jamais voulu d'enfants et toi, tu es arrivée dans ma vie sans que je m'en rende compte.

Évangeline, qui jouait avec ses poupées, se tourna vers elle en la questionnant du regard. Pourquoi cette femme parlait-elle seule sur ce ton élevé ?

En considérant sa fille, belle comme un ange, elle devina pourquoi elle était incapable de la prendre dans ses bras pour la coller sur son cœur.

— T'es si mignonne, toi !

Depuis que Flora avait quitté l'endroit où elle avait donné la vie à Évangeline, elle avait compris qu'elle devait maintenant mettre derrière elle quelques pages noircies de son ancienne vie, celles dont elle n'était pas très fière.

Ce soir, Évangeline rencontrera un homme charmant, celui qui avait aidé sa mère à trouver le chemin de la lumière le jour de sa naissance. La première fois qu'il était venu chez Flora, la petite était chez sa tante Rose-May et le médecin avait été déçu de ne pas la revoir.

— Là, tu vas être très sage, j'ai un petit coup de fil à donner, ma belle.

Jean-Philippe téléphonait chez Flora deux à trois fois par semaine. Elle le trouvait beau, gentil, respectueux et le spécialiste pensait souvent à elle, même au travail.

Alors que Flora se demandait ce qu'elle allait porter pour le souper, ses doigts pianotaient sur le téléphone.

— Allo ?

— Bonjour, Rose-May, c'est Flora.

— Allo ! Je suis contente que tu m'appelles, comment tu vas ? Écoute, je regrette de t'avoir bousculée la dernière fois qu'on s'est vues. T'es responsable de rien. Pourrais-tu me pardonner d'avoir été distante avec toi pour qu'on puisse tourner la page et nous revoir plus souvent ?

— Tu sais bien que oui, ma belle amie. Mais je m'inquiète pour toi.

— Comment ça ?

— Je sais que Jacques est parti dans le nord…

— En effet, répondit l'épouse abandonnée, en marquant une pause de quelques secondes.

— Rose-May, tu es là ?

— Oui, je t'écoute, Flora.

Flora détecta de la tristesse dans le timbre de voix de son amie.

— Si j'habillais la petite et que j'allais prendre un café avec toi ?

— Je suis pas d'humeur, désolée. Elle va bien, Évangeline ?

— Elle est sur mes genoux présentement.

— Sacrée petite puce ! Elle est adorable ! Pourquoi c'est toi qui la berce, ton père est au travail ?

— Oui. Il travaille pas les samedis d'habitude, mais aujourd'hui, c'était une exception.

— Prends-en bien soin, de la puce.

— Inquiète-toi pas, Évangeline se porte bien.

— Finalement, je pourrais vous faire une petite visite. Je m'ennuie de vous deux !

— Comment tu viendrais ? T'as pas de voiture.

— Quand Jacques est parti, il m'a laissé la sienne. Il est monté à Fermont avec un ami.

— Tu l'as vu, avant son départ ?

— Non. Il avait déposé les clefs dans ma boîte aux lettres avant de quitter Labelle. J'avais même pas remarqué l'auto dans l'entrée. C'est quand j'ai vérifié le courrier que je suis tombée sur le petit trousseau.

— Hi ! Hi ! C'est gentil de sa part. Alors, je t'attends ?

— J'arrive.

— Je te garde à souper, si tu veux. Ça fait un petit bout que t'as pas mangé avec nous. Jean-Philippe s'en vient ici après son quart de travail et il sera heureux de te revoir.

— Je suis contente pour toi et Jean-Philippe. C'est un homme bien.

— Oui, il est très gentil. Tu sais, on se voit plus régulièrement, mais on veut rien brusquer. P'tit train va loin, comme on dit !

— Tout à fait ! Ce sera un beau souper de retrouvailles, avec ma meilleure amie, ta fille, ton père et ton « futur amoureux », glissa Rose-May en souriant.

— Tu sais, confia Flora, la vie nous réserve de belles surprises, parfois. Qui aurait cru qu'un jour je sortirais avec un docteur ? glissa-t-elle, émue.

Chapitre 28

Victor

Mai 1973

Durant la fin de semaine, Rose-May s'était rendue à l'église pour faire brûler quelques lampions, pour que sa visite à l'hôpital Douglas en compagnie du père de Victor s'avère des plus paisibles.

— T'as l'air nerveuse, Rose-May. Essaie de te détendre, lui glissa Rosario, qui stationnait la voiture devant l'hôpital.

— C'est certain que je le suis, monsieur Alarie ! C'est la première fois que je vais rencontrer Victor depuis que je l'ai reconnu dans la salle d'activité.

— Inquiète-toi pas, tout va bien se passer. C'est bien simple, tout ce que mon gars désire, enfin, ce que je pense, c'est juste qu'on soit près de lui, pour lui toucher la main et lui parler doucement, lui dire qu'on sera toujours là pour lui.

Rosario et Rose-May se dirigeaient calmement et en silence vers la chambre de Victor.

Le vieil homme repensait à la discussion qu'il avait eue avec sa femme, le matin même.

— Lucienne, c'est pas envisageable ! avait crié son mari, anéanti.

— On pourrait demander l'aide d'une infirmière à domicile.

— Non ! Même avec les ressources nécessaires, notre gars représente un cas trop lourd. Soyons logiques, on a plus 20 ans. Parfois, il est nourri comme un bébé à la cuillère et quand il se met à régurgiter, ils doivent lui réinstaller la sonde gastrique. Je pourrais le faire pour un autre patient, mais pour mon propre fils, j'ignore si j'en aurais le courage.

— Il fait tellement pitié, notre garçon !

— Est-ce qu'on pourrait le soulever pour l'installer dans un bain ? Non. Il faudrait transformer l'intérieur de la maison pour qu'il soit adapté aux soins que son état requiert.

— Je me sens comme une marâtre ! Pas pouvoir m'occuper de mon enfant en plus de pas avoir su qu'il a vécu tout ce temps dans cet hôpital, ça me déchire le cœur !

— Je sais ce que tu peux ressentir. Mais ce serait mettre une croix sur notre vie que de le prendre en charge. On serait enfermés ici nuit et jour. Sans compter le grand stress qu'on vivrait.

— Je veux mourir quand je le vois à l'hôpital, c'est tellement triste ! J'ignore quoi lui dire, il m'entend pas !

— Oui, il t'entend. Tout ce qu'on lui glisse à l'oreille s'avère pour lui un réconfort, un apaisement.

— Tu crois ?

— Notre gars est un être humain et il mérite d'être encadré et soigné dans le plus grand respect. C'est éprouvant pour nous qui l'entourons, ça nous déchire le cœur de pas pouvoir l'aider. Comment on pourrait faire autrement ? Combien de familles laissent dépérir un proche ?

Rosario revint au présent alors que Rose-May et lui arrivèrent devant la chambre de son fils. Victor était installé devant une petite table où flottait une bonne odeur de lilas.

Il portait un pantalon de jogging gris et un t-shirt bleu. Sa barbe rasée de près lui donnait un air enfantin et ses cheveux étaient fraîchement lavés et coiffés.

— Bonjour Victor, lui glissa à l'oreille Rose-May, en déposant la main sur son bras.

Son père s'agenouilla à ses pieds et mit sur lui le *Journal de Montréal*.

— Tu sais ce qui est écrit en gros titres dans ce journal, mon gars ? Les Canadiens ont gagné leur 18e coupe Stanley contre les Blackhawks de Chicago, hier soir ! La partie s'est terminée 6 à 4. Comme de raison, Ken Dryden a été fabuleux ! C'est Yvan Cournoyer qui a marqué le sixième but et a remporté le trophée Conn Smythe avec ses 15 buts en séries et ses 25 points.

Le médecin Richer se présenta à eux, vêtu d'un sarrau blanc :

— Bonjour monsieur Alarie, bonjour Rose-May.

Les visiteurs saluèrent le praticien et Rosario poussa le fauteuil roulant de son garçon pour le conduire dans la salle d'activité.

— Flora n'est pas venue, Rose-May ?

— Non, docteur, je veux dire Jean-Philippe. Elle s'occupe d'Évangeline. Son père se rendait à L'Annonciation pour les funérailles d'un collègue de travail.

— Ah ! Je vois. Lorsque vous aurez terminé votre visite, monsieur Alarie, rejoignez-moi à mon bureau pour mettre la fiche d'admission de votre fils à jour.

— D'accord, j'y serai.

— Il s'agit d'y faire figurer sa vraie identité : Victor Alarie. Vous… tu es consentante, Rose-May ?

— Absolument.

Rose-May fixait le regard inerte de Victor.

— J'aimerais qu'il bouge les yeux.

— Il ne vous voit pas. Désolé, compatit le praticien.

— J'ai de la difficulté à comprendre qu'il puisse dormir la nuit et s'éveiller le matin.

— Même s'il paraît éveillé, ses yeux ne donnent aucune réponse émotionnelle ni suivi.

— Jean-Philippe ! Il a bougé le pouce droit.

— C'est un réflexe, reprit le père de Victor.

— Oui, confirma le psychiatre Richer. Parfois, il cligne des paupières et fait de légers mouvements des orteils. S'il pouvait réagir au chaud ou au froid ou simplement remuer les mains, nous pourrions espérer qu'il retrouve quelques facultés. Mais nous devons être réalistes.

Rosario reprit la parole :

— Ma femme Lucienne a abandonné l'idée de le ramener à la maison.

— C'est une sage décision, approuva le médecin. S'occuper d'un patient comme votre fils aurait été trop lourd pour vous. Je connais une infirmière qui a tout abandonné pour s'occuper de sa fille atteinte de la sclérose en plaques. Elle a quitté son travail en 1965 et aujourd'hui, son enfant est décédée.

— Elle a repris son poste, maintenant? demanda Rose-May, émue.

— Non. Elle ne s'est jamais remise du départ de sa fille.

— Vraiment triste !

— Même si elle était infirmière à l'époque, jamais elle n'aurait imaginé que toutes ces années lui auraient enlevé une partie de sa vie. Quand sa fille est décédée, le père de famille a quitté la maison, la laissant seule dans sa peine et dans une profonde dépression.

— Est-ce qu'elle va mieux aujourd'hui ? demanda Rose-May, les yeux rougis.

— Malheureusement, non. Elle est assise à votre droite à la table verte.

— Mon Dieu, c'est épouvantable !

La patiente d'une quarantaine d'années, belle à en couper le souffle, s'entêtait à remettre en place les pièces d'un casse-tête. Ses mains tremblaient tellement qu'elle n'y arrivait pas.

Au sortir de l'établissement, Rose-May songeait à la solitude que Victor vivait jour après jour.

— J'aimerais mieux qu'il meure, monsieur Alarie ! s'écria-t-elle après s'être installée sur le siège passager de la voiture.

— Personne peut choisir le moment de son départ, Rose-May. Je sais que c'est difficile pour nous tous.

— Vous lui rendez visite tous les mois, depuis 1949 ?

— Oui. D'un côté, le voir me réconforte.

— Comment vous avez fait pour taire ce secret durant tout ce temps ?

— Je sais pas. J'avais son image devant moi tous les jours et je savais que je vous faisais du mal. Si tu savais le nombre de fois où je suis sorti de chez moi pour aller t'annoncer qu'il était toujours vivant !

— Je l'aimais tellement ! Mais aujourd'hui, c'est différent : mon avenir est avec Jacques, vous comprenez ?

— Oui, et je te demande pardon de pas t'avoir dit qu'il était toujours en vie. Le courage m'a manqué.

— Je vous en veux plus, monsieur Alarie.

— Merci, murmura le père de Victor, le regard défait. La vie humaine représente un grand mystère, tu sais… On est juste des minuscules grains de poussière dans cette immensité qu'est la vie.

— Vous avez raison. Votre fils m'a donné tant d'amour. Il était attentionné, travaillant et était toujours prêt à rendre service aux gens.

— J'en suis heureux, ma « belle-fille ». Est-ce que Jacques est toujours à Fermont ?

— Oui, j'ai pas reçu de ses nouvelles depuis qu'il a quitté Labelle.

— Tu l'aimes encore ?

— Oui, et il me manque chaque jour. Est-ce que c'est possible de l'aimer plus que j'ai aimé Victor ?

— Tu te trouves présentement dans une autre étape de ta vie. Donne-lui sa chance, Rose-May. Victor est là, mais il devrait être pour toi une page du passé, sans pour autant le priver de ton soutien. Donc, écoute ton cœur. Rien t'empêchera de voir Victor. Je suis sûr que Jacques comprendra.

— Alors, pourquoi il m'a quittée ?

— Ça a été un gros choc pour lui. Laisse-lui du temps.

Rose-May lui avoua qu'elle filerait au bout du monde pour oublier, effacer son chagrin et panser ses blessures.

— Pars, alors ! Retrouve ta paix intérieure. À ton retour, tu renoueras avec les gens qui t'ont donné l'amour et l'amitié sincères. Cours chercher Évangeline chez monsieur Frodet et va t'installer dans ton refuge au lac Labelle. Y a rien de plus beau que la mélodie des boisés et les étoiles miroitantes du firmament !

Lac Labelle

Rose-May lisait davantage et ne se préoccupait plus de ce qu'elle devait cuisiner pour ses repas, sauf pour ceux d'Évangeline, qui ne cessait de grandir. Elle apprivoisait la vie à nouveau et appréciait ce que la nature lui offrait. Elle consacrait plus de temps à sa famille et à son amie Flora qui, de plus en plus, s'attachait à la petite. Elle avait décidé de vivre chaque jour comme si c'était le dernier.

Sa sœur Marthe lui apporta le plus beau cadeau : celui de l'écouter d'une oreille attentive et de lui sourire tendrement.

— Je suis heureuse que tu sois ici, Marthe. Merci. On profitera de la sieste d'Évangeline pour placoter.

— Je suis ici pour t'écouter, Rose-May. Pas pour te faire prendre une autre direction. Aujourd'hui, j'apprends à te découvrir. Un moment privilégié comme celui-ci s'est pas présenté souvent à nous.

— Tu as raison, on se voit seulement lors des repas de famille. Merci de me laisser mon espace sans me juger.

— Je t'aime, ma petite sœur. Tu es en sécurité au VictoRose ?

— Oui, le paysage m'enveloppe et me protège. Je me suis laissée aller aussi.

Rose-May souriait.

— Qu'est-ce que tu veux dire ?

— Je suis paresseuse, je néglige tout ! se plaignit Rose-May en fermant le rond du poêle où la bouilloire frémissait. Par contre, la petite manque de rien.

— Elle est tellement *cute*, Évangeline ! Puis, t'es pas paresseuse, tu penses à toi, ma sœur. Sais-tu ce que j'avais envie de manger pour le souper ?

— Un chateaubriand ?

— Non, j'ai apporté une grosse boîte de sauce à spaghetti Catelli !

— Non ! J'adore ! Tu te rappelles quand maman nous en servait les samedis midi ?

— Oh, que oui ! Il y avait juste papa qui grognait. Il finissait pourtant par terminer son assiette en la nettoyant avec deux tranches de pain.

— C'est des beaux souvenirs qu'on passait à la table familiale quand on était jeunes !

— Si l'enfance pouvait durer !

— Elle est toujours en nous, Marthe. C'est à nous de lui donner la chance de perdurer.

— As-tu reçu des nouvelles de Jacques ?

— La dernière lettre que j'ai reçue de lui date du début de décembre. J'ai le sentiment qu'il est parti depuis des années et qu'on s'est jamais mariés !

— Ça te préoccupe ?

— Il me manque, si tu savais ! Il me semble que notre histoire pouvait pas finir comme ça. On a trop de beaux souvenirs qui nous unissent. J'ai ressenti l'abandon quand il est parti et maintenant, je me rappelle seulement les doux moments passés avec lui.

— C'est comme ça que tu dois réagir, ma sœur. À quoi ça te servirait de te remémorer l'instant où vous avez appris l'existence de Victor? Tu penses positivement, c'est bien. Jacques se rendra compte que partir était pas la bonne solution. Il a estimé prendre la route adéquate pour fuir la réalité, mais il s'est trompé. Il t'aime, il sera de retour bientôt.

— J'espère que tu dis vrai. J'aimerais bien qu'il ait pas pris le bon chemin et qu'il revienne. J'aurais dû le retenir de force, mais j'étais tellement mêlée, le jour où j'ai revu Victor. Il a pensé que je l'aimais plus que lui, alors que je voulais juste être un soutien, une présence pour mon ancien mari.

— Il s'est senti repoussé, on peut le comprendre.

— Oui, mais je l'aime de tout mon cœur. Tu as vu papa et maman dernièrement?

— Je suis passée à La Conception hier.

— Ils vont bien?

— Oui, mais ils se font du souci pour toi.

— Ils devraient pas, je suis une grande fille.

Au même moment, à La Conception, Urgel commençait à montrer des signes de la maladie d'Alzheimer. Pendant que Rita faisait les courses à l'épicerie du coin, Maria, qui était en visite à la maison familiale, l'avait surpris à fixer ses pieds, avec une peur évidente dans les yeux.

— Papa, qu'est-ce qu'il y a?

— Mes pantoufles étaient vertes, bâtard! Elles sont rendues noires.

— Tes pantoufles de laine sont dans le panier à côté de la porte d'entrée. C'est tes bas noirs que tu fixes comme ça.

— Eh ben! Fais-en pas de remarque, ma fille. Je suis dans la lune, ces temps-ci.

— C'est pas grave, ça arrive à tout le monde d'avoir des moments d'égarement.

— J'étais pas perdu, j'étais dans la lune, que je te dis!

— Bien sûr, papa, le rassura Maria, le regard triste. Et comme tu dis souvent, tes «vieux os», comment ils vont?

— C'est ben sûr qu'y vont ben, c'est le mois de mai! C'est en hiver qu'ils me font souffrir.

« Tu es si intelligent, papa ! Laisse pas les années empiéter sur ton esprit. Montre à tout le monde que tu ne fuiras pas la réalité de la vie », murmura intérieurement sa fille.

Urgel se rendit sur le seuil de la porte :

— Balthazar ! Viens, c'est l'heure de manger ton pâté ! Balthazar !

Le cœur de Maria se serra.

— Papa, Balthazar est mort depuis trois mois.

— C'est-tu vrai ?

— Oui ! Tu t'en souviens pas ? Tu l'avais baptisé comme ça quand tu l'avais trouvé sous la galerie la veille de Noël, il y a 12 ans ?

— T'as raison, ma fille. Il a été frappé par une voiture en février. Ta mère pense que je commence à faire de l'Alzheimer, imagine-toi !

— Tu es peut-être juste un peu fatigué ?

— Ben oui, c'est ça ! Elle me croit pas ! Je peux pas avoir pogné cette maudite cochonnerie à mon âge, je suis ben trop jeune !

— Je suis certaine que t'as pas « attrapé » cette maladie, comme tu dis.

Cet homme avait travaillé sur sa terre sans relâche depuis la naissance de ses quatre enfants. Il refusait d'accepter que les affres de la vieillesse le rejoignent. Souvent, il fixait ses mains tremblantes et répétait les mêmes gestes tous les matins : sortir difficilement de son lit et accomplir une simple toilette partielle, car l'orgueil l'empêchait de réclamer l'aide de sa femme pour le seconder, afin qu'il puisse se dégager de la baignoire sans glisser et se blesser.

Rita était rentrée de faire ses courses et Maria avait quitté la maison, inquiète, triste même.

Dans la soirée, Rita s'était avancée près de son mari, installé dans la berçante. Il était déjà vêtu de son pyjama en flanelle et il fixait la table centrale du salon.

— Urgel, laisse-moi t'aider.

— Quoi ? Non, laisse faire, je suis pas un impotent !

— Je suis ta femme et j'aimerais te donner un coup de main. Pourquoi tu me laisses pas te donner tes pantoufles quand c'est ardu pour toi de te pencher ? Aussi, pourquoi tu me laisserais pas te soutenir quand tu as envie de prendre un bain qui ferait tellement de bien à tes vieux os ?

— Tu me prends pour un infirme, bâtard ! J'ai pas encore 80 ans !

— On avance en âge tous les deux, on pourrait se supporter mutuellement.

— On sera des vieillards quand on aura 100 ans, Rita !

— Toi et moi, on va partir un jour, qu'on le veuille ou pas. On est pas éternels, mon mari.

— Un vieux meurt pas, Rita, il s'endort pour toujours. Je veux plus entendre ce mot !

— Tu as peur de mourir ?

Elle s'approcha de lui et serra sa main.

— Oui, j'ai peur de mourir ! T'es contente, là ? Ça m'inquiète de pas savoir ce qui va se passer après. Qu'est-ce que tu feras quand je serai plus là ? Je veux pas te laisser toute seule !

— Je peux partir avant toi, aussi, Urgel.

— T'es plus jeune et en meilleure condition que moi, ma femme.

— Il y a juste cinq ans qui nous séparent, mon vieux.

— Que ce soit toi ou moi qui parte en premier, as-tu pensé à nos enfants pis nos petits-enfants ?

— Denis, Jeanne, Marcel, Jean-Paul et Charlotte sont des adultes, Urgel. Ils sont riches.

— Comment ça ?

— Ils ont des parents en santé. On a pas à s'inquiéter pour eux. Ils vont continuer d'avancer dans la vie, comme on l'a fait.

— Ouin, vu de même, ça me rassure un peu.

— Écoute. Je te donne l'impression d'être forte face aux années qu'il nous reste à vivre, mais je suis consciente qu'il y en a pas mal moins en avant que celles qui ont passé depuis notre mariage en 1928. Si on se tenait la main pour les vivre en prenant soin l'un de l'autre ?

— Tu as raison. Mes faiblesses m'inquiètent, c'est pour ça que j'essaie de jouer au plus fort avec toi. Je suis pas fou, je sais ben que je commence à faire de l'Alzheimer. Au moins, je me rappelle des niaiseries que je fais, je suis pas encore sénile. Je t'ai pas raconté ce qui est arrivé mardi matin, quand je suis allé manger un beigne pis lire mon journal à la cantine ?

— Non. Qu'est-ce qu'il y a eu de si spécial ?

— Quand la serveuse m'a apporté mon beigne puis mon café, l'envie d'aller à la salle de bain m'a pogné.

— Et ?

— Quand je suis sorti de la toilette, ben bâtard, je me suis trompé de table !

— C'est pas grave, Urgel.

— Je me suis assis à une table où y avait un café pis un beigne, puis j'ai commencé à manger. C'était à une femme qui avait commandé la même chose que moi, pis quand elle est arrivée à la table, ben elle m'a traité de quêteux !

— Ha ! Ha !

— Ça te fait rire ? lui avait demandé son mari en la regardant, avec un regard interrogateur.

— Oui !

— C'est vrai que c'est drôle, dans le fond ! Sais-tu, ma Rita ? J'aimerais ben mieux qu'on parte en même temps. Y en aurait pas un des deux qui braillerait. À part nos enfants, c'est ben sûr…

— Où qu'on se retrouve, mon vieux, on sera toujours là pour veiller sur eux.

— De toute façon, je vais avoir des comptes à régler en haut avec mon paternel pis mon *chum* Gilbert qui sont morts du cancer, l'année passée.

— Comment ça ?

— Mon père est parti comme un voleur sans que je puisse lui dire salut. Quant à Gilbert, il m'avait emprunté mon chalumeau pis il me l'a jamais rapporté.

— Urgel, avait répondu sa femme en se collant à lui, ton chalumeau est dans la cave. Madame Jodoin nous l'a remis le lendemain des funérailles de son mari.

— C'est-tu vrai ?

— Je suis certaine, il est sur ton établi.

— Ah ! Mais ça, c'est une perte de mémoire ; c'est pas de l'Alzheimer !

Chapitre 29

Une bonne nouvelle

Juillet 1973

Bonjour Rose-May,

J'espère que tu vas bien. Je suis désolé de pas t'avoir écrit depuis que je suis à Fermont. Cette lettre est pour t'aviser que tu peux garder la voiture encore un bout. Je pensais revenir dans les Laurentides à l'automne, mais j'ai décidé de partir la semaine prochaine pour travailler à la baie James pendant quelques mois. Tu as entendu parler des aménagements hydroélectriques autorisés par Robert Bourassa à la télévision ? J'ignore pour quel genre d'ouvrage je vais travailler, le foreman m'a dit que je serais sur la phase 1 pour la construction d'une centrale. Ici, à Fermont, ça va bien. Je demeure au mur-écran et je peux te dire qu'il est immense et bien organisé. Il est construit comme une pointe de flèche. Il est très long, et est haut de cinq étages. Le but de la construction est de protéger les habitants des vents du nord. Je suis pas sorti beaucoup du mur l'hiver passé, le climat était extrêmement rigoureux. Tout y est; pas besoin de se faire geler à l'extérieur ! Je t'énumère quelques services municipaux : poste de police ; centre commercial ; hôtel de ville ; aréna et bureau de poste, où je suis allé chercher la lettre que tu m'as envoyée. Le mur est comme une ville enclavée. J'ai eu le plaisir de serrer la main des architectes, Maurice Desnoyers et Norbert

Schoenauer. Par contre, il y a pas d'hôpital. La semaine dernière, ma voisine enceinte a accouché à Sept-Îles. Quand vient le temps pour une femme de donner naissance, elle reçoit un billet un mois avant la date prévue pour son transport en avion. Je suis désolé pour ce que tu m'as appris, que c'est monsieur Alarie qui a trouvé son fils noyé il y a plusieurs années. J'espère que tu vas mieux aujourd'hui.

Je te souhaite un bel été à ton chalet du lac Labelle.
Prends soin de toi,

Jacques

« C'est pas mon chalet, Jacques ! C'est aussi le tien. En espérant qu'un jour, tu reviennes l'habiter avec moi ! » marmonna Rose-May pour elle-même en saisissant un stylo et des feuilles dans le tiroir du bahut près de la cuisinière pour répondre à son bien-aimé.

Bonjour Jacques,

J'ai bien reçu ta lettre et je suis heureuse pour toi si tu aimes ton travail. Oui, en effet, la température doit être glaciale en saison hivernale. À Labelle, tout va bien. Pour « MON chalet », j'y suis installée depuis la fin mai. Évangeline vit avec moi durant la semaine et les fins de semaine, elle habite chez sa mère et son grand-papa, à La Minerve. Je me souviens pas si, dans ma dernière lettre, je t'avais écrit que Flora fréquentait le docteur Richer de l'hôpital Douglas. Aussi, monsieur Frodet est complètement gaga de la petite Évangeline. Elle est attachante. Mon père a commencé un début d'Alzheimer, ça m'attriste. Il nous reconnaît, mais il a souvent des moments d'égarement. Ma mère sort plus de la maison de peur de le laisser seul et qu'il s'aventure à l'extérieur ou ouvre le feu sur la cuisinière. Avant que maman soit épuisée, on se réunira pour lui suggérer de faire une demande dans un centre adapté à sa condition. Pauvre papa ! Il aurait pu seulement perdre l'ouïe ou la parole, ce serait moins déchirant que de le voir s'égarer ainsi, dans la maison.

Sur ce, je te souhaite également un bel été.
Fais attention à toi.

Rose-May

La fin de semaine suivante, Rose-May avait reçu son frère Normand et ses voisins de la rue du Couvent, Anita et Sylvio Bissonnette.

Le soleil de juillet fut au rendez-vous et les discussions s'avérèrent des plus joyeuses.

— Normand, peux-tu sortir les crudités du Frigidaire en prenant ta bière, s'il te plaît?

— Bien oui, ma sœur! Flora viendra pas avec Évangeline?

— Non. Jean-Philippe les amenait dans le Vieux-Port de Montréal pour le week-end.

— Oh! C'est sérieux entre eux, à ce que je constate. Ça va finir par un mariage, cette histoire d'amour-là!

— Ils passent pas une fin de semaine sans se voir. Souvent, Flora le rejoint à Verdun et son père s'occupe de la petite. Tu aurais aimé la voir? Elle te manque, Flora?

— Pourquoi tu dis ça? demanda le frère d'un regard soupçonneux.

— Ben… Non, laisse tomber.

Rose-May s'amusait à le taquiner.

— C'est ton amie et je l'apprécie. Pourquoi ce sourire en coin?

— Tu vas pas montrer à un vieux singe à faire des grimaces, Normand! Je me souviens de l'été où tu étais resté dormir au chalet.

— J'avais pas dormi dans le chalet, j'avais monté ma tente près du lac!

— C'est ce que je disais, répondit Rose-May, souriante, en lui lançant un clin d'œil. Flora était allée te porter du café.

— Qu'est-ce que tu veux insinuer? lui demanda Normand.

— Est-ce que tu me prends pour une idiote? Quand je suis sortie du chalet, vous m'avez lancé un regard interrogateur, comme si vous saviez que j'avais tout deviné.

— Tu te fais des idées!

— Elle m'a dit qu'elle était allée te porter un café. Elle était en chemise de nuit et ses cheveux étaient plus ébouriffés que quand elle était sortie du chalet.

— C'est arrivé juste une fois ! Elle était trop belle, j'ai pas pu résister !

— Ouin, ouin… Tu sais bien que je me moque de toi, Normand. Tu as bien le droit de mener ta vie comme tu l'entends. Flora est mon amie, pas ma fille. Peux-tu demander à madame Anita si elle désire un verre de vin ou une limonade rose ? Ah, oui ! Apporte une bière à monsieur Sylvio. C'est triste que Gaétane soit pas avec toi, je l'aime bien, ta blonde.

— Elle a pas pu refuser l'invitation de sa famille. Un 25ᵉ anniversaire de mariage, ça se fête ! Ils sont drôles, tes voisins, c'est un couple dépareillé ! Et on voit bien que c'est madame Bissonnette qui mène la baraque, comme on dit !

— Monsieur Bissonnette donne pas sa place non plus. Quand il dit à son Anita d'arrêter de parler comme une pie, elle se fâche et une heure après, elle a recommencé à jacasser à tue-tête. Peux-tu ouvrir la porte à Frimousse ? Ça fait longtemps qu'elle s'ennuie ici dedans.

— Oui, avec un petit coup de pied si tu le permets, ce qui m'évitera de déposer le plateau sur la table une seconde fois, pour ouvrir la porte.

Rose-May pensa à Jacques ; il aurait aimé cette journée remplie de rires et de complicité !

∽

Pour Rose-May, les Noëls d'antan passés en famille furent les plus beaux, même si, à l'époque, les cadeaux se limitaient à une orange, un soda et des friandises cachés au fond d'un bas de laine. Pour les parents, la commémoration de la naissance du Christ restait une fête sacrée, une magie annuellement renouvelée, que l'on fêtait entourés de la famille proche, suivie d'un copieux repas et d'une veillée, où l'harmonica et les cuillères de bois étaient à l'honneur.

Rose-May avait invité les siens et ses voisins, Anita et Sylvio Bissonnette, à réveillonner sous le toit de la maison de la rue du Couvent. Elle avait décoré, sans rien faire de compliqué : une immense couronne de pin était accrochée à la porte d'entrée, un sapin joliment paré décorait le salon et une table était dressée pour neuf convives.

La soirée s'écoulait doucement et les souvenirs heureux s'enchaînaient.

— Sainte ritournelle, qu'on a du *fun* ! s'écria Anita. Tu t'en souviens, Ti-Vio, de la grosse pancarte avec le gros bonhomme rouge de Coca-Cola sur le perron du dépanneur ?

— Beau dommage ! Notre plus jeune en avait une peur bleue quand il passait devant le dépanneur des Carignan. Y avait aussi une chorale d'enfants sur la galerie qui chantait des cantiques la veille de Noël. C'était ben beau !

— Oui, pis la plus belle chanson a toujours été pour moi *La Charlotte prie Notre-Dame.*

Et Rita l'entonna sous le regard des invités :

— *Seigneur Jésus, je pense à vous*
Ça m'prend comme ça, y a pas d'offense
J'suis morte de froid, j'me tiens plus debout
Ce soir encore, j'ai pas eu d'chance
Ce soir, pardi, c'est réveillon
On n'voit pas passer qu'des rigoleurs
J'gueulerais : Au feu ! ou Au voleur !
Qu'personne y ferait attention
Et vous aussi, Vierge Marie
Sainte Vierge, mère de Dieu[9]...

— OK, Rita, somma son mari.

— Quoi ? J'avais pas fini, tu m'as coupé le sifflet !

— Y en a d'autres qui veulent chanter, ma femme.

---

9 *La Charlotte prie Notre-Dame*, interprétée par Marie Dubas (1934).

— Bon, bon ! Je finirai de la gazouiller après.

Les gens attablés riaient de bon cœur pendant que Rose-May et ses sœurs nettoyaient les couverts du repas. Les histoires gaillardes de l'un, les chansons folkloriques de l'autre et le traditionnel set carré dansé devant le roi des bois illuminé prolongèrent la soirée jusqu'au petit matin.

— Je m'endors, Rita. J'aimerais ça aller me coucher, demanda son mari Urgel, les yeux rougis.

— Déjà 3 heures ! Le temps a passé tellement vite !

— On y va-tu ? Demain, faut aller à la messe de minuit, ma femme.

— Non, Urgel. Demain, ce sera le 26, mon vieux. Y aura pas de messe de minuit. Et t'auras pas besoin de t'endimancher pour te présenter à l'église.

Rita était triste de voir que son mari perdait de plus en plus la notion du temps. Elle remarquait bien que les pertes de mémoire occasionnelles affectaient la vie de tous les jours de son conjoint, et qu'il en était conscient. Ce matin, au lever du jour, il lui avait avoué être triste de ne pas faire ce qu'il avait pourtant été en mesure d'accomplir durant toute sa vie.

— C'est pas normal, ce qui m'arrive, ma femme ! Y faudrait que j'écrive tout sur un bout de papier pour rien oublier ! Des fois, je veux dire un mot, pis je peux le chercher pendant plusieurs minutes, bâtard ! Comme depuis que je suis levé, j'arrête pas de me demander quel jour on est ! Oui, c'est vrai, on est le 25 décembre, pis c'est le matin de Noël. As-tu vu ma montre, Rita ? Je pensais l'avoir mise sur la table du salon avant de me coucher, hier soir.

— Je l'ai trouvée sur le bout du comptoir, l'avait informé sa femme, peinée d'avoir en fait retrouvé la montre près du pot à café dans l'armoire de la cuisine.

— C'est-tu vrai, ça ? Ça, c'est juste une tite perte de mémoire, tu me rassures.

Urgel bâilla pour une énième fois, alors que sa femme se levait, prête à partir.

Après le départ des invités, Rose-May avait décidé de tout ranger avant d'aller dormir.

« Quelle jolie fête ! » pensa-t-elle, en ramassant les bouteilles et les assiettes vides, éparpillées ici et là. « Tu imagines comme j'aurais été heureuse si tu avais été à mes côtés, Jacques ! Ça aurait été la totale ! lança-t-elle, les yeux remplis de larmes. Je t'aime tellement, mon chéri ! Mais tu as préféré me faire faux bond, en cette nuit de la naissance du petit Jésus. » Elle s'empara du petit ange sur la coiffe du sapin et l'offrit à Victor : « Mon cher Victor, je t'apporterai ce petit ange aux ailes de velours et si un jour tu décidais de t'envoler vers le Paradis, rejoindre ceux que tu aimais, il te guidera jusque dans l'infini… », souffla-t-elle.

Deux jours plus tard, Flora avait demandé à son père de s'occuper d'Évangeline, car avec Jean-Philippe, ils avaient invité Rose-May à assister au spectacle d'Yvon Deschamps au théâtre Le Patriote de Sainte-Agathe.

Au retour, dans la voiture, les trois amis discutaient avec passion du spectacle.

— J'ai trop ri, j'ai mal au ventre ! s'écria Rose-May, assise sur le siège arrière de la voiture.

— Tu le connaissais pas comme humoriste, Rose-May ? demanda Flora, en prenant la main de Jean-Philippe.

— Non. Je l'avais juste vu à la télévision dans le spectacle *L'Osstidcho.*

— Eh bien ! Il est populaire pourtant ! Il est marié à la belle Torontoise Judi Richards depuis novembre 1971. Ils forment un beau couple.

— Je la connais pas.

— J'ai lu dans le journal qu'elle avait dansé dans la comédie musicale *Anne, la maison aux pignons verts* en 1967. Elle est aussi choriste pour Jean-Pierre Ferland.

— Ah oui ?

— Elle chante bien. Elle est jolie et plus jeune que son mari. C'est un beau duo, comme tu dis ! Tu parles pas, mon minou ?

Rose-May souriait.

— Je me disais qu'il était tôt pour rentrer. Si on allait prendre un café, les filles ?

— Bonne idée ! approuvèrent en chœur les deux amies en se regardant affectueusement.

Dans un restaurant à la mode choisi par Jean-Philippe, ils s'installèrent sur une banquette où flottait un arôme de café fraîchement moulu qui s'entremêlait aux effluves de cannelle et de pâtisseries vanillées. Jean-Philippe entoura les épaules de Flora.

Émue, Rose-May les observait tendrement.

Qui aurait pu croire que Flora Frodet puisse tomber amoureuse de cet homme si charmant ?

En cette soirée truffée d'amitié, le couple heureux annonça à Rose-May ses projets d'avenir.

— Rose-May...

— Oui, ma belle Flora ? répondit cette dernière, en sortant un paquet de cigarettes de son sac.

— Tu fumes, maintenant ? s'écria l'amie surprise, en levant la main pour balayer le halo de fumée blanche. Depuis quand ?

— C'est occasionnel, Flo. Inquiète-toi pas, je suis pas accro au tabac.

— Misère ! Des Player's, en plus ! T'as pas choisi les plus douces !

Jean-Philippe reprit la parole, incertain :

— Pourquoi commencer à fumer, alors que tu n'avais jamais touché à ça avant, Rose-May ?

— J'ai acheté mon premier paquet au dépanneur du coin quand mon ex-beau-père m'a ramenée chez moi après qu'on a rendu visite à Victor à l'hôpital. J'en avais besoin, je pense. Si je fume une cigarette à l'occasion, c'est pour me détendre.

Disons qu'elles m'apportent... une tranquillité que je suis incapable de décrire.

— C'est pas bon pour ta santé, Rose-May. Le tabac est nocif...

— Tu veux dire que c'est une drogue aussi dérangeante que le LSD, Flora? répliqua Rose-May, déçue.

— Quel coup bas! s'exclama l'amie visée, en baissant la tête pour agripper la main de son fiancé.

— Je te demande pardon! J'ai pas le droit de juger ton passé. Tu t'es montrée si courageuse! Excuse-moi, je t'aime tant!

— Voyons, Rose-May, tu es comme ma sœur. C'était à moi de me mêler de mes affaires. Tu fais ce que tu veux de ta vie, j'ai pas à intervenir.

— Merci, je suis soulagée. Qu'est-ce que vous vouliez me dire tantôt, mes amis?

— On va se marier en décembre prochain!

— Vraiment? Youpi! cria-t-elle en se levant pour les serrer dans ses bras.

— Ce sera une petite cérémonie: nous deux, mon père, toi, Jacques, s'il est rentré de la baie James, et Évangeline.

— Où est-ce que vous vous installerez après la noce? s'inquiéta Rose-May, qui remuait son second café.

Ébranlée, Flora regarda Jean-Philippe, espérant qu'il réponde à son amie.

— Flora? insista Rose-May.

— À Verdun. Je suis désolée, je devrai quitter La Minerve.

— T'es sérieuse? récidiva-t-elle, le regard triste.

— Laisse-nous t'expliquer.

— Et ton travail?

— Je vais prendre une pause. Et quand Évangeline commencera l'école, je retournerai enseigner.

Jean-Philippe reprit d'une voix douce:

— Mon travail est à Verdun. Je ne peux pas mettre une croix sur ma carrière.

— Je comprends, Jean-Philippe, mais Évangeline! Elle s'ennuiera de Flora sans bon sens! En plus, tu as pensé à ton père qui respire juste pour cette enfant ? Est-ce qu'il est au courant de vos projets ?

— Papa travaille plus comme charbonnier. Il a mis la maison de La Minerve en vente. Il s'installera avec nous chez Jean-Philippe.

— Je suis contente pour lui, mais quand est-ce que tu verrais la petite ? Une fois par mois ? Je pourrais la conduire à Verdun, mais si Jacques décide de revenir dans les Laurentides, je pourrai plus prendre la route aussi souvent, j'aurai plus de voiture. Et puis, vous me manquerez, sainte pivoine ! ajouta Rose-May avec les yeux brouillés de larmes.

— Tu sais que j'aime Évangeline de tout mon cœur, c'est ma fille, reprit Flora avec douceur.

— Oui. Tu es une maman merveilleuse pour elle.

— Tu nous laisseras la petite après notre mariage, Rose-May ?

— Comment je pourrais empêcher Évangeline de vivre une enfance heureuse auprès de sa mère et de son nouveau papa ?

— J'ai l'intention de l'adopter, expliqua Jean-Philippe en entourant les épaules de sa future femme. Elle est attachante et je veux tout ce qu'il y a de mieux pour elle.

— J'aime Évangeline de tout mon cœur. La journée où elle est arrivée sur la rue du Couvent, avec surprise, j'ai découvert en moi une fibre maternelle insoupçonnée. Elle est une petite fille facile et affectueuse.

— Je sais, merci d'en avoir pris soin durant tout ce temps, répondit Flora, en larmes, en enveloppant la main de son amie.

— Le jour de votre mariage, quittez immédiatement la ville pour votre voyage de noces... mais attention !

Le couple se leva en jetant un regard inquiet à la mère adoptive en pleurs.

— Revenez chercher la petite au plus vite chez son grand-papa ! Elle vous y attendra avec un sourire angélique accroché aux lèvres.

Elle prit une pause et poursuivit :

— Je vous aime tous les trois et vous souhaite la plus heureuse des vies !

Chapitre 30

La nouvelle année

Janvier 1974

Rose-May célébra la nouvelle année chez son frère Normand et sa conjointe Gaétane, dans leur nouvelle maison sur la rue du Pont.

— Maria, j'ai l'impression qu'il est parti depuis une éternité !

— Tu l'aimes encore ?

— J'avoue que la journée de son départ, je tournais en rond dans la maison, je le cherchais partout.

— De qui tu parles ? De Victor ou de Jacques ? lui demanda Maria, en l'incitant à s'éloigner des invités. Viens, on va discuter au salon, on sera plus tranquilles.

Elles s'installèrent sur le divan, près du tourne-disque émettant des airs folkloriques qui assourdissaient la discussion.

— De Jacques voyons ! Quand je me suis retrouvée toute seule, tout a basculé dans ma tête. Tu imagines ! Je me suis remariée avec Jacques en ignorant que Victor était encore en vie.

— La journée où tu as su pour Victor, tu savais plus vers lequel des deux te tourner, c'est ça ?

— Je voulais aider Victor, en prendre soin. Mais comment ? Il ignore que les gens autour de lui existent ! J'aimerais qu'il me reconnaisse pour pouvoir lui dire que je serai toujours là pour lui. Et j'aimerais aussi lui présenter sa fille Évangeline. Mais que veux-tu ? Les miracles existent pas.

— Tu es retournée le voir ?

— Je le vois une fois par mois avec monsieur Alarie et sa femme. Je me sens impuissante quand je me trouve en face de lui. Il me donne aucun signe de vie. Je suis tellement confuse ! C'est comme si j'avais contourné les lois de l'Église catholique en me mariant deux fois.

— Voyons, Rose-May, tu le savais pas quand tu t'es remariée. Monsieur Alarie aurait sans doute dû t'avertir quand tu lui as annoncé ton mariage. Je trouve qu'il y a eu là un grand manque de sa part.

— Tu as raison. Probablement que j'aurais refusé la demande de Jacques, tout en continuant de le fréquenter. Je le sais plus ! J'aurais sûrement laissé passer du temps avant de lui dire oui.

— Est-ce que tu voudrais que Jacques revienne ?

— J'attends juste son retour ! Je veux être présente pour Victor, mais c'est Jacques que j'aime.

— Lui as-tu mentionné dans tes lettres qu'il te manquait ?

— Oui, dans ma dernière lettre. Je pense qu'il veut plus de moi, que je l'ai perdu à tout jamais !

— Pourquoi tu lui as jamais demandé clairement de revenir ? Il lit pas dans ta tête, Rose-May ! Tu as bien beau lui dire que tu l'aimes et que tu t'ennuies, mais lui as-tu écrit REVIENS, en grosses lettres ?

— Non. Il est parti de Labelle en gardant sa rancune et je me ronge les sangs depuis ce temps-là. Il est trop tard, il m'aime plus. Je l'ai blessé et j'ai perdu sa confiance.

— Il avait besoin de temps pour lui. Tu imagines le choc qu'il a pu ressentir quand il a appris que Victor était pas décédé ? Il attend que tu fasses le premier pas, j'en suis certaine.

— Qu'est-ce que je devrais lui dire ? Je sais plus quoi faire !

— Tu lui écris que tu l'aimes et que tu lui ordonnes de rappliquer chez toi, bon sang ! Si tu lui fais pas part de tes intentions, il reviendra jamais, pauvre chouette ! Si tu lui as pas avoué clairement que c'est lui que tu veux dans ta vie, il déduit probablement que tu as choisi de t'occuper de Victor, malgré son état de santé.

— Tu penses qu'il croit que j'ai choisi Victor ? Ça a aucun sens, voyons !

— Qu'est-ce que tu en penses, toi ? Si j'étais dans sa tête, je penserais exactement comme lui !

— Je vais lui écrire quand je rentrerai à la maison.

Vêtue d'une robe couleur bordeaux et d'un tablier à bavette, Rita se présenta au salon, le visage rougi. Elle paraissait fatiguée. La semaine précédente, elle avait insisté auprès de son fils Normand pour préparer le souper festif, même si cela lui donnait beaucoup de travail et d'énergie. En juillet, lorsqu'il avait reçu ses proches pour l'inauguration de sa nouvelle maison, Gaétane avait cuisiné un repas qui s'était avéré comestible, sans plus.

— Mon chien est mort ! s'écria-t-elle, les yeux tristes.

— Qu'est-ce qu'il y a, maman ? demandèrent ses deux filles en se tournant vers elle.

— Imaginez-vous donc que j'ai oublié d'acheter une conserve de canneberges pour accompagner ma dinde.

— On s'en passera, c'est tout ! répondit Maria en se levant.

— On peut pas servir cette volaille sans qu'elle soit arrosée de sauce aux atocas, voyons ! Où j'avais la tête quand j'ai fait les courses ?

Rose-May prit la parole pour rassurer sa mère :

— Je vais aller au dépanneur.

— Il y a pas de commerce ouvert la journée du jour de l'An, ma fille.

— Oui, il y a une grande affiche sur la porte, il ferme à 7 heures.

— Eh bien ! Reste à savoir si monsieur Dandonneau tient des boîtes de canneberges sur les tablettes de son dépanneur.

— Inquiète-toi pas, on en trouvera pour ton festin !

Rose-May se rendit dans la chambre de son frère Normand pour prendre son manteau laissé sur le lit et sortit pour se diriger au dépanneur situé à deux coins de rue de la maison de son frère Normand.

Le climat était doux et le ciel clair arborait ses étoiles miroitantes. Malgré le paysage floral disparu sous un édredon opalescent, et l'absence de mélodies des chanteurs des bois, quelle belle saison que l'hiver au Québec !

Rose-May huma l'air froid et sourit en entendant la neige durcie craquer sous ses pieds.

« Trois motoneiges ! Il faut croire que ces gens ont pas reçu d'invitations pour célébrer la nouvelle année en famille », se dit Rose-May en passant devant un motoneigiste qui la salua en inclinant la tête.

L'individu ouvrit la porte du dépanneur et s'effaça pour lui laisser le passage.

— Merci, monsieur.

— De rien, madame Yergeault, répondit l'homme en détachant son casque de motoneige.

— Vous connaissez mon nom ?

Sa voix fit écho sous la visière :

— Tu reconnais pas mon *ski-doo,* Rose-May ?

— Pardon ?

Elle se tourna vers l'engin, garé le long du trottoir et sourit tendrement, heureuse de reconnaître la monture de son mari.

— Jacques ? C'est toi ?

— C'est bien moi, répondit ce dernier en souriant, tandis qu'il levait la visière embuée qui lui obstruait la vue. Comment tu vas ?

— Bien. Quand est-ce que t'es rentré de la baie James ? demanda-t-elle, les jambes flageolantes.

— Dans la nuit de Noël.

— Et t'as pas pensé à me téléphoner depuis le 25 décembre ?

— Est-ce qu'il aurait fallu que je le fasse ?

Maintenant, Rose-May savait : Jacques n'était pas revenu à Labelle pour renouer avec elle. Elle respira un bon coup et poursuivit, sur un ton neutre :

— Laisse tomber. J'ai compris que si tu m'avais pas envoyé de lettres depuis des semaines, c'est que tu voulais plus revenir habiter avec moi.

— Qu'est-ce que tu veux dire ? lui demanda son mari devant le regard impatient de l'employé du dépanneur qui attendait l'argent de la boîte de pastilles que Jacques venait de prendre sur le présentoir.

— Tu fréquentes une autre femme, Jacques ? Tu veux divorcer ?

— Jamais de la vie ! Pourquoi tu dis ça ?

— Je croyais que tu m'avais oubliée.

— Mais non, voyons ! Est-ce que Victor est encore à l'hôpital ?

— Oui, il est toujours au centre Douglas et en sortira pas. Il y a aucun espoir de guérison pour lui. C'est ça que tu souhaitais entendre ?

— Tu es déçue ? Tu aurais aimé le prendre chez toi ?

— Pourquoi tu me poses cette question ? Pourquoi revenir sur cette discussion ?

— Dans les lettres que tu m'as envoyées, tu m'as jamais parlé de tes intentions, Rose-May. Tu m'as seulement informé qu'Évangeline était sa fille.

Impatient de voir les clients discuter près de la caisse enregistreuse en faisant attendre les autres, le propriétaire se manifesta :

— Monsieur, est-ce que vous pourriez payer vos pastilles ? Il y a des gens qui attendent en arrière de vous et je ferme les portes du dépanneur dans trois minutes.

Jacques régla son achat et se dirigea vers la sortie.

— Oh ! Les canneberges pour maman ! s'écria Rose-May en courant vers l'allée centrale du dépanneur.

Jacques en profita pour sortir sur le trottoir croûteux de neige grisâtre. Il alluma une cigarette et démarra sa motoneige.

Rose-May sortit sur le perron du dépanneur à toute vitesse.

— Rose-May ! Écoute…

— Quoi ? Éteins cette machine, je t'entends pas !

— J'ai besoin d'une réponse, cria-t-il en tournant la clef du contact de la motoneige. Si tu avais pu prendre Victor chez toi, l'aurais-tu fait ?

— Jamais de la vie ! Est-ce que tu pourrais t'enlever ça de la tête ?

— Pourquoi ?

— Parce que c'est toi que j'aime, idiot !

— Si tu me l'avais écrit dans tes lettres, j'aurais pu revenir avant, tu penses pas ?

— Tu m'aimes toujours ? demanda-t-elle avec un trémolo dans la voix.

— J'ai jamais cessé de t'aimer, Rose-May. Si tu savais toutes les nuits blanches que j'ai passées en pensant à toi ! Je te voyais partout où je posais les yeux, ma belle !

— Oh ! Jacques !

Elle s'élança vers lui en pleurant pour l'étreindre et le couvrit de baisers.

— Tu m'as manqué !

— Que de temps perdu à pas nous entendre ! Tu peux pas savoir comme je me suis ennuyé !

Il la serra contre lui et embrassa ses lèvres, ses joues rougeaudes et ses paupières imbibées de larmes.

— Je dois aller porter ces canneberges à maman chez Normand. Sinon, son repas sera pas bon qu'elle nous a dit.

— Reste avec moi, Rose-May ! J'ai besoin de toi, ma belle.

Il encercla sa taille.

Elle tremblait.

— Je rêvais de ton corps toutes les nuits ! J'avais si froid sans toi à mes côtés !

— Embarque sur mon bolide. Je te reconduis chez Normand pour donner les conserves à ta mère et je te ramène à ma chambre d'hôtel. Je veux t'aimer sans arrêt jusqu'au petit matin !

— Je peux pas me sauver du souper du jour de l'An comme ça, voyons ! J'ai une idée.

— Quoi ?

— Je vais aller porter les canneberges. Je vais demander à ma mère qu'elle me réserve deux assiettes et dans la soirée, tu reviendras avec moi chez Normand.

— Tout ce que tu veux ! Dépêche-toi ! On a assez perdu de temps !

En moins de deux minutes, Jacques la conduisit chez son frère. Rose-May entra dans la maison en trombe en oubliant de refermer la porte derrière elle.

— Enfin ! Ferme la porte, Rose-May, la maison va se refroidir. Est-ce que tu t'es égarée en chemin, ma fille ? lui demanda Rita qui sortait un ouvre-boîte de la poche de son tablier, décoré de feuilles de gui.

— Non, maman. Écoute, peux-tu garder deux couverts au four ? Il faut que je reparte, je reviendrai plus tard.

— Comment ça ? Pourquoi deux assiettes, ma grande ? demanda Rita, intriguée.

— On aura une faim de loup !

— Je comprends pas ? Explique-moi, tu m'inquiètes. Tu sais que ça se fait pas de disparaître ainsi, le premier jour de la nouvelle année ! Ton père aura de la peine s'il a pas tous ses enfants près de lui pour la bénédiction paternelle.

— Dis à papa que je l'aime et je t'adore aussi, maman ! La deuxième assiette sera pour Jacques ! Il est revenu, il m'attend dehors !

Rose-May sautillait de bonheur.

— Tu es sérieuse ? Il est revenu à Labelle ? Urgel ! Les enfants ! Jacques est revenu ! J'espérais tellement qu'ils reviennent ensemble, après ces longs mois de séparation ! s'exclama Rita, les yeux rougis.

— Reste encore ! Il est juste 9 heures ! Je veux passer toute la journée au lit, avec toi, mon amour, glissa Rose-May, heureuse de savoir son amoureux de retour, sous le toit de la petite maison de la rue du Couvent.

— Je dois aller libérer ma chambre d'hôtel pour midi, sinon, le propriétaire me fera payer une autre nuit, répondit Jacques en enfilant son sous-vêtement.

— Tu me jures que tu me reviendras ?

— Comment veux-tu que je revienne pas vers toi quand je sais au fond de mon cœur que l'amour est ici, sur la rue du Couvent ? Si on était pas mariés, je te demanderais de m'épouser sur-le-champ !

Chaque être vivant a besoin d'empathie, de tendresse et d'attention. C'est pourquoi Rose-May avait décidé de rendre désormais visite à Victor tous les mois et de faire un arrêt chez Flora, maintenant installée à Verdun avec Évangeline dans la demeure de Jean-Philippe.

Avant de se rendre au chevet de Victor avec Jacques, ils avaient rencontré Jean-Philippe, qui les avait remerciés de se présenter à l'Institut, car selon lui, tous ses patients, malgré leur manque de lucidité, avaient besoin de chaleur humaine et d'attention.

— C'est la moindre des choses qu'on vienne le visiter. Même si je sais qu'il a aucun souvenir de nous avoir vus après mon départ, je me sens mieux, tu comprends ?

— Tout à fait, Rose-May.

— Il a les yeux ouverts et des fois, j'ai l'impression que ses paupières clignent quand je lui parle. S'il pouvait bouger juste les doigts ou remuer la tête pour affirmer qu'il entend ce que je lui dis…

— Mais il a de petits réflexes parfois. Tu ne les remarques pas parce que tu n'es pas avec lui 24 heures sur 24.

— Vraiment ! De quels réflexes tu parles ?

— Il peut grincer des dents, crier, sourire, gémir. J'ai aussi déjà remarqué des larmes dans ses yeux.

— Mon Dieu ! s'écria Rose-May, qui se tourna vers son mari, étonnée.

— Oui, mais attention ! Ce ne sont que des réflexes que le corps humain fait tous les jours et non des gestes volontaires. Victor agit ainsi sans raison. Je ne voudrais pas vous donner de faux espoirs.

Rose-May laissa la main de Jacques sur le pas de la chambre de Victor et se dirigea vers son lit sur la pointe des pieds.

Son mari lui chuchota à l'oreille qu'il l'aimait de tout son cœur :

— Prends ton temps, ma belle. Je serai pas loin.

Victor se reposait, vêtu d'un pyjama bleu. Sa tête était supportée par deux oreillers, il semblait endormi. Puis, quelques secondes plus tard, elle remarqua ses yeux entrouverts et se pencha pour glisser à l'oreille de cet homme qui jadis l'avait choyée et aimée tendrement :

— On a parcouru un bout de chemin ensemble, Victor. Je remercierai jamais assez Dieu de nous avoir accordé ce privilège de la vie. Rien que de penser aux jours heureux, j'en tremble. Pardonne-moi si j'ai mis tant d'années à venir te voir, si j'avais su ! Ton père a cru m'enlever ma souffrance en me faisant croire que tu étais parti pour l'éternité. Est-ce qu'il a fait le bon choix ? Dieu seul le sait. La vie est un grand mystère, tu trouves pas ? Toi qui peux pas revenir dans le monde réel et moi qui me demanderai constamment si tu entends ce que je te dis. Comment te remercier pour tout l'amour que tu m'as donné ? Victor ? M'entends-tu ? Un jour, on quittera tous les deux la Terre. J'espère qu'il existe une autre vie là-haut et que je t'y retrouvai en santé, comme le jour de notre rencontre.

Rose-May prit une pause avant de poursuivre :

— Ma vie a pris une autre route sans que je m'y attende et j'ai rencontré Jacques Yergeault. On s'est mariés et on est installés dans la maison de la rue du Couvent, qui était la nôtre. Si je te raconte mon cheminement depuis ta disparition en 1949, c'est pas parce que je veux te faire du mal, j'ai trop de respect pour toi. Je suis honnête comme tu l'as toujours été envers moi. J'aimerais tant que tu renoues avec la vie ! On dit que quand un cœur bat, il faut croire à la vie. Mais si un jour tu sens que ton cœur est fatigué de cogner dans ta poitrine, toi seul pourras décider d'une vie meilleure en faisant ton dernier voyage vers l'au-delà pour alléger tes souffrances.

Elle prit sa main doucement et la caressa :

— Victor, si tu entends ma voix, serre ma main. Je t'en prie !

Puis, après un moment de silence :

— Victor… serre ma main, s'il te plaît !

Les larmes se perdirent sur les joues de Rose-May.

— Je veillerai sur toi toute ma vie durant, je t'en fais la promesse.

Rose-May quitta la chambre, en espérant que Victor ait bien compris qu'elle ne le laisserait jamais tomber.

Victor :

« Va, mon bel amour…

Merci pour la tendresse
que tu viens de déposer sur mon cœur.

Sois heureuse avec Jacques,
ma belle… et prends bien soin
de la petite Évangeline. »

Remerciements

Merci à mon conjoint Gérald, qui ne cesse de croire en moi.

Merci à mes enfants, mes amours : Jessey et Mélissa Tousignant.

Merci à mes parents, vous me manquez.

Merci à mes sœurs, mes amies fidèles.

Merci à Carmen Ostiguy pour la jolie pensée au début de mon roman.

Un grand MERCI à toute l'équipe de chez Guy Saint-Jean Éditeur.

Un merci spécial à Sara Marcoux pour son soutien et ses bons conseils.

Merci à monsieur Édouard Bastarache, médecin du travail et de l'environnement, céramiste et auteur d'ouvrages sur la céramique et la toxicologie.

Merci à vous tous, chers lecteurs.

www.lucyfrancedutremble.com